흰벌의 들꽃 탐행기

마음에 꽃을 심다

백승훈 지음

Magic House
마 법 의 책 공 장

초판 1쇄 인쇄 2020년 2월 25일
초판 1쇄 발행 2020년 3월 6일

지 은 이 백승훈
디 자 인 김민성
펴 낸 이 백승대
펴 낸 곳 매직하우스

출판등록 2007년 9월 27일 제313-2007-000193
주   소 서울시 마포구 모래내로7길 38 605호(성산동, 서원빌딩)
전   화 02) 323-8921
팩   스 02) 323-8920
이 메 일 magicsina@naver.com
I S B N 978-89-93342-97-0

마음에 꽃을 심다

백승훈 지음

Magic House
마법의 책공장

숲 해설가의 기도

숲을 떠나
세상에 나가 지치고 아픈 사람들
다시 숲으로 돌아오는 길을
열어주는 길라잡이가 되게 하소서

세상과 맞서다 상처 입은 이들에게
멀리서 바라보면 그저 풍경이지만
가까이 다가서면 삶의 일부가 되는 숲을 보여주며
초록목숨들의 곧고 순한 언어로
그들을 따뜻하게 위로할 수 있게 하소서

숲을 찾는 모든 이들이
내 이야기에 귀 기울이는 동안
자신도 모르게 마음을 열고
오감으로 생생한 숲을 느낄 수 있도록
내게 꽃처럼 향기로운 말을 주소서

홀로 자유롭고
함께 어울려 숲이 되는 나무처럼
나와 어울려 숲에서 자연의 지혜를 배우고
돌아갈 땐 누구나 행복한 얼굴로
푸른 숲 하나 품어갈 수 있게 하소서

프롤로그

꽃 이야기를 또 한 권의 책으로 묶는다. 2011년 『꽃에게 말을 걸다』를 시작으로 2014년 『들꽃 편지』에 이은 세 번째 야생화 에세이집이다. 그동안 170만 사색의향기 회원에게 향기메일로 띄웠던 꽃에 대한 시와 지난 1년여 간 글로벌 이코노믹 신문에 실었던 들꽃칼럼을 한데 모은 것이다. 꽃에 관한 책을 연이어 내는 것은 살아오는 동안 꽃에게 진 마음의 빚을 조금이나마 덜어보려는 나만의 빚 탕감 방식인 셈이다.

오래 전 남도 여행을 할 때의 일이다. 일정 상 하루에도 많은 곳을 방문하였는데 가는 곳마다 어김없이 차를 내어놓았다. 귀한 차를 대접받았지만 커피에 길들여진 촌스러운 내 입맛엔 차는 구수한 숭늉만도 못한 그저 밍밍한 맛에 지나지 않았다. 더구나 바쁜 일정을 소화하느라 제대로 요기도 못했던 터라 차 맛을 음미하기도 전에 속만 쓰려왔다.

마지막으로 화가의 집을 방문했을 때 나는 더 이상 참지 못하고 차를 따르는 주인에게 물었다.

"여기 남도에 오니 가는 곳마다 차를 내어놓는데 특별한 이유라도 있나요?"

주인은 물끄러미 나를 바라보더니 담담한 어조로 이렇게 되물었다.

"술 마시고 싸우는 사람은 있지만 차 마시며 다투는 사람은 없잖아요?"

나는 사람들이 꽃을 좋아하는 까닭을 물을 때마다 곧잘 그때를 떠올리며 화가를 흉내 내어 이렇게 되묻곤 한다.

"술 마시다 싸우는 사람은 있어도 꽃을 보며 화를 내는 사람은 없잖아요?"

꽃을 좋아하는 데에 특별한 이유가 필요한 것은 아니다. 그저 바라보기만 해도 기분이 좋아지는 꽃은 우리 주변에서 만나는 가장 사랑스러운 존재이다. 집안의 작은 꽃밭이나 길가에 피어 있어도 아름답고 인적 드문 산속이나 들판에 피어 있어도 맑은 향기와 화려한 빛깔로 세상을 밝고 즐거운 곳으로 만들어준다. 저마다의 고운 색으로 자연에 아름다운 수를 놓는 꽃이건만 많은 사람들이 꽃의 존재에 대해 대체로 무심하다. 팍팍한 일상 때문에, 혹은 시간이 없다는 이유로 꽃에게 관심을 주지 않는 것은 안타까운 일이다.

그동안 내가 꽃에게 말을 걸면서 알게 된 것은 조금만 마음의 여유를 갖고 꽃을 보는 시간을 갖는다면 인생이 훨씬 풍요롭고 아름다워질 거란 사실이다. 아이와 같은 때 묻지 않은 순수한 마음을 지닌 사람만이 꽃의 섬세한 아름다움을 알아볼 수 있다. 어여쁜 꽃을 보고 자신도 모르게 입가에 미소가 번지는 것은 아직 우리 마음에 순수가 남아 있기 때문이라고 나는 굳게 믿는다. 인간의 관심 여부와 무관하게 꽃들은 인류보다 더 오래 이 지구를 지켜왔다. 인간을 비롯하여 지구상의 모든 동물들은 꽃에게 빚을 지고 살아간다. 자연의 선물인 꽃과 그 꽃이 만들어낸 다양한 열매들로부터 우리는 생명을 유지하고 삶을 지탱할 에너지를 공급받기 때문이다.

지구상에서 꽃을 피우는 속씨식물은 대략 26만여 종쯤 된다고 한다. 거기에 비하면 이 책에서 소개하는 꽃의 숫자는 지극히 일부에 지나지 않는다. 그럼에도 불구하고 용기를 내어 다시 책을 내는 이유는 보다 많은 사람들이 아무리 시간이 바쁘고, 삶이 팍팍할지라도 잠깐이라도 발걸음을 멈추고 꽃을 보았으면 하는 바람 때문이다. 앞만 보고 달리느라 가쁜 숨을 몰아쉬고 잠시나마 꽃향기를 맡으며 마음의 평화를 얻을 수 있길 바라기 때문이다. 꽃과 거리를 좁히고, 꽃과 친해지는 사람이 늘어날수록 세상이 꽃밭처럼 환해질 것을 믿는 때문이다. 부디 이 책이 당신에게 꽃과 친해질 수 있는 안내서가 되어주길 소망한다.

2020년 우수(雨水)도봉산자락에서

목차

1부 봄이 온다

2부 5월의 정원

3부 한여름 밤의 꿈

4부 누군가 그리우면 가을이다

1부 봄이 온다

자연은 자연 그대로일 때가 가장 아름다운 법이다. 인간의 욕심으로 자연을 훼손하고 어여쁜 꽃들의 서식지를 파괴하기보다는 자신만의 야생화 지도를 만들어 직접 꽃을 찾아 나서는 이가 많아졌으면 하는 개인적인 소망이다. 제대로 된 꽃의 완상법은 꽃을 사랑하는 마음으로 꽃과 눈높이를 맞추는 것이다.

복수초

아직은
무시로 눈 내리는
겨울 언저리

꽃에 허기져
찾아든 숲에서
눈 속에 핀
한 떨기 노란 복수초

순은의 눈밭에
황금빛 수를 놓으니
어두운 겨울 숲이
온통 봄빛으로 환합니다

생각하면
가슴이 환해지는
당신은
내 가슴에 피는
한 떨기 노란 복수초

1. 몸이 뜨거운 꽃

지상에 피어나는 꽃치고 허투로 피어나는
꽃은 하나도 없듯 복수초의 꽃잎이 번들
거리는 데에도 그럴만한 이유가 있다.

12월은 한해를 마무리 하고 새해를 준비하는 달이다. 그런
까닭에 12월 달력 한 장의 무게는 지난 11개월의 무게와 맞
먹는다고도 한다. 해마다 12월이 되면 탁상용 야생화 캘린더
를 구매한다. 복수초는 야생화 캘린더의 첫 장을 단골로 장

식하는 꽃이다. 순백의 눈 위로 황금빛 꽃의 자태가 사람의 눈길을 단숨에 사로잡을 만큼 눈부신 까닭이다.

복수초는 눈이 녹기도 전에 제일 먼저 피어 봄을 알리는 꽃이자, 복 복(福)자에 목숨 수(壽)자를 붙여 수복강녕을 소망하는 인간의 바람이 고스란히 들어있는 꽃이다. 새해 들어 가장 먼저 피는 꽃이라는 뜻에서 원일초(元日草)란 별호를 가진 복수초의 개화 시기가 음력 설 무렵과 일치하는 것도 절묘하기만 하다.

쌓인 눈을 헤치고 올라와 꽃을 피우는 습성 덕분에 얼음새꽃이나 눈새기꽃 같은 이명으로도 불리는 복수초는 낯가림이 심한 수줍음 많은 꽃으로도 알려져 있다. 사람이 다가서면 꽃잎을 오므리는 까닭에 그리 알려져 있다. 실은 복수초는 그늘을 싫어하기 때문에 사람이 다가설 때 그늘이 져 꽃잎을 오므리는 것이다. 그래서 복수초를 만나러 가는 날은 흐린 날보다는 햇볕 좋은 맑은 날이 좋다.

꽃의 생김새가 코스모스와 비슷하지만, 자세히 꽃잎을 들여다보면 코스모스나 장미의 꽃잎처럼 촉촉한 느낌이 아니라 화학섬유로 만든 가짜 꽃잎처럼 그 표면이 번들거린다. 지상에 피어나는 꽃치고 허투로 피어나는 꽃은 하나도 없듯 복수초의 꽃잎이 번들거리는 데에도 그럴만한 이유가 있다. 복수초에 관심이 있는 사람이라면 한 번쯤은 품었음직한 궁금증 중의 하나가 눈 속에 핀 복수초 주변엔 어찌하여 한결

같이 눈이 녹아 있을까 하는 것일 것이다. 그 비밀의 반은 꽃 잎에 있다. 번들거리는 꽃잎이 햇빛을 잘 반사하여 그 복사 열이 주변의 눈을 녹이기 때문이다.

사진작가 김정명 씨도 그 궁금증을 참을 수 없었던 모양이 다. 직접 온도계를 가지고 복수초의 꽃 안의 온도를 재어 보 았는데, 외기의 온도가 섭씨 영하 1~2도일 때 복수초 꽃송 이 안의 온도는 5~6도였다고 한다. 무려 7~8도의 기온의 차이가 나는 셈이다. 이만하면 복수초가 몸이 뜨거운 꽃이라 할 만하다.

복수초의 학명은 'Adonis amurensis Regel et Radde'이 다. 학명에 들어 있는 아도니스는 복수초 전설의 주인공이 다. 그리스 신화 속의 사랑과 아름다움, 풍요의 여신인 아프 로디테(Aphrodite)가 열렬히 사랑했던 미소년이다. 신화를 보면 어느 날 미소년 아도니스는 사냥을 나갔다가 멧돼지에 물려 변사체로 발견되는데 그 멧돼지는 아도니스를 질투하 던 헤파이스토스 혹은 아레스 신의 변신이었다고 한다. 그때 아도니스가 흘린 피가 떨어진 땅에서 피어난 꽃이 바로 복수 초라고 한다.

복수초의 전설을 듣고 나면 한 가지 의문이 생겨난다. 아도 니스가 흘린 피가 꽃이 되었다면 당연히 붉은 빛이어야 하는 데 노란색의 복수초라니 고개가 절로 갸웃해진다. 한데 신화 의 무대가 된 유럽에는 붉은빛의 복수초도 실재한다고 한다.

복수초의 종류는 대략 20여 가지가 넘는 것으로 알려져 있지만, 학자들이 구분해 놓은 것을 보면 복수초, 개복수초, 세복수초 이 세 가지 정도만 알아도 꽃에 대해 문외한 소리는 면할 수 있다.

꽃이 귀한 시기에 홀로 피어나는 희귀성 때문에 많은 사람들이 눈에 보이는 대로 마구 채취하여 마당에 옮겨 심는 바람에 가까운 산에서는 복수초를 만나는 일이 점점 더 어려워지고 있다. 복수초는 미나리아재비과에 속하는 여러해살이풀이라 꽃을 만난 장소를 기억해 두고 그곳에 가면 예쁜 꽃을 볼 수 있을 테니 굳이 그럴 필요가 없다.

자연은 자연 그대로일 때가 가장 아름다운 법이다. 인간의 욕심으로 자연을 훼손하고 어여쁜 꽃들의 서식지를 파괴하기보다는 자신만의 야생화 지도를 만들어 직접 꽃을 찾아 나서는 이가 많아졌으면 하는 개인적인 소망이다. 제대로 된 꽃의 완상법은 꽃을 사랑하는 마음으로 꽃과 눈높이를 맞추는 것이다. '영원한 행복'이란 복수초의 꽃말처럼 새해에는 복수초를 보며 모두가 행복해졌으면 하는 바람이다.

청매화차

외로움이 뼛속까지 스미었을까
봄날의 몸살기처럼
온몸이 으스스 떨려오는
새벽 한기 밀어내려 차를 마신다

푸른 찻잔 속에서
화들짝 놀라 피어나는 청매화 두 송이
방안 가득 은은히 번지던
차고 매운 향기

사랑이란
잠시 찻잔 속에 피었다 지는
청매화 같다던 당신 말씀을 떠올리네

추억은 꽃차를 마시듯
두고두고 그 향기를 음미하는 일이라고
청매화차로 가슴을 쓸어내리고
홀로 향기로운 꽃그늘 속을 서성이네

2. 매향을 그리다

매화는 한평생 춥게 살아도 향기를 팔지 않는다

새해가 밝은지도 벌써 일주일이 지났다. 서로 덕담을 건네며 희망찬 새해가 되기를 소망하고 기원하지만, 현실은 그리 녹록지 않다. 창밖엔 여전히 찬바람 쌩쌩 불고 사방으로 눈길 놓아도 꽃 한 송이 보이지 않는 한겨울 속이다. 소설가 박완서 선생은 자신의 책에서 "시간이 해결 못 할 악운도 재앙도 없다면서 시간이야말로 신의 또 다른 이름"이라고 말한 적이 있다. 이 혹한의 시기를 견디게 하는 것은 시간이며 머지않아 봄이 오리라는 희망이 아닐까 싶다. 기다려도 봄은 오고 기다리지 않아도 봄은 오고야 말겠지만, 가만히 앉아 봄을 기다리기엔 기다림의 시간이 지루하기만 한 탓이다.

기다림에 지치고 꽃에 허기진 사람들은 더 이상 참지 못하고 직접 꽃을 찾아 나섰으니 이름하여 탐매(探梅)다. 눈 속에 핀 매화를 설중매라 하여 귀하게 여기기도 하였지만, 그 꽃을 찾아 나서는 마음 이면에는 남보다 먼저 봄을 만나고픈

욕심과 봄을 기다리는 조바심이 들어 있다. 옛사람들이 이처럼 매화를 찾아 길을 나선 것은 매화가 제일 먼저 봄소식을 알리는 꽃이기도 하지만 춥고 긴 겨울을 견디고 꽃을 피운 매화에게서 자신의 지친 몸과 마음을 위로받기 위함이었다.

예로부터 매화나무는 소나무, 대나무와 함께 추운 겨울에도 나무의 본성을 잃지 않는다 하여 '세한삼우(歲寒三友)'로 불리며 귀한 대접을 받아왔고, 옛 선비들에게 난초, 국화, 대나무와 함께 '사군자(四君子)'로 칭송받는 중에도 제일 앞줄에 설 만큼 매화는 '절개와 지조'를 상징하는 꽃나무로 선비들의 많은 사랑을 받아왔다. 유달리 꽃을 사랑했던 조선 중기의 문신 강희안은 자신이 쓴 〈양화소록〉에서 수많은 꽃 중에 매화를 1등으로 꼽았다.

이처럼 많은 이들의 사랑을 받아온 매화는 부르는 이름도 다양하다. 같은 꽃을 두고도 일찍 핀다고 하여 조매(早梅),

추운 겨울에 핀다고 하여 동매(冬梅), 눈 속에 핀다고 하여 설중매(雪中梅)라 부르기도 한다. 또한 꽃의 색깔에 따라 달리 부르기도 하는데 흰색을 띠면 백매(白梅), 붉으면 홍매(紅梅)라 하고 흰 꽃 중에 꽃받침이 녹색을 띠는 꽃은 청매(靑梅)라 부른다. 계절이 갈마드는 봄의 들머리, 코끝을 스치는 은은한 향기로 먼저 말을 걸어오는 설중매는 가히 봄의 요정으로 불릴 만하다. 중국에서는 음력 2월을 매견월(梅見月)이라 부르는데 이는 양쯔강 이남 지역에서는 2월이면 매화를 볼 수 있기에 그리 부르는 것이다.

매화나무는 중국 쓰촨성이 원산지로 알려져 있다. 어떤 사람들은 매화나무와 매실나무를 별개로 여기기도 하는데 그렇지 않다. 꽃에 방점을 찍으면 매화나무가 되고, 열매에 방점을 찍으면 매실나무가 되는 것뿐이다. 중국 송나라 때 사대부였던 범성대(范成大)는 매화 전문서적인 '매보(梅譜)'에서 '매화는 천하에 으뜸가는 꽃'이라고 했으며, 북송의 임포(林逋)는 매화를 아내 삼고 학을 아들로 삼아 매처학자(梅妻鶴子)로 불릴 만큼 매화 사랑에 흠뻑 빠져 살았다.

중국사람 못지않게 우리나라 사람들의 매화 사랑도 대단했다. '매화나무에 물을 주라'고 유언을 남길 만큼 매화 사랑에 지극했던 퇴계 이황은 매화에 대한 시만도 1300여 편을 남겼고, 우리나라를 대표하는 화가 중 한 사람인 김홍도의 매화음(梅花飮)에 관한 일화는 매화 사랑의 끝판왕이라 할 만하다. 어느 날 어떤 사람이 매화나무를 팔려고 김홍도를 찾아왔다. 하지만 돈이 없어 살 수 없어 난감해하고 있을 때, 마침 어떤 사람이 김홍도에게 그림을 청하고 그 사례비로 3,000냥을 주고 갔다. 김홍도는 선뜻 2,000냥을 주고 매화나무를 사고 800냥으로 술을 사서 친구들과 함께 마셨으니 이게 바로 매화음(梅花飲)이다.

강희안은 〈양화소록〉에서 자신이 꽃을 키우는 이유에 대해 말하길 "비록 풀 한 포기, 나무 한 그루의 미물이라도 각각 그 이치를 탐구하여 근원으로 들어가면 지식이 두루 미치지 않음이 없고 마음을 꿰뚫지 못하는 것이 없다. 그래서 나의 마음은 자연스럽게 사물과 분리되지 않고 만물의 겉모습에만 구애되지 않게 된다."고 하였다.

내가 가장 좋아하는 매화찬은 조선 중기의 문신 상촌(象村) 신흠의 수필집 〈야언(野言)〉에 나오는 "매화는 한평생 춥게 살아도 향기를 팔지 않는다(梅一生寒不賣香)"는 말이다. 이처럼 옛사람들은 추위 속에 꽃을 피우는 매화를 보면서 힘든 환경에서도 지조를 꺾지 않는 맑고 고결한 기품과 높은 절개를 본받고자 했다. 어제의 동지가 오늘의 적이 되고, 오늘의 동지가 내일은 원수가 되기도 하는 각박한 세태 속에서 매화를 보며 맑은 정신과 지조를 지키고자 했던 옛 선비들의 탐매가 그리워지는 요즘이다.

3. 복사꽃, 무릉도원을 찾아서

동양의 대표적인 이상향이라 할 수 있는 '무릉도원'은 말 그대로 복사꽃이 만발한 동산으로 별천지를 이르는 말이다.

밤이 길수록 별이 빛나듯 겨울 한파가 매울수록 꽃 피는 봄을 기다리는 마음이 더욱 간절해진다. 어쩌면 사람들이 유토피아를 생각해 낸 것도 팍팍한 삶과 고통스러운 현실에서 벗어나고픈 욕망 때문이 아니었을까 싶다. 이상향으로 번역되는 유토피아(utopia)는 세상에 없는 곳이란 뜻을 담고 있다. 그러니까 현실 세계에는 존재하지 않는 상상으로 빚은 이상향이 곧 유토피아인 셈이다.

동양의 대표적인 이상향이라 할 수 있는 '무릉도원'은 말 그대로 복사꽃이 만발한 동산으로 별천지를 이르는 말이다.

옛날 어느 어부가 고기를 잡으러 배를 타고 가다가 계곡물에 복사꽃잎이 떠내려오는 것을 발견하고 그곳이 궁금하여 배를 버리고 계곡을 거슬러 올라갔다. 계곡이 끝나는 곳에 커다란 동굴이 있고 그 동굴에서 빛이 새어 나와 그 안으로 들어가자 복사꽃이 흐드러진 별천지가 있었다는 게 도연명의 〈도화원기〉에 나오는 무릉도원에 관한 스토리다. 무릉도원은 속세와 떨어져 자연 안에 있으면서 저마다 자유롭게 생업에 종사하며 평등하게 살아가는 이상적인 공간이다. 그 이상향에 등장하는 꽃이 매혹적인 장미나 화려한 모란이 아닌 복사꽃이란 사실은 많은 생각을 하게 한다.

복숭아꽃은 장미과에 속하는 복사나무의 꽃이다. 복사나무는 키가 6m 정도이며, 꽃의 색깔은 연홍색이다. 4~5월경에 꽃이 피고 과실의 수확 시기는 7~9월이다. 잎보다 먼저 연홍색의 꽃이 1~2개씩 가지 끝 짧은 꽃줄기 끝에 달리는데, 꽃잎은 5개로 원형이고 꽃받침 잎은 난형이다.

복사꽃은 앵두꽃, 살구꽃과 더불어 인가 근처에서 쉽게 만날 수 있는 대표적인 봄꽃 중의 하나다.

'나의 살던 고향은 꽃피는 산골/ 복숭아꽃 살구꽃 아기 진달래.…'

우리의 귀에 익은 동요 '고향의 봄'에도 복사꽃이 제일 먼저 나온다. 널리 사랑받았다는 것은 그만큼 누구에게나 낯설지 않은 꽃이면서 우리 가까이에 있는 꽃이란 말도 된다. 어쩌면 그런 친숙함이 자연스럽게 복사꽃을 이상향의 꽃으로 만든 것은 아니었을까 생각된다.

복숭아나무는 꽃이 아름다울 뿐만 아니라, 과실의 맛도 좋아 우리나라 사람들이 선호하던 과실나무다. 대표적인 양목(陽木)으로 알려져 동쪽으로 난 가지가 귀신을 쫓는다는 속설이 있으며, 꽃과 열매가 선경(仙境)과 불로장생(不老長生)을 의미하는 신선들의 과일로 상징된다.

안평대군의 이상세계가 담긴 '몽유도원도'에도 도화가 나오고, 궁중을 장식했던 '십장생도'에도 도화가 나온다. 선비들이 모여 꽃놀이를 하는 그림에도 어김없이 복사꽃이 등장한다.

요즘은 봄이면 어디서나 꽃 터널을 이루며 화르르 꽃망울을 터뜨리는 벚꽃에 홀려 너도나도 다투어 꽃구경을 나서지만 원래 우리 전통의 꽃놀이의 대상은 벚꽃이 아닌 복사꽃이었다.

겸재 정선의 '필운대 상춘'이란 그림 속엔 선조 때 재상을 지낸 이항복의 집터가 있는 인왕산 중턱의 필운대에서 바라본 복사꽃 만발한 서울풍경이 무릉도원처럼 펼쳐져 있다. 어디에서나 쉽게 볼 수 있고 꽃빛 또한 화려하여 옛사람들은 너나 할 것 없이 복사꽃 아래에서 봄날의 흥취를 즐겼다.

흔히 꽃을 두고 산중의 달력이라고 한다. 복사꽃이 피어나면 천지간엔 이미 봄빛으로 가득 차서 봄이 무르익는 시기다. 누구라도 복사꽃 분홍 물결이 끝도 없이 이어지는 과원을 만나면 저절로 탄성을 터뜨리게 마련이다. 복사꽃을 가까이에서 오래도록 지켜본 사람이라면, 그리하여 마음이 달떠서 까닭 없는 설렘으로 얼굴 붉힌 기억이 있는 사람이라면 도화는 별천지의 꽃이 아니라 요부의 매혹적인 눈 흘김처럼 뿌리칠 수 없는 색기(色氣) 넘치는 꽃이란 걸 알 것이다. 아무리 목석같은 사내라도 그 요염한 분홍 꽃빛에 한 번 홀리고 나면 마음이 들떠서 자신도 모르게 그 빛에 기대어 봄의 잔치 속으로 빠져들고 싶어진다. 이제 봄을 마음 안에 세운다는 입춘도 지났으니 곧 봄이 올 것이다.

이태백은 복사꽃 살구꽃이 흐드러진 봄밤에 벗들과 잔치를 열고 '봄은 꽃 안개로 나를 부르고, 대지는 화려하게 수놓은 무늬로 나에게 보여주네.'라고 했다. 새봄엔 잠시라도 팍팍한 현실을 떠나 복사꽃 피는 마을로 꽃놀이를 떠나보는 것도 좋을 듯싶다.

4. 살구꽃, 영원한 고향의 이미지

살구나무가 몸살을 앓듯 한바탕 꽃 잔치를 치르고 나면 가지마다 푸른 열매가 달리고, 보리 이삭이 팰 무렵쯤이면 주황색으로 잘 익은 살구가 단내를 풍기며 장독대 위로 툭툭 떨어져 내리곤 했다.

골목길을 돌아 나오는데 갑자기 골목길이 환하다. 담장을 넘어온 가지에 살구꽃이 활짝 피어 골목을 환히 밝히고 있었다. 그 꽃을 보는 순간 '살구꽃 핀 마을은 어디나 고향 같다'고 한 이호우 시인의 시구처럼 단번에 나를 고향으로 이끌고 간다. 지금도 농촌 마을에 가면 어렵지 않게 만날 수 있는 꽃이 살구꽃이요, 고향의 죽마고우처럼 정겨운 꽃이다. 내가 어렸을 적에만 해도 시골 마을엔 으레 몇 그루씩 살구나무가 있었다. 그래서 봄이 되면 초가지붕 위로 뭉게구름이 일 듯 피어올라 마을을 환하게 밝히곤 했다.

'나의 살던 고향은 꽃 피는 산골/ 복숭아꽃 살구꽃 아기 진달래….' 어렸을 적 누구나 즐겨 불렀던 '고향의 봄' 덕분에

일찌감치 친숙한 고향의 이미지로 자리 잡았지만, 개인적으로도 살구꽃은 특별한 추억이 서린 꽃이다. 어렸을 적 고향집 뒤란에 수십 년 된 커다란 살구나무 한 그루가 있었다. 봄이면 하굣길에 마을로 들어서는 고갯마루에 올라서면 고향집 초가지붕 위로 만개한 살구꽃이 제일 먼저 나를 반기곤했다. 한 폭의 동양화처럼 너무도 아름답고 평화로운 정경이라서 고향을 떠나온 지 수십 년이 지난 지금도 어제 본 듯 눈에 선하다.

  내 고향의 봄은 늘 살구꽃과 함께 시작되곤 했다. 살구나무가 몸살을 앓듯 한바탕 꽃 잔치를 치르고 나면 가지마다 푸른 열매가 달리고, 보리 이삭이 팰 무렵쯤이면 주황색으로 잘 익은 살구가 단내를 풍기며 장독대 위로 툭툭 떨어져 내리곤 했다. 학교에서 돌아와 어린 누이와 함께 뒤란에 떨어진 노란 살구를 주워 먹던 일들은 잊지 못할 소중한 추억으로 남아있다.

일찍이 '화화만필'을 쓴 문일평 선생은 살구꽃을 일러 요부와 같은 꽃이라 했지만 내겐 누이처럼 사랑스럽기만 한 꽃이다. 보릿고개를 넘던 배고픈 시절이었음에도 그때를 생각하면 살구꽃의 환한 기억만 떠오르는 것을 보면 분명 꽃이 주는 축복이란 생각이 든다.

이렇게 고향의 이미지로 우리에게 친숙한 나무이지만 살구나무의 고향은 중국이다. 장미과에 속하는 과일나무로 기원전에 아르메니아 지방에 전파되었고 현재는 미국이 살구의 세계 최대 생산국으로 알려져 있다. 키는 5m에 달하고, 나무껍질은 붉은빛이 돌며 어린 가지는 갈색을 띤 자주색이다. 잎은 어긋나고 길이 6~8cm의 넓은 타원, 또는 넓은 달걀 모양으로 가장자리에 불규칙한 톱니가 있다.

꽃은 4월에 잎보다 먼저 피는데 연한 붉은 색이나 흰색에 가깝다. 지난해 가지에 달리고 꽃자루가 거의 없다. 꽃잎은 5장으로 둥글고, 수술은 많고 암술은 1개이다. 살구꽃은 매화와 흡사하여 헷갈리기에 십상이다. 꽃 피는 시기는 매화가 조금 빠르긴 해도 요즘엔 그것도 믿을 게 못 된다. 가장 좋은 방법은 꽃받침으로 구분하는 것이다. 매화는 꽃받침이 꽃을 받치고 있는 반면에 살구꽃은 꽃받침이 뒤로 젖혀지기 때문이다.

　행화촌(杏花村)이란 살구꽃 핀 마을이란 뜻이지만 그보다
는 술집을 이르는 말이기도 하다. 이는 중국의 만당(晚唐)
시인 두목(杜牧)의 〈청명(淸明)〉이란 시에서 유래되었다. 살
구꽃 피는 청명 시절에 비가 부슬부슬 내리니 길 가던 나그
네가 마음이 쓸쓸해져 술집 있는 곳을 물으니 목동은 손을
들어 살구꽃 핀 마을을 가리킨다는 내용의 시다.

　시만 읽어도 술 생각이 절로 나게 하는 절창의 시다. 살구
꽃 필 무렵에 내리는 비를 행화우(杏花雨)라 불렀던 옛사람
들의 낭만을 생각하면 행화촌도 운치 있게 느껴진다. 그러고
보니 내일모레가 청명이자 식목일이다. 살구꽃의 낭만까지는
아니더라도 살아가면서 자기만의 꽃나무 한 그루쯤 심어보
는 것은 누구나 누려도 좋을 마음의 사치가 아닐까 싶다.

벚꽃

온 세상이
성냥불 그어댄 통 성냥처럼
벚나무마다 화르르
꽃 폭죽 터지는 봄날

우리, 그늘마저 환한
저 벚꽃 나무 아래
잠시만 쉬었다 가자

숨 고를 틈도 없이
종종걸음치게 하던 세상일이랑
잠시 접어 두고
걱정을 모르는 철부지 아이처럼
저 부신 벚꽃 그늘 아래서
잠시만 쉬었다 가자

5. 벚꽃, 꽃바람 나고픈 사월

온갖 꽃들이 피어나는 4월이야말로 꽃의 달이요, 칙칙한 겨울빛에 잠긴 세상을 화려한 꽃의 세상으로 바꾸는 혁명의 달이다.

4월이다. 바야흐로 꽃의 계절이 돌아왔다. 제아무리 감성이 무딘 사람이라도 사방에서 동시다발적으로 피어난 꽃들이 벌이는 화려한 색채의 향연에 자신도 모르게 넋을 놓게 되는 시기가 바로 요즘이다. 밖만 나서면 세상이 온통 꽃 천지다. 진달래, 개나리는 물론이고, 산수유, 매화, 살구꽃, 앵두꽃, 백목련 등 일제히 궐기라도 하듯 동시다발적으로 꽃망울을 터뜨려 천지간이 황홀경이다. T.S.엘리엇은 '4월은 잔인한 달'이라고 했지만, 온갖 꽃들이 피어나는 4월이야말로 꽃의 달이요, 칙칙한 겨울빛에 잠긴 세상을 화려한 꽃의 세상으로 바꾸는 혁명의 달이다.

일찍이 헤르만 헤세는 '자연은 가장 위대한 도서관'이라고 했다. 거기에 덧붙여 나는 "꽃을 보는 것은 자연이란 도서관에서 시를 읽는 일"이라고 말하고 싶다.

일부러 꽃을 찾아 나서지 않아도 눈만 뜨면 사방에서 꽃들이 다투듯 피어나 저마다 자신을 보아 달라 아우성을 쳐댄다. 남녘에서 올라오는 화신에 귀를 쫑긋 세우던 꽃샘바람 부는 3월을 지나 비로소 당도한 꽃의 계절, 4월이면 '바람나고 싶다'던 어느 시인의 말처럼 꽃바람 나기에 딱 좋은 달이 4월이다. 꽃구경 가기 좋은 시절, 여행의 묘미는 우연히 만나는 아름다운 풍경으로 배가 되기 마련이다. 전국 곳곳에서 들려오는 봄꽃축제 소식에 자꾸 몸이 근질거리고 마음이 민들레 꽃씨처럼 바람을 탄다.

우리나라엔 다양한 봄꽃축제가 있지만, 그 중에 으뜸은 단연 벚꽃축제다. 진해 군항제를 시작으로 섬진강의 벚나무 가로수길, 쌍계사 십리벚꽃길엔 꽃을 즐기려는 상춘객들로 해마다 인산인해를 이룬다. 그럼에도 불구하고 우리의 정서 밑바닥에는 벚꽃은 일본의 꽃이라는 의식이 지배적인 것은 사실이다. 하지만 몇 해 전 산림청에서 실시한 '산림에 대한 국민의식 조사' 결과를 보면 벚나무에 대한 흥미로운 사실을 발견할 수 있다. 우리 국민이 좋아하는 나무는 소나무, 은행나무, 느티나무 순인데, 가장 좋아하는 꽃나무는 벚나무, 개나리, 진달래 순으로 나타났기 때문이다. 꽃나무를 따로 나누어 한 까닭이긴 하지만 통계만으로 보면 벚꽃은 우리나라 사람들이 가장 좋아하는 꽃인 셈이다.

벚나무란 이름은 흰 벚꽃잎이 바람에 떨어지는 모양이 마치 선녀가 옷을 벗는 모습인 것 같다고 '벗나무'라고 하였는데 뒤에 벚나무로 변한 것이라고 한다. 지금도 북한에서는 벗나무라고 한다니 어원의 유래가 재미있다. 장미과에 속하는 벚나무는 그냥 벚나무뿐만 아니라 왕벚나무. 산벚나무. 올벚나무 등 다양한 종류가 있는데 도시에서 가장 흔하게 마주치는 화려한 벚꽃은 거의 왕벚나무 꽃이다. 벚꽃 중에서 꽃이 크고 화려한 왕벚나무 꽃이 일본을 상징하는 것 같아서 마음에 걸리는 사람이라면 이 왕벚나무의 자생지가 일본이 아니라 우리나라 제주도라는 점을 기억하면 조금은 위로가 되지 않을까 싶다. 꽃을 두고 국적을 따지는 것은 인간들만의 부질없는 논쟁일 뿐 꽃들에겐 아무런 의미가 없다. 모든 식물들은 자신이 마음껏 꽃 피울 수 있는 환경이 곧 자신의 터전이 된다. 따라서 꽃들에겐 당연히 국적이나 국경이 없다.

정작 중요한 것은 꽃을 보는 이의 마음이다. 마음의 눈으로 꽃을 볼 때 비로소 우리의 가슴에도 꽃물이 든다. 꽃을 제대로 완상하기 위해서는 적어도 세 가지가 필요하다. 그것은 바로 멈추고, 낮추고, 가만히 바라보는 것이다. 제일 먼저 걸음을 멈추고, 다음은 꽃과 눈높이를 맞추기 위해 몸을 낮추고, 마지막으로 잠시라도 마음의 여유를 가지고 가만히 바라보아야 진정한 꽃의 아름다움을 느낄 수 있다. 살구꽃은 살구꽃대로, 벚꽃은 벚꽃대로 저마다의 고유한 아름다움이 있다. 사람마다 호불호가 갈릴 수는 있지만, 세상에 피는 꽃치고 어여쁘지 않은 꽃은 없다. 어여쁜 꽃이란 어느 특별한 꽃이 따로 있는 게 아니라 지금 눈길 닿는 곳에 피어 있는 꽃이라는 게 내 생각이다. 마음 가는 곳에 눈길이 가고 눈길이 머문 곳에 마음도 머물게 마련이다. 꽃바람 부는 4월, 숨 가쁜 일상의 속도에서 잠시 벗어나 환한 벚꽃 그늘에 앉아 그리운 이에게 엽서라도 써 보시라. 이 봄이 특별해질 것이다.

6. 수선화 – 추사가 사랑한 꽃

수선화는 정말 천하의 구경거리다. 중국의 강
남은 어떠한지 알 수 없지만, 여기는 방방곡곡
손바닥만 한 땅이라도 수선화 없는 데가 없다

찬바람 매운 겨울이 깊어갈수록 방안에 갇혀 지내는 시간
이 점점 늘어간다. 꽃빛이 간절해지는 세한의 중심을 지날
무렵이면 습관처럼 나는 제주 대정들녘의 야생수선화와 추
사 김정희를 떠올리곤 한다.

한 점 겨울 마음 송이송이 둥글어라
그윽하고 맑은 품세 차갑도록 빼어나라
고상한 매화도 뜰을 벗어나지 못하였는데
맑은 물가에 참으로 해탈한 신선(수선화)일세

위의 시는 유배 간 제주 대정들녘에서 수선화에 흠뻑 빠져
서 그 감동을 시로 읊은 추사의 〈수선화〉인데 정말 절창이
다. 옥살이 오래 하면 바보 아니면 달인이 된다는 말이 있는

데 그만큼 고독과 싸우며 자신을 견디는 일이 힘들다는 얘기
일 것이다.

몸은 괴롭고 마음은 외로운 유배지에서 만난 수선화는 추
사에게 분명 다정한 연인이자 따뜻한 위로였을 것이다. 나도
수선화처럼 누군가에게 따뜻한 위로이고 싶다.

우물쭈물하다가 또 한 해의 끝자락에 엉거주춤 서 있다. 새
캘린더를 바꾸어 걸며 희망찬 새해를 그려보지만 되돌아보
면 회한의 바람이 가슴을 치는 것은 어쩔 수가 없다. 인심은
갈수록 각박해지고 찾아 나설 꽃도 없는 찬 바람만 쌩쌩 부
는 겨울은 마음도 추위를 타는 세한(歲寒)의 계절이다. 마음
을 나눌 벗이 그립고, 마음 기댈 꽃 하나 없는 겨울이 되면
나는 습관처럼 추사의 〈세한도〉를 떠올린다. 54세에서 63세

까지 무려 9년이란 세월을 제주 유배지 대정에서 지내는 동안 고난 속에 있는 스승을 위해 한결같은 마음으로 정성을 보인 제자 이상적에게 고마운 마음을 담아 건넸다는 그 유명한 그림이다.

조선시대 제주로의 유배는 곧 죽음의 여정이었다. 유배가 풀려 다시 돌아오는 것은 고사하고 살아서 유배지 제주까지 도착하는 것도 장담할 수 없는 고난의 길이었다. 오죽하면 모진 풍랑을 헤치고 제주에 도착한 추사가 '백 번 꺾이고 천 번 꺾여서 온 이곳'이라 했을까. 그렇게 어렵사리 도착한 추사에게 제주는 가혹한 형벌의 땅이었다. 적거지 주위에 가시나무 울타리를 치고 그 안에서만 생활해야 했던 추사에게 위안을 준 것은 제자 이상적이 늘 푸른 송백(松柏)처럼 변함없는 정성으로 보내오는 서책이었다. 그 덕분에 절망감과 고독으로 힘겨웠을 유배생활 중에도 수많은 독서와 사색을 통해 주저앉는 정신을 곧추세우고 한국 문인화의 걸작으로 평가받는 '세한도'와 추사체를 완성할 수 있었다.

추사의 세한도를 떠올리면 부록처럼 따라오는 꽃이 하나 있다. 추사가 각별하게 사랑했던 수선화다. 요즘은 어디에서나 쉽게 볼 수 있는 꽃이 수선화지만 대부분은 원예용으로 개량된 서양에서 들여온 것들이다. 우리 땅에서 스스로 나고 자란 야생 수선화를 보려면 남해안의 거문도나 제주도를 찾아가야 만날 수 있다. 특히 제주도에 가면 소박하면서도 꽃

향기가 아주 진한 야생 수선화를 어디서나 쉽게 볼 수 있다. 그중에도 수선화가 가장 흔한 곳이 추사 김정희가 유배생활을 했던 남제주군 대정들녘이다. 자동차들이 바삐 오가는 도로변이나 바닷가 언덕, 돌담 밑이나 밭둑을 가리지 않고 눈길 닿는 곳마다 수선화가 지천으로 피고 또 진다

긴 유배생활에 지친 추사에게 봄의 들머리에 피어나는 수선화는 분명 한 점 희망이자 따뜻한 위로였을 것이다. 그런 때문인지 제주에서 쓴 추사의 글 중에는 수선화를 예찬하는 내용이 많다. 추사는 소담스레 꽃을 피운 수선화를 두고 "희게 퍼진 구름 같고 새로 내린 봄눈 같다"고 표현하기도 했고, '한 점 겨울 마음'이라 시로 쓰기도 했다. 친구 권돈인에게 보낸 편지엔 "수선화는 정말 천하의 구경거리다. 중국의 강남은 어떠한지 알 수 없지만, 여기는 방방곡곡 손바닥만한 땅이라도 수선화 없는 데가 없다"고 적었다.

하지만 제주 사람들에게 수선화는 달갑지 않은 잡초일 뿐이었다. 야생 수선화는 번식력이 강해서 한번 밭에 뿌리를 내리면 다른 농작물의 생장을 가로막을 정도로 무성하게 퍼져 나간다. 좁고 척박한 땅에 온 식구들의 생계가 달려 있는 제주의 농부들에게 수선화는 눈에 띄는 대로 뽑아 버려야 할 잡초로 보이는 것은 당연한 일, 같은 꽃을 두고도 보는 이의 처지에 따라 느끼는 감회는 이처럼 확연히 다를 수도 있다. 그래서 역지사지의 지혜가 필요한 것인지도 모르겠다. 황금

빛 속꽃과 순백의 겉꽃이 한 송이를 이루어 금잔옥대(金盞玉臺)라 불리는 수선화의 꽃말은 자애, 자존심이다. 제아무리 겨울이 추워도 봄은 반드시 오게 마련이다. 세상이 맵찬 눈보라 속이라 해도 우리가 스스로를 사랑하며 꽃을 보듯 사람을 대하면 세상이 조금은 더 따뜻해지지 않을까 싶다.

귀룽나무꽃

겨울빛 채 지우지 못한
이른 봄 산에
노루귀 복수초 홀아비바람꽃
나무들 잠 깰세라
몰래몰래 꽃피울 적에
귀룽나무 홀로 깨어
초록의 새순을 가득 내어달고
농사철이 돌아왔다고
게으른 농부들의 잠을 깨운다
잎보다 먼저 피어야만 봄꽃이랴
한껏 푸르러진 뒤에
보란 듯이 구름 같은 꽃 가득 피우는
귀룽나무를 보아라

7. 귀룽나무에게 말을 걸다

마치 포도송이처럼 뭉쳐 피는 흰 꽃이 만개하면 흰 뭉게구름이 내려앉은 것처럼 눈부시다. 꽃향기도 그윽하고 꿀이 많아 꽃이 한창일 때 나무 아래로 가면 벌들의 날갯짓 소리에 귀가 먹먹해질 정도로 벌떼의 방문이 끊이지 않는다.

마침내 3월이다. 아메리카 인디언들은 3월을 가리켜 '마음을 움직이게 하는 달', '암소가 송아지 낳는 달', '한결같은 것은 아무것도 없는 달'이라고 한다.

3월이 되면 긴 동면에서 깨어난 대지가 새싹을 밀어 올리고 꽃눈을 틔우며 나무들은 힐벗은 가지에 연두색 새잎을 차려입기 시작한다. 벌레 알에도 푸른빛이 돌고 제비도 지난가을 비워 둔 옛집을 찾아 날아든다. 인디언들의 표현대로 무엇 하나 한결같은 게 없는, 날마다 새롭고 신기한 것들로 가득한 3월이 되면 어딘가에 꽃이 피어 있을 것만 같아 자주 숲을 찾게 된다.

아직 뺨을 스치는 바람은 맵고, 겨울빛을 지우지 못한 숲은 잿빛 침묵에 잠겨 있지만, 자세히 숲을 살피다 보면 노루귀나 복수초, 바람꽃 같은 야생화를 만나는 행운을 누릴 수도 있다. 명심보감에 '하늘은 녹이 없는 사람을 낳지 않고, 땅은 이름 없는 풀을 기르지 않는다.'라고 했듯이 세상에 까닭 없이 피는 꽃은 없다. 꽃을 찾아다니며 내가 얻은 소득이라면 자연은 인간이 소유할 대상이 아니라 인간이 자연의 일부로 사는 것이란 깨우침이다. 잔설을 헤치고 꽃대를 밀어 올린 복수초나 노루귀꽃을 보면 그 작고 여린 생명의 경이 앞에서 절로 탄성이 터져 나온다. 그동안 세상의 속도를 따라가느라 분주하기만 하던 마음도 이내 평온해지고 자연에 대한 경외감으로 절로 고개를 숙인다.

꽃만이 우리에게 감동을 주는 것은 아니다. 이른 봄 산에서 야생화를 찾아다니다 보면 유독 눈에 띄는 나무가 있는데 한동안 이름을 몰라 답답했다. 아직 겨울잠에서 깨어나지 않은 여느 나무들과는 달리 제일 먼저 새잎을 내어 달고 연둣빛 안개에 싸인 듯한 이 나무를 보면 신령한 기운마저 느껴진다. 봄 산에서 가장 먼저 잎을 내어 달고 봄을 알리는 이 부지런한 나무가 바로 귀룽나무다. 이름만 들으면 생소하지만, 벚나무 등과 함께 장미과에 속하는 낙엽활엽교목으로 예전에는 이 나무의 잎이 피는 것을 보고 농사일을 시작했을 만큼 늘 우리 가까이에 있어 온 나무다. 귀룽나무라는 이름은 구룡목(九龍木)에서 유래되었다고 한다. 이명으로는 '귀롱나무', '귀롱목', 꽃이 핀 모습이 마치 흰 구름이 내려앉은 듯하다 하여 '구름나무'로도 불린다. 귀룽나무는 주로 정원수로 심는데, 어린순은 나물로 먹기도 한다.

제일 먼저 잎을 피워 숲에 초록 기운을 불어넣고, 농부들에게 농사철이 돌아왔음을 알리는 귀룽나무는 그 부지런함 못지않게 꽃 또한 아름답다. 마치 포도송이처럼 뭉쳐 피는 흰 꽃이 만개하면 흰 뭉게구름이 내려앉은 것처럼 눈부시다. 꽃향기도 그윽하고 꿀이 많아 꽃이 한창일 때 나무 아래로 가면 벌들의 날갯짓 소리에 귀가 먹먹해질 정도로 벌떼의 방문이 끊이지 않는다.

벌들에게 아낌없이 꿀을 나누어줄 뿐 아니라 7월에 열리는 버찌와 닮은 흑색 열매는 새들의 먹잇감이 되어준다. 새들이 귀룽나무 열매를 좋아하여 서양에서는 이 나무를 'bird cherry'라고 부른다. 그러고 보면 귀룽나무야말로 아낌없이 주는 나무란 생각이 든다.

한 가지 특이한 것은 향긋한 꽃향기와는 달리 어린 가지를 꺾으면 고무 타는 듯한 고약한 냄새가 나는데, 파리들이 싫어해서 재래식 화장실에 어린 가지를 꺾어 넣으면 구더기를 없앨 수 있다고 한다. 뿐만 아니라 이 가지를 꺾어 벌통 주변에서 흔들면 벌들이 유순해져서 벌통 관리가 한결 수월해진다고 한다. 나무껍질에는 타닌 성분이 있는데 이 정유 성분과 관련이 있는 듯하다.

정현종 시인은 '방문객'이란 시에서 "사람이 온다는 건/실로 어마어마한 일이다'라고 했지만, 꽃 한 송이, 나무 한 그루를 만나는 일도 그에 못지않다. 그저 한 송이 꽃, 한 그루의 나무가 아닌 꽃의 생애가, 나무의 전생(全生) 함께 오기 때문이다. 나무나 사람이나 알게 되면 좋아하게 되고, 좋아하면 더 알고 싶어지게 마련이다. 봄은 사람의 걷는 속도로 북상하면서 꽃을 피운다고 한다. 남녘엔 이미 봄이 당도했는지 꽃소식이 무성하다. 봄이 오는 길목에서 잠시 한 그루 나무가 되어보거나 꽃이 되어보는 일, 눈에 보이는 초록의 생명들에게 말을 걸며 그들을 알아가는 일이야말로 자연과 더불어 살아가는 우리의 봄을 맞는 자세가 아닐까 싶다.

자목련

백목련 지고 나니
자목련이 피어납니다

속절없이 몸을 허무는
백목련을 지켜보던 자목련이
자주색 고운 꽃을 피웁니다

바람이 꽃을 피운다는 말은
새빨간 거짓말

백목련 지는 슬픔을 딛고
자목련이 화려하게 꽃을 피우듯이
눈물을 이겨낸 자만이
인생의 눈부신 꽃을 피웁니다

8. 목련 – 임 향한 일편단심

꽃 모양이 연꽃을 닮아 '나무에 피는 연꽃'이라는 뜻으로 목련이란 이름을 얻었다.

벌써 백목련이 지고 있다. 티끌 하나 없는 순백의 순결함으로 우리의 눈을 부시게 하던 백목련이 지는 모습은 짧은 봄날을 더욱 서럽게 만든다. 순결의 상징 같은 하얀 꽃잎이 땅바닥에 아무렇게나 널브러져 커피색으로 시들어가는 백목련 꽃잎을 보면 인생무상이 느껴지기도 한다. 필 때나 질 때나 그 모습이 별반 다르지 않은 작은 들꽃에서 소박한 아름다움을 느낀다면 가장 눈부시게 피어난 꽃이라서 지는 모습이 참혹하게 느껴지는 것인지도 모르겠다. 지는 모습이 지저분하다는 것은 피어날 때 그만큼 아름답고 눈부셨다는 방증이 아닐까 싶기도 하다. 바람도 없는데 꽃잎을 지상으로 내려놓는 백목련 꽃나무 아래를 서성이면서 꽃의 시간을 생각해 본다.

목련은 목련과에 속하는 낙엽교목으로 보통 키가 10m 정도로 크는 봄을 대표하는 꽃이다. 꽃 모양이 연꽃을 닮아 '나무에 피는 연꽃'이라는 뜻으로 목련이란 이름을 얻었다. 이

외에도 겨울눈이 붓을 닮아 나무 붓이라는 뜻의 목필화(木筆花), 봄을 맞이한다는 뜻에서 영춘화(迎春花)로도 불린다. 많은 꽃들이 해를 향해 피어나지만 목련이 꽃필 무렵 눈여겨보면 꽃봉오리들이 북쪽을 향해 피어나는 것을 볼 수 있다. 이를 두고 옛사람들은 늘 임금이 계시는 북쪽을 향해 피어나는 꽃이라 하여 북향화(北向花)로 부르며 충절의 꽃으로 귀히 여겼다. 목련이 북쪽을 향해 피는 까닭은 의외로 간단하다. 그것은 목련의 꽃눈이 워낙 크다 보니 남쪽과 북쪽의 일조량이 달라져서 성장 속도가 다르다 보니 더 많이 자란 남쪽에서 북쪽으로 자연스레 휘어지게 된 것이다.

북향화'와 관련해서는 다음과 같은 이야기가 전해진다.

옛날 한 나라에 공주가 살았는데 차가운 북쪽 바다를 지키는 해신을 연모하게 되었다. 부모의 반대를 무릅쓰고 공주는 궁을 빠져나와 무작정 북쪽을 향해 걷기 시작했다. 힘들고 고된 나날이 이어졌지만, 사랑하는 사람을 만날 일념으로 갖은 고초를 겪은 끝에 해신이 있는 북쪽 바다에 도착했다. 그러나 해신은 이미 결혼하여 아내가 있는 유부남이었다. 뒤늦게 사실을 알게 된 공주는 평생의 꿈이 물거품이 되자 절망하여 차가운 북쪽 바다에 몸을 던져 생을 마감했다. 이러한 사연을 알게 된 바다의 신은 공주의 애달픈 죽음을 애통해하며 그녀를 바다가 보이는 양지바른 언덕 위에 묻어주었다. 그날 밤 해신은 공주 문제로 아내와 부부 싸움을 하게 되었는데, 해신은 공주와 무관함을 주장했으나 아내는 믿지 않았다. 두 사람은 심한 몸싸움을 하다가 해신이 아내를 숨지게 하였다. 훗날 공주와 해신의 아내를 불쌍하게 여긴 신이 공주를 백목련으로, 해신의 아내는 자목련으로 환생시켜 주었다는 이야기다.

현재 지구상에는 약 35종의 목련아 있다고 한다. 백악기의 지층에서 화석이 발견되기도 하는 목련은 살아 있는 화석으로 불리는 고대식물에 속한다. 우리나라와 일본 중국 등에 분포하며 습기가 적당하고 비옥한 땅을 좋아하며, 햇볕을 충분히 받지 못하면 꽃을 잘 피우지 않는다. 꽃봉오리는 신이(辛夷)라고 해 약 2,000년 전부터 한약재로 사용해왔다. 꽃봉오리가 터지기 직전에 따서 그늘에 말렸다가 고혈압, 두통이나 축농증, 비염 등의 치료에 썼으며 특히 비염에 효과가 큰 것으로 알려져 있다. 목련꽃은 차로 마시기도 하는데 따뜻하고 매운맛의 특성이 있어 여름철 찬 음식으로 불편해진 속을 다스리는 데 좋다. 여름 장마철에 목련 장작으로 불을 때면 집안에 나쁜 냄새가 없어지고 습기를 잡을 수 있다. 목재로서도 조직이 치밀하고 재질이 연해서 상이나 칠기를 만드는 등 목공예 재료로 많이 쓰인다.

모든 꽃들이 그러하듯 목련은 말없이 피었다, 소리 없이 진다. 처음부터 사람들의 시선쯤은 관심도 없다. 다만 제 안의 생체시계가 짚어주는 시간에 맞춰 꽃 피우고 질 따름이다. 그럼에도 불구하고 우리가 예쁜 꽃에 환호하고 나무 그늘에서 편안함을 느끼는 것은 사람도 자연의 일부이기 때문이다. 풀 한 포기, 꽃 한 송이, 나무 한 그루가 지닌 특징들을 눈여겨보는 착한 호기심이 자연의 품으로 우리를 인도한다. 끝으로 〈뉴 에이지 저널〉 편집장이었던 조안 던컨 올리버의 시 한 구절을 지는 목련 꽃잎 위에 적어 본다.

"나는 내 아이에게/나무를 껴안고 동물과 대화하는 법을/먼저 가르치리라. //숫자 계산이나 맞춤법보다는/첫 목련의 기쁨과 나비의 이름들을/먼저 가르치리라."

노랑제비꽃

내 고향 뒷산엔
나만 아는
노랑제비꽃 군락지가 있습니다.

그곳에 가기 위해선
가파른 산길을 땀 뻘뻘 흘리며
한 시간은 다리 아프게 올라야 하는데
아무 때나 산을 오른다고
노랑제비꽃을 만날 수는 없습니다.

어느 때는
너무 일러 피지 않았고
어느 때는
너무 늦어 이미 진 뒤였지요.

결국, 산다는 것은
그때를 알아차리는 일임을
노랑제비꽃을 보며 깨닫습니다.

9. 다시 봄이 찾아와

제비꽃은 뿌리 번식능력도 뛰어나 봄이 되면 옆으로 길게 자라있는 뿌리 곳곳에서 제비꽃 새싹이 올라온다. 그 강한 생명력 덕분에 우리는 봄이 되면 지천으로 피어난 제비꽃을 만날 수 있는 것이다.

산책길에서 보랏빛 제비꽃을 만났다. 안도현 시인은 자신의 시에서 "제비꽃을 알아도 봄은 오고/제비꽃을 몰라도 봄은 간다"고 했는데, 산책길에서 찬바람에 떨고 있는 제비꽃과 마주친 순간. 나는 봄을 직감했다. 앙증맞은 제비꽃이 봄이 왔음을 인증이라도 하듯 내 가슴에 보랏빛 꽃 도장을 꾹 눌러 찍었기 때문이다. 마침내 나에게도 제비꽃 피는 봄이 찾아온 것이다.

제비꽃은 꽃의 모양새가 하늘을 나는 제비를 닮아서, 제비가 돌아오는 삼월 삼짇날 즈음에 피어서 제비꽃이라는 이름을 얻었다. 조선시대에는 오랑캐꽃이라 불렸는데 이는 이 꽃이 필 무렵 북쪽의 오랑캐가 쳐들어와 노략질을 일삼았기 때

문이라고도 하고, 꽃송이 뒤의 꿀주머니가 오랑캐의 뒷머리 모양을 닮았기 때문이라고도 한다. 이 외에도 꽃자루 끝이 등을 긁는 여의(如意)와 닮아 여의화(如意花), 씨름꽃, 장수꽃 등으로도 불린다. 제비꽃류를 통칭하는 속명이 비올라(Viola)인데 보라색을 바이올렛(Violet)이라고 하는 것은 제비꽃의 색을 보고 붙였기 때문이다.

제비꽃은 여러해살이풀로 다 자라봐야 그 키가 한 뼘을 넘지 못하지만, 우리나라에만도 60여 종이나 될 만큼 다양한 종을 자랑한다. 아무 곳에서나 잘 자라고 잘 어울리는 끈질긴 생명력 덕분이다. 주변에서 쉽게 볼 수 있는 제비꽃은 주로 보라색과 흰색이지만 분홍색 꽃이 피면서 잎이 고깔처럼 말려 나오는 고깔제비꽃, 흰색 꽃이 피며 잎이 긴 삼각형인

태백제비꽃, 가장 높은 곳에 분포하며 노란색 꽃이 피는 노랑제비꽃도 있다.

제비꽃은 꽃을 먹을 수 있는 대표적인 식물 중 하나로 그 용도도 다양하다. 어린잎을 나물로 무쳐 먹거나 국으로 끓여 먹기도 하고 튀겨 먹기도 한다. 한방에서는 전초를 달여 열로 인한 종기, 가래, 부인병, 발육촉진, 설사, 통경에 쓰며, 뿌리와 꽃은 피를 맑게 하고 부스럼을 치료하는 데 쓰였다고 한다. 뿐만 아니라 염색제의 원료나 향수의 원료로도 쓰인다.

제비꽃은 3월에 피는 둥근털제비꽃을 시작으로 6월 장백제비꽃까지 종류별로 꽃피는 시기가 각기 다르다. 꽃이 지고 열매가 익으면 세 갈래로 벌어져 씨앗을 퍼뜨리는데 신기한 것은 꽃이 없는 여름과 가을에도 씨앗을 맺는다는 것이다. 식물학에서 꽃잎을 열지 않고 씨앗을 맺는 꽃을 '폐쇄화'라고 한다. 제비꽃은 벌이 없어도 씨방 속에서 스스로 가루받이를 하여 씨앗을 만들어 내는 폐쇄화이기도 하다. 뿐만 아니라 여러해살이풀인 제비꽃은 뿌리 번식능력도 뛰어나 봄이 되면 옆으로 길게 자라있는 뿌리 곳곳에서 제비꽃 새싹이 올라온다. 그 강한 생명력 덕분에 우리는 봄이 되면 지천으로 피어난 제비꽃을 만날 수 있는 것이다.

가장 흥미로운 것은 제비꽃이 있는 곳에는 꼭 개미집이 있다는 사실이다. 그 까닭은 제비꽃 씨앗에는 개미들이 좋아하는 '엘라이오솜'이라는 단백질과 지방이 풍부한 영양덩어리가 달라붙어 있기 때문이다. 그래서 개미들은 제비꽃 씨앗이 떨어지면 이 씨앗을 통째로 물어다 개미집으로 가져간다. 그리고는 자신들에게 필요한 '엘라이오솜'만 떼어 개미집으로 들어가고 씨앗은 개미집 밖에 버린다. 이러한 행동을 '개미 씨앗 퍼트리기'라고 하는데, 보다 멀리 그리고 넓게 씨앗을 퍼뜨리기 위한 제비꽃의 전략이다. 덕분에 제비꽃은 아주 손쉽게 다양한 곳에서 꽃을 피울 수 있고 개미들은 자신들의 좋은 먹잇감을 얻을 수 있으니 누이 좋고 매부 좋은 상생의 전략인 셈이다.

오는 31일 방북하는 우리 예술단의 평양 공연 제목이 '봄이 온다'로 정해졌다고 한다. 평창동계올림픽을 계기로 어렵사리 찾아온 한반도 해빙의 의미를 담아 정한 제목이라고 한다. 북한의 핵미사일 도발에 대한 국제사회의 제재로 한반도 긴장이 한껏 고조된 시점에서 '봄이 온다'는 제목이 갖는 상징적 의미는 각별하게 다가온다. 언제 어떤 돌발변수가 생겨날지 모르는 상황에서 우리 예술단의 평양 공연이 들판에 제비꽃을 피우는 봄바람처럼 얼어붙은 동토에 화해의 훈풍이 되길 기대해 본다.

족두리풀

처음 잎이 나올 때부터
땅바닥에 바짝 붙어 피고
온종일
제 잎 뒤에 숨어 지내는 까닭에
단 한 번도
나비 구경 한 적 없는 족두리풀이
화려한 날갯짓으로 봄 언덕을 넘어가는
애호랑나비를 키워낸다는
그 사실 하나만으로도
흥미진진하기만 한
봄

마음에 꽃을 심다

10. 족두리풀, 오월의 신부를 연상케 하는

자연과 친해지기 위해 제일 먼저 해야 할 일은
꽃들의 이름을 불러주는 것이다. 이름을 알게
되면 더 다가서게 되고, 한 걸음 더 다가가면
예전엔 미처 몰랐던 새로운 사실들을 발견하
게 된다.

오월의 숲은 의외로 분주하다. 막연히 도시의 소음이 싫어
고요를 즐기려 숲을 찾았다면 실망하기 딱 좋은 게 요즘이
다. 생생한 생명의 기운이 넘치는 오월의 숲은 생의 찬가로
가득 차 있기 때문이다. 싱그러운 신록 사이로 짝짓기를 하
려는 새들의 부산한 날갯짓과 사랑의 세레나데가 끊임없이
이어진다. 날마다 새로 피어나는 꽃들 사이로는 나비나 벌,
딱정벌레 같은 작은 곤충들이 바삐 오가며 역시 짝을 찾느라
여념이 없다. 현명한 사람이라면 사랑이 넘쳐나는 오월의 숲
에선 고요를 버리고 활기찬 생명의 설렘을 택할 일이다.

결혼 시즌이기도 한 오월, 봄 숲에서 만날 수 있는 특별한
꽃 중에 하나가 족두리풀이다. 전통 혼례에서 신부가 머리에
썼던 족두리를 닮아 이름 붙여진 꽃이다. 족두리풀은 쥐방울

덩굴과의 여러해살이풀로 전국의 산지의 나무 그늘에서 자란다. 종류로는 족두리풀을 비롯하여 잎에 무늬가 있는 개족두리풀, 꽃받침 잎이 뒤로 젖혀지는 각시족두리풀, 잎이 자주색인 자주족두리풀, 꽃받침잎이 뿔처럼 생긴 뿔족두리풀 등이 있다.

봄이 되면 땅속에서 두 개의 잎이 먼저 나오고 조금 더 시간이 지나면 잎 사이에서 꽃대가 올라와 끝부분에 한 개의 꽃이 옆을 향해 달려 핀다. 꽃잎은 퇴화하여 없어지고 둥근 항아리처럼 독특하게 생긴 꽃받침이 암술을 보호하고 있는 족두리풀의 홍자색 꽃은 땅 색깔과 비슷하여 눈여겨보지 않으면 쉽게 찾을 수 없는 신비로운 꽃이기도 하다.

꽃에서는 약간 불쾌한 냄새가 나는데 그렇다고 기분 나빠해서는 안 된다. 왜냐하면 꽃의 향기는 처음부터 사람을 위한 것이 아니기 때문이다. 자신의 꽃가루받이를 도와줄 개미를 유혹하기엔 더없이 좋은 이 냄새에 이끌린 개미들이 꽃

속을 들락거리며 꽃가루받이를 도와주고 씨앗을 퍼뜨리는 일까지도 도맡아 해준다. 족두리풀의 씨앗은 단맛이 나는 우무질로 덮여있어 개미에겐 좋은 먹잇감이 되어준다. 개미들이 우무질만 먹고 내다 버린 씨앗들이 그 자리에서 다시 싹을 틔워 자신의 영토를 넓혀가는 것이다.

한방에서는 족두리풀의 뿌리를 세신(細辛)이라 하여 약재로 썼는데 발한·거담·진통·진해 등의 효능이 있는 것으로 알려져 있다. 또한 민간에서는 벌레를 쫓는 데 쓰이기도 하고, 입 냄새나 가래를 없애는 데에도 이용했다는데 독성이 강한 식물이기 때문에 함부로 만지거나 먹어서는 안 된다. 그러나 이른 봄날 진달래꽃의 꿀을 빠는 애호랑나비는 족도리풀의 독성에 대한 면역성을 가지고 있어서 그 잎만 먹고 자란다. 오직 일편단심으로 족두리풀의 잎에 알을 낳고 성충이 될 때까지 족두리풀을 떠나지 않는다니 족두리풀이 사라지면 애호랑나비도 더 이상 볼 수 없을 것이다.

연지곤지 찍고 칠보족두리를 쓴 화사한 오월의 신부가 연상되는 이름과는 달리 족두리풀에는 애달픈 전설이 담겨 있다. 옛날 경기도 포천 지방에 꽃 아가씨라 불리던 어여쁜 처녀는 궁녀로 뽑혔다가 중국의 몹쓸 요구로 멀고 낯선 이국으로 떠나 낯선 나라에서 고국을 그리다가 한 많은 생을 마감하고 말았다. 한편 고향집에서 딸자식을 기다리던 어머니도 뒤따라 그만 세상을 뜨고 말았는데 그녀의 집 뒷동산에 이상한 풀이 자라나 꽃을 피웠는데 꽃 모양이 신부가 시집갈 때 쓰는 족두리를 닮아 모녀의 넋이 꽃으로 피어났다는 전설이다. 그래서일까. 족두리풀의 꽃말은 '모녀의 정'이다.

계절의 여왕이라는 오월은 가장 아름답고 눈부신 오월의 신부를 연상케 하는 족두리풀을 볼 수 있어 행복한 달이다. 자연과 친해지기 위해 제일 먼저 해야 할 일은 꽃들의 이름을 불러주는 것이다. 이름을 알게 되면 더 다가서게 되고, 한 걸음 더 다가가면 예전엔 미처 몰랐던 새로운 사실들을 발견하게 된다. 숲은 살아 있는, 세상에서 가장 위대한 도서관이다.

산수유 꽃

봄비 스친
순창 고추장 민속마을을
사부작사부작 걷다가
산수유 노란 꽃을 만났습니다

빗방울에 놀라
화들짝 피어난 꽃들 사이로
가만가만 번지는 장 익는 냄새

물방울 머금은
산수유 꽃그늘에 앉아 생각합니다

꽃 진 자리마다
산수유 열매 붉게 익어갈 즈음엔
순창 고추장도 빨갛게 익어갈 것을

11. 산수유 그 노란 꽃 안개

날씨가 변덕을 부려도 봄은 오고 꽃은 피듯이
가시밭길을 걸어도 꽃을 보고 걸으면 꽃길을
걷는 것이다.

　본격적인 봄이 시작되는 3월이 왔건만 연일 미세먼지가 극
성이다. 엎친 데 덮친 격으로 황사까지 몰려온다니 올봄에는
꽃길만 걷겠다던 마음속 다짐은 아무래도 지나친 욕심이었
나 싶다. 그럼에도 불구하고 집 앞 산수유 붉은 열매 사이로
노란 꽃망울이 한껏 부풀어 올랐다. 마침내 봄이 왔다고 소
리치듯 금세라도 꽃망울을 터뜨릴 것만 같은 기세다.
　"산수유 꽃이 피고 있습니다."

어느 해인가 남녘에 사는 친구가 보내온 산수유 개화 소식에 한달음에 달려간 전남 구례의 산수유마을은 온통 노란 꽃 안개에 싸여 황홀한 봄 풍경을 연출하고 있었다. 산자락이 이어지는 계곡과 계곡 사이, 지붕 낮은 집과 집의 돌담 사이, 논둑 밭둑과 마을 빈터를 가득 메우며 출렁이는 노란 꽃물결이 한 폭의 수채화를 닮아 마치 꿈을 꾸는 듯했다. 그때 나는 산수유 노란 꽃 안개 속을 거닐며 노란색이야말로 봄을 상징하는 색으로 안성맞춤이란 생각을 했다.

불멸의 화가 빈센트 반 고흐가 프로방스의 이글거리는 태양을 생명과 정열을 노랑으로 표현했던 것처럼 노랑은 지구의 모든 생명의 근원인 태양의 색이다. 노란색은 즐겁고 생동감 있는 느낌을 주며, 가득한 햇살을 연상케 하여 우리에게 행복감을 준다. 뿐만 아니라 노랑이 지닌 에너지는 우리의 신체 기능을 자극하고 상처를 회복하는 데에도 도움을 준다. 노랑을 이용한 컬러테라피는 기쁨이나 인식 등 인간의 감정을 자극하여 실망감을 줄여주고, 마음을 설레게 하며 기억력을 향상시키는 것으로 알려져 있다.

우리에게 생동감 넘치는 노란색 봄을 펼쳐 보이는 산수유는 층층나뭇과에 속하는 낙엽 지는 소교목으로 중국이 원산지로 알려져 있다. 이른 봄 노랗게 터지는 꽃망울도 좋지만 정작 귀한 나무로 대접받게 하는 것은 가을날 가지마다 탐스럽게 열리는 선홍빛 열매다. 한때 '남자에게 정말 좋은데…'

하는 광고로 산수유 열매가 더 많은 사람들에게 알려지기도 했지만 겨울날 눈을 이고 있는 빨간 산수유 열매를 보면 절로 탄성이 나올 만큼 사랑스러운 것도 사실이다.

산수유나무의 껍질은 얇은 조각으로 벗겨지고 나면 다시 새 껍질이 생기길 되풀이하며 독특한 무늬를 만든다. 해마다 꽃을 피우고 열매를 맺으면서도 해마다 새로운 껍질로 옷을 갈아입는 부지런한 나무다. 여느 봄꽃들처럼 산수유도 잎보다 먼저 꽃을 피운다. 꽃송이는 멀리서 보면 하나처럼 보이지만 가까이에서 보면 수십 송이의 작은 꽃들이 둥글게 모여 하나의 꽃송이를 이루고 있는 것을 알 수 있다.

짧은 봄밤처럼 서둘러 꽃이 지고 나면 돋기 시작하는 잎은 여름내 시원한 그늘을 만들어주어 좋지만, 산수유를 산수유답게 만드는 것은 가을에 열리는 붉은 열매다. 열매 모양은 대추와 비슷하지만 훨씬 작고 길쭉하다. 산수유마을에선 이 열매 덕분에 자식들을 대학에 보낼 수 있었다고 해서 대학나무로 불리기도 했다. 산수유 열매는 따뜻한 성질로 약간 신맛이 나는데 타닌과 사포닌, 코르닌, 로가닌을 함유하고 있어 신장계통(전립선), 당뇨병, 고혈압, 여성호르몬 개선 등에 효능이 있는 것으로 알려져 있다.

뉴스에 보니 전남도에서는 3월을 대표하는 남도전통주로 구례의 '산수유 생막걸리'를 선정했다고 한다. 3월 중순이면 산수유의 전국 생산량의 68%를 생산하는 구례 산동마을에서는 산수유축제가 열린다. 초미세먼지에 황사까지 몰려와 바깥나들이가 쉽지 않은 요즘이지만 봄꽃을 찾아 남도여행을 떠나고자 한다면 산수유 축제장을 찾아 산수유 막걸리로 탁한 목을 씻어보는 것도 좋을 듯싶다. 날씨가 변덕을 부려도 봄은 오고 꽃은 피듯이 가시밭길을 걸어도 꽃을 보고 걸으면 꽃길을 걷는 것이다.

겨울 민들레

겨울 들판에서
노란 민들레를 만났습니다.

누군가
흘리고 간
황금빛 단추 같은
노란 민들레

세상의 모든 꽃들
사라진 겨울 들판에

홀로 피어 찬바람에 흔들립니다.

찬바람에도 굴하지 않고
눈부신 꽃을 피운
겨울 민들레

한 줌 햇볕만 있어도
끊임없이 꽃을 피우는 게 삶이라고
민들레 노란 꽃이
가만가만 나를 타이릅니다.

12. 민들레, 수처작주의 삶을 노래하다

바람에 날리다가 어느 곳이든 일단 땅에 내렸
다 하면 뿌리를 내리고 꽃을 피워 한세상을 이
루는 민들레야말로 수처작주의 삶이라 할 만
하다.

지난 토요일, 인사동에서 조촐하게 시집 출판기념회를 마
쳤다. 북극발 한파의 영향으로 몹시 추운 날씨임에도 불구
하고 많은 분들이 참석하여 축하해 주었다. 2시간 넘게 무대
위에서 북 콘서트가 진행되는 동안 오롯이 나는 그 무대의
주인공이었다. 많은 사람들의 눈과 귀가 나를 향해 있었고,

나는 대중이 주목하는 가운데 나의 삶과 문학에 대해 얘기할
수 있었다.

북 콘서트를 준비하면서 내내 머릿속을 떠나지 않던 꽃이
민들레였다. 수많은 꽃 중에 왜 민들레였을까. 그것은 무의
식중에 부박한 나의 삶이 민들레와 닮아있다는 동질감에서
비롯되었을 것이다. 눈보라 치는 겨울을 제외하면 봄부터 가
을까지 문밖만 나서면 어디서나 쉽게 볼 수 있는 꽃이 민들
레다. 너무 흔해서 쉽게 눈에 띄지만, 눈에 들어오지 않는 꽃
이 민들레꽃이다. 민들레는 특별할 것도, 특별하지도 않은
우리네 삶과 여러모로 닮아서 예로부터 민초들의 삶을 대변
하는 꽃으로 인식되어 온 꽃이다.

국화과에 속하는 민들레는 줄기에서 뿌리까지 나물이나 약
재로 유용한 식물이다. 민들레란 이름은 사람들이 사는 문
가까이, 문 둘레에서 핀다하여 '문둘레'라 부르다 '민들레'가
되었다고 전해지지만 정확하진 않다. 내 짧은 생각으로는 민
초를 대표하는 꽃이라 백성 민(民)자를 넣어 민들레라 부른
게 아닌가 싶은 생각이 들기도 한다. 옛사람들은 민들레를
아홉 가지의 덕이 있는 풀이라 하여 구덕초(九德草)라 불렀
다.

그 아홉 가지 덕을 살펴보면 대부분이 민들레의 강한 생명
력이나 우리 인간을 이롭게 하는 약초나 나물로서의 효용성
에 주목하여 의미를 부여한 것임을 쉽게 알 수 있다. 그 많은

덕 중에 하나를 꼽으라면 나는 주저 없이 어디에서나 뿌리를 내리고 너끈히 한세상 이루는 용덕(勇德)을 꼽는다. 민들레는 어떤 환경에도 굴하지 않고 억척스럽게 꽃을 피운다. 들판이나 길가 등 장소를 가리지 않는다. 심지어는 시멘트 틈 사이에서도 뿌리를 내리고 꽃을 피우는 끈질긴 생명력은 단연 으뜸이라 할 만하다.

특히 민들레는 씨앗이 바람에 날려 다니다가 땅에 떨어지면 싹을 틔우고 꽃을 피우는데 일주일이 채 걸리지 않는 것으로 유명하다. 짧은 기간 안에 승부를 내기 위하여 강인한 생명력으로 때와 장소를 가리지 않고 꽃을 피우는 것이다. 얼핏 보기엔 한 송이 같지만 민들레꽃은 여러 개의 작은 낱꽃이 모여서 한 송이의 꽃을 이룬다. 낱개의 꽃만으로는 눈에 띄지 않기 때문에 이것들이 한데 모여 한 송이의 꽃 모양을 하고 수분을 도와줄 벌이나 나비 같은 곤충을 유혹한다. 모두가 생존을 위한 민들레 나름의 치밀한 전략이다.

농경사회에서 산업사회로 바뀌면서 우리는 새로운 노마드의 시대를 살고 있다. 평생직장도 이미 옛말이 되어버린 지 오래고 어느 한 곳에 안주하기에는 너무 빠르게 사회환경이 바뀌고 있다. 어물어물하다가는 주인은커녕 변방으로 밀려나기 십상이다. 일찍이 당나라의 선승 임제 선사는 '가는 곳마다 주인이 되라'는 수처작주(隨處作主)의 삶을 살라 설법했다. 이르는 곳이 세상의 중심이 되고 오늘의 주인공이 되기 위해서는 민들레의 삶을 본받아야 한다. 바람에 날리다가 어느 곳이든 일단 땅에 내렸다 하면 뿌리를 내리고 꽃을 피워 한세상을 이루는 민들레야말로 수처작주의 삶이라 할 만하다.

많은 사람들은 길가에 아무렇게나 피어나는 민들레를 하찮은 꽃으로 여긴다. 마소의 발굽에 짓밟히기도 하고, 사람들은 잡초로 취급하여 함부로 캐어버리기도 한다. 하지만 민들레는 사람들이 뭐라 하든 꿋꿋이 자신의 삶을 살아낸다. 민들레뿐만 아니라 모든 식물들은 자신이 태어난 곳을 탓하지 않는다. 자신이 뿌리내린 곳이면 그곳이 들판이든, 아스팔트 틈새이든 불평하지 않고 최선을 다해 열정적으로 꽃을 피운다. 민들레에겐 흙수저나 금수저의 구분이 없다. 다만 주어진 환경 속에서 어떻게 주인이 되어 꽃을 피울 것인가에만 집중한다. 인간의 행, 불행은 조건이 아니라 삶을 대하는 마음가짐에 달려 있다. 가시밭길을 걸어도 꽃을 보고 걸으면 꽃길이 된다. 행복한 생각을 많이 하면 행복한 사람이 되는 것처럼 어느 곳에서나 한세상이 이루는 민들레처럼 수처작주의 삶을 살면 누구나 인생의 주인공이 되어 살아갈 수 있지 않을까 싶다.

그리운 봄

꽃샘바람
매운 언덕에
연보랏빛
광대나물 꽃이 피었습니다

꽃 앞에
가만히 무릎 꿇으니
봄이 와서

꽃이 피는 것이 아니라
꽃이 피어서
봄이 온다 하시던
당신이 그리워졌습니다

광대나물 꽃 피는
봄은 오는데
나물 뜯던 당신은
보이지 않고
찬 바람만 매정하게 불어갑니다

당신 계신
그곳도
바야흐로 봄인가요

14. 광대나물, 어릿광대의 신나는 춤판

부지런한 농부들에게 수없이 뽑히면서도 여전히 무성해질 수 있는 것은 한 번 떨어진 씨앗이 땅속에서 5년 이상 때를 기다리는 끈질긴 생명력 덕분이다.

봄볕이 따사로운 날, 들로 나서는 발걸음은 언제나 설렌다. 연두에서 초록으로 바뀌어 가는 산빛을 지켜보는 것도 즐거운 일이지만 곳곳에 피어 있는 형형색색의 꽃들은 한시도 우리의 눈길을 놓아주지 않는다. 그렇게 꽃에 홀려 봄볕 속을 걷다 보면 팍팍하던 세상살이도 가뭇없이 사라지고 이 세상이 이 세상 같지 않고 마치 다른 세상에 초대받아 온 것 같은 착각이 일기도 한다.

일부러 꽃을 찾아 나서지 않아도 문밖만 나서면 쉽게 어여쁜 꽃을 만날 수 있는 것이 봄이 주는 가장 큰 축복이다. 그렇게 만나지는 수많은 꽃 중에 광대나물 꽃이 있다. 이름에 '광대'가 들어 있어서인지 어린 시절, 시골 장마당에서 보았던 얼굴에 온통 하얀 분칠을 하고 커다랗고 새빨간 입술을 그린 어릿광대의 우스꽝스러운 모습을 생각나게 하며 절로

미소 짓게 만든다. 논둑이나 밭둑, 숲 가장자리나 볕 바른 길
가에서 쉽게 만날 수 있는 꽃이다. 말 그대로 도시만 벗어나
면 지천으로 나는 풀이지만 의외로 그 이름을 아는 사람이
많지 않은 것은 너무 흔해서 소홀히 여긴 것도 있지만 우리
가 그만큼 자연과 격리된 삶을 살아왔다는 방증이기도 하다.

하지만 광대나물은 이름과는 달리 어릿광대처럼 우스꽝스

하지만 광대나물의 잎에서 꽃으로 시선을 옮기면 느낌은
사뭇 달라진다. 이른 봄부터 길쭉한 꽃분홍색의 꽃이 피는데
자세히 보면 사랑스럽고 귀엽기 그지없다. 꽃 모양이 입술
을 닮은 순형화(脣形花)인데 마치 봄 노래를 부르는 것만 같
다. 입술을 벌리고 있는 광대나물 꽃의 모양은 꽃가루받이를

도와줄 꿀벌의 방문을 쉽게 하려는 배려이다. 윗입술보다 큰 아랫입술은 꿀벌의 안전한 착륙점이다. 그렇게 꽃을 찾아온 꿀벌은 꽃 속으로 들어가 자신이 원하는 꿀을 얻고 광대나물의 꽃가루받이를 도와준다. 상생을 통한 윈윈전략인 셈이다. 자연은 이처럼 일방적이지 않다, 이렇게 어여쁘고 사랑스러운 꽃이지만 농사를 짓는 농부들에겐 제거해야 할 귀찮은 잡초인 것도 사실이다. 부지런한 농부들에게 수없이 뽑히면서도 여전히 무성해질 수 있는 것은 한 번 떨어진 씨앗이 땅속에서 5년 이상 때를 기다리는 끈질긴 생명력 덕분이다. 광대나물의 씨앗에는 제비꽃이나 애기똥풀에 함유된 엘라이오좀(Elaisome)이란 방향제가 있다. 이 향기를 좋아하는 개미들이 종자를 물고 가게 만들어 여기저기 퍼뜨림으로써 자신의 영토를 넓혀가는 것이다.

농부들에겐 농사에 지장을 주는 잡초에 지나지 않는다 해도 광대나물꽃은 잠시 바라만 보아도 마음이 즐거워지니 이것만으로도 존재 이유가 충분하지 않은가. 봄 들판에 가장 잘 어울리는 꽃, 광대나물의 꽃말은 '그리운 봄'이다. 천지간에 생기가 넘쳐나는 봄날에 이름만 들어도 기분이 좋아지는 광대나물 꽃이 핀다는 것은 얼마나 행복한 일인가. 아롱거리는 아지랑이 속으로 봄이 사라지기 전에 광대나물 그 어여쁜 꽃을 꼭 한 번 만나보시라.

15. 우리가 지켜야 할 자연의 경고등 - 매화마름

한 번 사라지면 되돌릴 수 없는 멸종위기 식물을 보존하고 지켜내는 것은 당연한 우리의 책무다. 우리가 누리는 이 아름다운 자연은 미래 세대에게 잠시 신탁받은 것이기 때문이다.

또 한 해가 저물어 간다. 세모의 끝에 서면 늘 보람된 일보다는 후회되는 일이 더 많다. 최선을 다해 살고자 노력했으나 돌아보면 아쉬움이 크다. 그럼에도 불구하고 개인적으로는 의미 있는 한 해였다. 일주일에 한 편씩 이 지면을 통해 내가 좋아하는 꽃들을 소개한 일도 그렇지만 무엇보다 오랫동안 꿈꿔왔던 숲 해설가 국가 자격증을 취득한 것이다. 숲 해설가는 꽃만이 아니라 숲의 모든 것을 소개하고 사람들을 숲으로 안내하는 사람이니 내게 딱 어울리는 일이기도 하다.

숲 해설가에게 꽃이 사라진 겨울은 눈이 없는 크리스마스와 같다. 하지만 꽃을 볼 수 없는 것은 안타깝지만 숲에 관한 책을 읽거나 공부를 하며 부족한 지식을 채우기엔 더없이 좋은 계절이기도 하다. 심매(尋梅)라 하여 꽃빛이 그리운 옛 선비들은 눈 속에 핀 매화를 찾아 나서기도 했다는데 그동안

미뤄두었던 책을 펼쳐 이 땅에서 사라져가는 멸종위기에 처한 식물들을 알아보다가 매화마름에 눈길이 머물렀다.

이름조차 생소한 매화마름은 미나리아재비과에 속하는 물에 사는 여러해살이풀이다. 줄기의 길이가 50cm 정도로 가늘고 길며, 속이 비어 있고 마디에서 뿌리가 난다. 4~5월경이면 피는 꽃은 흰색으로 지름이 1cm 남짓 된다. 매화마름이란 이름은 꽃 모양이 매화를 닮고 잎은 붕어마름과 흡사하여 붙여진 이름일 뿐 물매화가 그렇듯이 매화마름 역시 매화와는 전혀 다른 집안의 식물이다. 매화마름은 1960년대까지만 해도 서울 인근의 영등포에서도 채집될 정도로 흔하디흔한 풀이었다. 하지만 농약과 화학비료의 남용과 개발로 인한 대부분의 연못과 습지가 파괴되면서 거의 자취를 감춰 현재

우리나라에서는 강화도 일대와 서해안 일부 섬에서만 찾아
볼 수 있는 환경부가 지정한 멸종위기 2급인 수생식물이다.

　농기계의 보급이 많지 않던 시절, 모내기를 위해서 논 가득
자란 매화마름을 일일이 손으로 제거해야 했기 때문에 농부
에겐 벼농사를 망치는 반드시 제거해야 할 잡초에 지나지 않
았다. 게다가 매화마름은 겨울철 논에 담수 상태를 유지해야
성장할 수 있는 까다로운 생육조건을 지니고 있다. 또한 다
음 해에도 매화마름 꽃을 보려면 매화마름의 씨앗이 영글어
떨어질 때까지 모내기를 하지 않아야 한다. 꽃이 피고 씨가
떨어져야지만 다음 해에도 다시 꽃을 볼 수 있기 때문이다.
겨울철 담수를 하면 수확량이 줄고 일찍 모내기를 할 수 없
다 보니 농부에겐 매화마름은 골칫거리일 수밖에 없었다.

　강화군 길상면 초지리에 매화마름 군락지가 있다. 이곳 군
락지는 1998년 동북아식물연구소장인 현진오 박사가 강화
도 일대를 여행하던 중 처음으로 발견했다. 당시 이 지역은
주민들의 민원으로 경지 정리가 예정되어 있었다. 이 사실
을 알게 된 현 박사는 멸종위기종인 매화마름 대규모 군락지
의 생태적 중요성을 인식하고 이를 보존하기 위해 내셔널트
러스트와 연계하여 보전 활동을 벌여 2002년 한국내셔널트
러스트가 시민들의 성금을 모아 보존 후보지로 선정하였다.
2008년 경작이 이루어지고 있는 '논'으로는 세계 최초의 '람
사르 습지'로 지정되어 세계적으로 그 보전가치를 인정받았

다.

  강화매화마름 군락지는 한국내셔널트러스트가 매입하여 영구 보존하고 있는 시민 유산 1호다. 내셔널트러스트 운동은 시민들의 자발적인 모금이나 기부 및 증여를 통해 보존 가치가 있는 자연 자원과 문화 자산을 확보하여 시민 주도로 영구히 보존 관리하는 시민환경운동이다. 한 번 사라지면 되돌릴 수 없는 멸종위기 식물을 보존하고 지켜내는 것은 당연한 우리의 책무다. 우리가 누리는 이 아름다운 자연은 미래 세대에게 잠시 신탁받은 것이기 때문이다. 세상에 공짜는 없다. 작은 들꽃 한 송이 피어나는 데에도 우리의 관심과 사랑이 필요하다.

16. 다산의 죽란시사, 꽃을 사랑한 모임

살구꽃이 필 때 한 번 모이고, 복숭아꽃이 막 피면 한 번 모인다. 한여름에 참외가 익으면 한 번 모이고, 서늘해지면 서지(西池)에서 연꽃 구경하러 한 번 모인다. 한 해가 저물 무렵 분에 매화가 피어나면 또 한 번 모인다.

내가 꽃을 좋아한다고 말하면 사람들은 역시 시인이라서 풍류를 즐길 줄 아는 모양이라고 말한다. 풍류(風流)란 말을 사전에서 찾아보면 '멋스럽고 풍치 있게 노는 일' 또는 '속된 것을 버리고 고상한 유희를 하는 것'이라고 풀이되어 있다. 풍류라는 말 속에 담긴 의미가 단순한 바람과 물 흐름만

이 아닌 사람과의 관계까지 포함하여 파악되어야 하는 것이기 때문에 풍류란 말 속에 담긴 함의는 매우 복합적이다. 그럼에도 불구하고 풍류를 내 식대로 해석하자면 '잘 노는 것'이 아닐까 싶다.

잘 논다는 것, 다시 말해 즐길 줄 안다는 것은 말처럼 간단치 않다. 풍류를 제대로 즐기기 위해서는 자연과 인생과 예술이 삼위일체가 되어야만 비로소 가능한 일이기 때문이다. 그래서 옛사람들은 아름다운 자연 속에서 멋을 아는 벗들과 시와 음악으로 교감하며 어디에도 얽매이지 않는 자유로움을 즐길 줄 알아야 진정한 풍류도(風流道)라 했다.

봄이 오면 긴 겨울잠에서 깨어난 대지에 초록 기운이 서리기도 전에 참을성 없는 복수초와 노루귀, 변산바람꽃 같은 봄꽃들이 얼굴부터 내민다. 연분홍 진달래의 수줍은 꽃빛 위로 초록 불길이 번져가면 마음이 맞는 친구를 불러내어 화전놀이라도 떠나고 싶어진다. 그럴 때마다 나는 꽃 필 때에 맞추어 벗들과 만나 풍류를 즐겼던 다산 정약용의 죽란시사(竹欄詩社)가 부러워지곤 한다.

"살구꽃이 필 때 한 번 모이고, 복숭아꽃이 막 피면 한 번 모인다. 한여름에 참외가 익으면 한 번 모이고, 서늘해지면 서지(西池)에서 연꽃 구경하러 한 번 모인다. 한 해가 저물 무렵 분에 매화가 피어나면 또 한 번 모인다. 모일 때마다 술과 안주, 붓과 벼루를 장만하여 술을 마시고 시를 읊도록 한다."

죽란시사(竹欄詩社)는 조선시대의 대 저술가이자 실학자였던 다산 정약용이 만든 시모임이다. 죽란(竹欄)이란 대나무로 엮어 만든 울타리를 가리킨다. 꽃 사랑이 남달랐던 다산 선생은 집 마당에 꽃과 나무를 가득 가꾸어 석류, 매화, 복숭아나무, 살구나무, 치자나무, 산다화, 금잔화, 은대화, 파초, 벽오동, 국화, 부용화 등이 철 따라 꽃을 피웠다. 혹시라도 심부름하는 하인들의 옷자락에 스쳐 꽃이 다칠까 싶어 화단 둘레에 대 울타리(竹欄)를 쳐 놓았다. 그 대나무 울타리 두른 집에서 마음이 맞는 벗들과 꽃 필 때에 만나 한가로이 술을 마시며 시를 짓는 모임이 다름 아닌 '죽란시사'였다. 이 얼마나 멋진 모임인가.

꽃은 그 자체로도 아름답지만, 그 꽃을 아끼고 사랑하는 사람이 있을 때 그 아름다움은 더욱 빛나게 마련이다. 꽃을 핑계로 만나 시를 짓고 술잔을 기울이며 흉금을 털어놓던 죽란시사는 다산의 각별한 꽃 사랑에서 비롯된 모임이었다. 여름에는 연지에 배를 띄워 연꽃이 피는 소리에 귀를 기울이고, 가을엔 국화 앞에 촛불을 켜고 꽃 그림자가 그린 수묵화를 즐겼던 다산이었기에 그런 멋스러운 모임을 생각해 냈을 것이다.

당대의 석학이었던 다산이 단순히 꽃의 아름다움을 탐하거나 햇과일의 맛이나 보자고 모임을 만들지는 않았으리라. 매운 추위를 이기고 피어난 꽃에서 우주의 이치를 깨닫고 겨울나무가 잎과 꽃을 피워 열매를 맺는 자연의 섭리 속에서 생명의 신비를 보고자 하진 않았을까 싶다. 꽃 피는 시절에 맞추어 시회를 열고 화사한 꽃그늘에 앉아 마음 맞는 벗들과 속 깊은 대화를 나누며 아름다운 세상을 꿈꾸지 않았을까 싶다.

일찍이 중국 명나라 때 문명이 높았던 원굉도는 자신의 저서 '원중랑전집'에 꽃을 감상하는 데에도 때와 장소가 있다고 했다. "겨울에 피는 꽃은 첫눈 올 때가 좋고, 눈이 내리다가 개거나 초승달이 뜰 때 따뜻한 방안에서 보아야 제맛이 난다. 봄꽃은 개인 날, 약간 쌀쌀할 때 화려한 집에서 보는 게 좋고, 여름꽃은 비 온 뒤 선들바람 불어올 때 좋은 나무 그늘 아래나 대나무 그늘, 물가의 누각에서 바라보는 것이 제격이다. 가을꽃은 시원한 달빛 저녁이나 석양 무렵, 텅 빈 섬돌, 또는 이끼 긴 길이거나, 깎아지른 바위 곁이 좋다. 만약 날씨를 따지지 않고 아름다운 장소를 가리지 않고 꽃을 본다면 신기(神氣)가 흩어지고 느슨해져서 서로 어울리지 못하니, 이는 술집에 있는 꽃이나 다를 바 없다."고 했다.

그렇다고 이를 따라 할 이유는 없지만, 꽃을 제대로 감상하려면 많은 꽃을 보려 욕심을 부리기보다는 꽃 한 송이라도 오래 바라보고 그 향기에 취해 보라고 권하고 싶다. 어느 시인의 말처럼 자세히 보아야 예쁘고, 오래 보아야 사랑스러운 게 꽂이기 때문이다. 분명한 것은 꽃은 기다려주지 않고, 한 번 진 꽃은 꼬박 일 년을 기다려야만 다시 볼 수 있다는 사실이다.

2부 5월의 정원

꽃 빛으로 유혹할 수 없으면 향기로, 꿀로, 곤충들을 불러 모으며 자신이 목표하는 바를 묵묵히 이루어 낸다. 그에 비하면 스스로 만물의 영장이라며 오만을 부리면서도 제대로 노력을 기울여보지도 않고 환경이나 조건을 탓하고 불평부터 해대는 우리들의 모습은 얼마나 부끄러운가. 오늘도 꽃들의 소리 없는 혁명은 끊임없이 계속되고 있다.

명자나무꽃

벚꽃 피니
백목련 꽃 피고
벚꽃 지니
백목련도 따라 집니다
행여 꽃잎 밟으면
봄도 그만 가버릴 것만 같아
까치발로 꽃나무 아래를 걸어 나올 때
생울타리 푸른 잎 사이로
배시시 웃으며 나를 반기는
명자꽃
수줍음 많던
첫사랑을 쏙 빼닮은

17. 숨어 피는 꽃이 더 예쁘다

> 옛날엔 꽃 빛이 너무 매혹적이라 집안의 여자가 바람이 날까 봐 집안에 들이지 않았을 만큼 예쁘기 때문이다. 사대부 집안에선 꽃에 마음을 빼앗겨 글공부에 소홀할까 봐 집안에 심지 않았다.

"당신의 봄은 무탈하십니까?"

꽃보라 흩날리는 벚꽃 길을 걸어 나올 때 지인의 문자를 받고 나도 모르게 피식 웃음이 나왔다. 웃음이 나온 건 문자와 함께 부록처럼 따라온 명자나무 꽃 사진 때문이었다. 꽃은 사람을 위해 피어나지 않음에도 불구하고 우리의 정서에 많은 영향을 미치는 게 사실이다. 잎이 피기도 전에 가지마다 환한 꽃등을 내어 달던 벚나무들이 함부로 꽃비를 뿌려대고 그 뒤를 따라 지는 백목련 새하얀 꽃잎이 누렇게 변색 되어 떨어지는 것을 보며 우울해지던 참이었는데 무탈하냐는 문자를 받고 보니 우울도 사치란 생각이 든다. 그저 아무 탈 없이 봄을 건너가고 있는 것만도 다행이란 생각이 든다. 꽃이 져야 열매를 맺을 수 있다는 것을 모르는 것도 아닌데 번

번이 꽃 때문에 웃기도 하고 울기도 한다.

꽃을 시샘하는 비바람에 벚꽃이 지고, 백목련 커다란 꽃잎이 뚝뚝 떨어져 내릴 즈음 피어나는 꽃이 명자나무 꽃이다. 키 큰 꽃나무 아래서 숨죽이고 있다가 그 꽃들이 수명을 다하고 바닥으로 내려앉을 무렵 살포시 피어나는 어여쁜 꽃이 명자나무 꽃이다.

장미과에 속하는 중국이 고향인 명자나무는 산과 들에 자라는 야생의 우리 나무는 아니지만 봄이면 공원이나 정원에서 가장 쉽게 만날 수 있는 친근한 꽃나무 중의 하나다. 장미과에 속하는 명자나무는 키가 다 자라야 1~2m 정도밖에 안 되는 작은 키 나무다. 봄이 되면 먼저 잎이 나기 시작하고 동그란 꽃송이들이 몽글몽글 맺혔다가 키 큰 벚나무나 백목련이 지기 시작하면 무르익은 봄의 한 가운데서 꽃을 피운다. 원래는 붉은색 꽃이 피지만 원예종으로 개량되어 흰색부터 분홍, 진홍색까지 다양한 꽃 색을 자랑한다.

장미과에 속하는 꽃답게 다섯 장의 꽃잎을 펼친 중앙에 수술과 암술이 다보록한 명자꽃은 집안에서 쫓겨날 운명을 타고난 비련의 꽃이기도 하다. 옛날엔 꽃 빛이 너무 매혹적이라 집안의 여자가 바람이 날까 봐 집안에 들이지 않았을 만큼 예쁘기 때문이다. 사대부 집안에선 꽃에 마음을 빼앗겨 글공부에 소홀할까 봐 집안에 심지 않았다. 그야말로 '예쁜 것도 죄라면 무기징역감'이라 할 만하다. 빼어나게 아름다운 자태와는 달리 '평범, 신뢰, 겸손'이라는 의외의 꽃말을 지녔다. 뿐만 아니라 마른 섶에 불붙듯 화르르 피어났다 지는 벚꽃과는 달리 명자나무 꽃은 4월부터 5월에 걸쳐 여느 꽃보다 오랫동안 핀다. 초록 잎 사이로 숨은 듯 드러나는 붉은 꽃이 보는 이의 눈길을 사로잡고 은은한 향기가 발길을 놓아주지 않는다. 산당화, 아가씨나무라는 이명으로 불리기도 하는데 어떤 이름으로 불리어도 꽃의 아름다움은 조금도 줄지 않는다. 대기 오염에 대한 내성도 강하고 매우 건조한 곳이 아니면 어디서나 잘 자라는 특성 때문에 생울타리나 관상용으로 많이 심는 꽃나무 중 하나이기도 하다.

꽃의 절정은 낙화 직전이란 말이 있다. 꽃이 필 때보다 질 때 더 아름다운 생멸의 미학을 보여주기 때문이다. 절정의 시간은 매우 짧다. 그렇다고 지는 꽃에 굳이 슬픔에 잠기거나 미련을 가질 필요는 없다. 풀과 나무의 꽃과 열매는 저마다 안으로부터 차고 넘쳐서 밖으로 드러난 것이다. 지는 꽃이 있으면 피어나는 꽃도 있게 마련이다. 꽃 진 자리엔 열매가 맺히고 그 열매가 땅에 떨어져 다시 싹을 틔워 꽃을 피운다. 세상은 그렇게 끝없이 순환하며 우주의 수레바퀴를 밀고 가는 것이다.

봄은 머물지 않고 빠르게 우리의 곁을 지나간다. 지나가는 봄을 오래 기억하기 위해선 꽃 앞에 앉아 있는 시간을 늘려보는 것도 좋은 방법이다. 공중에서 소리 없는 꽃 폭죽을 터뜨리던 꽃나무 그늘을 지나며 찬란한 슬픔을 느꼈다면 초록 잎 사이로 붉은 꽃망울을 터뜨리고 배시시 웃는 명자나무 꽃 앞에서 아직 남아 있는 봄의 환희를 느껴볼 일이다. 꽃 앞에 앉아서 은은한 꽃의 향기를 잠시라도 흠향해 볼 일이다. 시간의 강물이 지는 꽃잎을 싣고 흘러가도 세상엔 새로운 꽃들이 계속 피어날 것이기 때문이다. 당신의 눈길 닿는 곳에 꽃이 있다.

백모란

당신 없이도
봄은 또 찾아와
울 밑엔 모란꽃이 피었습니다

꽃이 좋아
향기가 좋아
한 송이 백모란처럼
아침마다 꽃 앞에 앉아
꽃보다 환하게 웃던 당신

그 모습 그리워
몰래 꽃그늘에 들면
제 향기에 놀란 꽃이 먼저 몸을 허물고
문득 바라본 봄 하늘엔
백모란 꽃잎 같은 흰 구름만
둥둥 떠서
내 마음인 양 정처 없습니다

18. 모란, 화왕의 품격

모란꽃이 뒷전으로 밀려난 것은 유교사회로
바뀐 조선시대로 접어들면서부터였다. 아취
(我取)와 고절(孤節)을 숭상하는 선비들의 시
선이 화려한 모란에서 매화나 국화로 옮겨갔
기 때문이다.

근래에 새로 생긴 취미 중 하나가 민화 그리기이다. 우연한
기회에 접하게 된 취미인데 정신이 산란할 때 민화를 그리면
정신이 붓끝으로 모이고 나도 모르게 몰입하게 되어 정신 건
강에도 좋은 듯싶다. 눈 오는 겨울밤, 화선지 위에 모란을 피

우는 일은 생각만으로도 멋스러운 일이 아닐 수 없다. 내가 민화를 배우면서 처음 그린 그림이 호작도였고 두 번째로 그린 게 모란이었다. 민화에서 모란을 즐겨 그린 것은 부귀영화를 상징하는 꽃으로 여겼기 까닭이다.

모란은 꽃이 크고 화려할 뿐만 아니라 위엄과 품위를 지녀 부귀화, 또는 화중왕으로 불린다.

백화의 왕으로 꼽힐 만큼 아름다움을 자랑하는 꽃답게 이명(異名)도 많다. 목작약을 비롯해서 화왕(花王)·백화왕(百花王)·부귀화(富貴花)·낙양화(洛陽花) 등 다양하게 불린다. 목작약은 작약과 비슷한 목본이란 뜻이다. 모란과 작약을 헷갈려 하는 사람들이 많은데 모란은 목본이고 작약은 초본(草本)이란 점을 상기하면 어렵지 않게 구분할 수 있다. 두 꽃이 모두 꽃 모양이 장려하고 잎 모양이 단정하여 백화 중에 빼어난 아름다움으로 뭇사람들의 사랑을 받기에 부족함이 없다.

꽃을 뜻하는 한자의 '花'는 풀초 밑에 변화를 뜻하는 '化' 자를 붙여놓은 글자다. 꽃처럼 변화무쌍한 것도 드물다. 어느 날 불쑥 꽃망울이 터져 올라 눈부시게 피어나 향기를 흘리다가 어느 순간 흔적도 없이 사라져 버리는 게 꽃이 아니던가. 그리고 보면 '花'란 한자야말로 꽃의 특성을 가장 잘 표현한 글자란 생각이 든다. 알다시피 모란의 원산지는 중국이다. 덕분에 모란은 중국 사람들로부터 가장 많은 사랑을 받아온 가장 중국적인 꽃으로 꼽힌다. 모란이 수많은 꽃 중에 화왕으로 불리게 된 것은 꽃 자체의 화려함도 있지만, 양귀비를 편애했던 당 현종의 모란에 대한 사랑도 한몫을 했다. 당 현종은 모란꽃을 지극히 사랑하여 장안의 홍경궁에 황제의 권력으로 수집한 수많은 모란을 심어두고 양귀비와 함께 꽃을 즐겼다.

모란이 우리나라에 처음 들어온 것은 신라 진평왕 때로 알려져 있다. 진평왕 때 "당 태종(太宗)이 붉은색·자주색·흰색의 세 빛깔의 모란을 그린 그림과 그 씨 석 되를 보내왔다"고 삼국유사에 기록이 남아 있다. 당나라에서 보내온 모란꽃 그림을 보고 선덕여왕이 "꽃은 비록 고우나 그림에 나비가 없으니 반드시 향기가 없을 것이다"라고 하였는데 씨앗을 심어본즉 과연 향기가 없었다는 선덕여왕의 일화는 많은 사람들로 하여금 모란을 향기 없는 꽃으로 오해하게 만들기도 했다. 하지만 모란꽃에도 분명 향기가 있고 벌 나비도 날아든다. 한때 고향에 내려가 지낼 적에 아침마다 창문을 넘어오던 모란의 향기를 나는 아직도 잊을 수가 없다. 옛 시를 보면 매화 향기는 암향(暗香), 난초의 향기를 유향(幽香)이라 하고, 이에 반해 모란의 향기는 이향(異香)이라고 한 것도 그 향기가 색다르기 때문이 아닐까 싶다.

고려청자에서도 모란당초문이 어렵지 않게 발견될 만큼 사랑을 받던 모란꽃이 뒷전으로 밀려난 것은 유교사회로 바뀐 조선시대로 접어들면서부터였다. 아취(我取)와 고절(孤節)을 숭상하는 선비들의 시선이 화려한 모란에서 매화나 국화로 옮겨갔기 때문이다. 그렇다고 모란에 대한 애상의 열의가 아주 식어버린 것은 아니었다. 오히려 일반 민중의 생활 속으로 들어와 부귀영화를 얻고자 하는 사람들의 바람이 담긴 민화의 단골 소재가 되었던 것이다.

함박꽃나무 그늘 아래서

초록물
뚝뚝 듣는
숲 그늘 따라
지치도록 걷다가
문득
고개 들다
마주친 꽃 한 송이
순결한
첫사랑 같은
함박꽃나무
흰 꽃그늘 밑을 지나온 저녁
꽃향기에 그을렸는가
밤 깊도록
내 몸이 향기롭다

19. 온 겨레가 함박웃음 웃는 그날까지

아이 주먹만 한 커다란 꽃이 한 개씩 달리는데
꽃송이가 너무 큰 탓인지 제 무게를 못이기는
듯 꽃송이는 아래를 향해 피어난다.

　사상 초유의 북미회담을 앞두고 세계의 이목이 개최지인 싱가포르로 쏠리고 있다. 개최국인 싱가포르는 이를 기념하는 기념주화까지 발행했다는 소식이다. 싱가포르 조폐국이 5일 발표한 기념주화는 앞면엔 두 정상의 맞잡은 손을, 뒷면엔 세계평화(World Peace)'라는 영문 문구와 평화의 상징인 비둘기가 나는 모습과 미국 국화 장미, 북한 국화인 목란을 새겨 넣었다. 꽃은 어디에 피어도 아름답고 향기를 잃지 않지만 때로는 이렇게 역사의 한순간을 기념하고 상징하는 메타포가 되기도 한다.

　목란(木蘭)은 '나무에 피는 난초' 같다고 하여 북한 쪽에서 부르는 이름이고 우리말 정식 이름은 함박꽃나무다. 목련과에 속하는 활엽소교목인 함박꽃나무는 목련을 많이 닮아서 '산목련'이라고도 하며 한자 이름은 '천녀화(天女花)'로 불린다. 천상의 선녀를 닮은 꽃으로 비유될 만큼 어여쁘고 사랑스러운 꽃이기 때문이다. 함박꽃은 작약을 일컫는 이름이기도 한데 함지박만큼이나 꽃이 크고 화사하여 '함박꽃'이라는 이름이 붙여진 것처럼 함박꽃나무 꽃도 나무에 피는 꽃치고는 큰 편에 속한다. 진달래를 국화로 정했던 북한이 도중에 이 꽃을 국화로 바꾼 것은 1980년대 초반에 김일성이 산속에 피는 목란의 크고 고운 자태에 반하였기 때문이라고 한다.

함박꽃나무는 우리나라에서는 함경도를 제외한 모든 지역에서 볼 수 있다. 주로 깊은 산골짜기의 그늘진 곳에서 잘 자란다. 소교목이지만 더러는 7m까지도 키가 큰다. 잎은 손바닥처럼 넓은 타원형으로 큼직하고, 가장자리가 밋밋하다. 뚜렷한 잎맥 같은 것도 없어서 시원한 느낌을 준다. 대부분의 목련과의 나무들이 잎을 내기 전에 꽃을 피우는 것과 달리 함박꽃나무는 잎이 다 자란 봄의 끝자락이자 여름 들머리인 5~6월에 새 가지 끝에 순백의 꽃을 한 송이씩 피운다. 아이 주먹만 한 커다란 꽃이 한 개씩 달리는데 꽃송이가 너무 큰 탓인지 제 무게를 못이기는 듯 꽃송이는 아래를 향해 피어난다. 순박한 산골처녀의 수줍음 많은 미소처럼 고운 꽃에서 번져나는 향기는 난향처럼 맑고 그윽하여 오래도록 발길을 놓아주지 않는다.

또 하나의 특징은 중국이 고향인 백목련이나 자목련은 한꺼번에 피어나 만개했을 때에는 나무 전체를 뒤덮을 만큼 화려하지만, 며칠 못 가 한꺼번에 시들어지는 모습은 참혹한 느낌마저 드는 게 사실이다. 이에 반해 함박꽃나무의 꽃은 무궁화처럼 날마다 몇 송이씩 피어나서 오랫동안 꽃을 볼 수 있다. '수줍음'이라는 꽃말을 지닌 함박꽃나무는 조용히 꽃 피는 모습에서도 우리나라 사람들의 정서와도 잘 어울리는 꽃이라 할 수 있다.

열매는 9-10월에 붉은색으로 익는데 그 생김새가 특이하고 붉은 고추를 닮은 열매 속의 씨앗들은 산새들의 좋은 먹잇감이 되어준다. 한방에서는 이 나무의 뿌리 꽃 등을 두통, 축농증, 치통, 건위제, 구충제 등의 약재로 썼다.

함박꽃나무는 약간 습하고 비옥한 약간의 그늘진 곳에서 잘 자란다. 너무 추운 곳만 아니면 우리나라 어느 곳에서나 적응할 수 있어 조경수로도 손색이 없는 나무다. 어느 해 봄, 강원도 화천 여행에서 함박꽃나무 꽃을 만났던 순간은 아직도 마치 어제 일처럼 선연하다. 파로호 북쪽 평화의 댐 아래의 작은 마을인 비수구미마을로 가는 숲길에서 함박꽃나무의 흰 꽃과 마주쳤다. 키 작은 꽃들의 모습을 카메라에 담다가 맑은 향기에 문득 고개를 들었을 때 나의 눈길 속으로 들어온 꽃은 그냥 꽃이라 하기엔 너무 아름다웠다. 꽃은 마치 내가 오기를 기다리고 있었다는 듯 환하게 함박 같은 웃음을 짓고 나를 반겨주었던 기억이 새롭다. 야생화에 관심을 갖게 된 뒤로 한 걸음 한 걸음 꽃에게 다가갈수록 어여쁘지 않은 꽃은 어디에도 없다. 왜냐하면 밥풀 같은 작은 꽃이라도 그 한 송이 피우기 위해선 얼마나 많은 인고의 나날이 들어있는지 알기 때문이다. 어렵게 찾아온 평화 무드가 성공적인 북미화담(北美花談)으로 이어져 핵 없는 한반도, 꽃 피는 금수강산에서 온 겨레가 함박웃음 웃을 날을 기대해 본다.

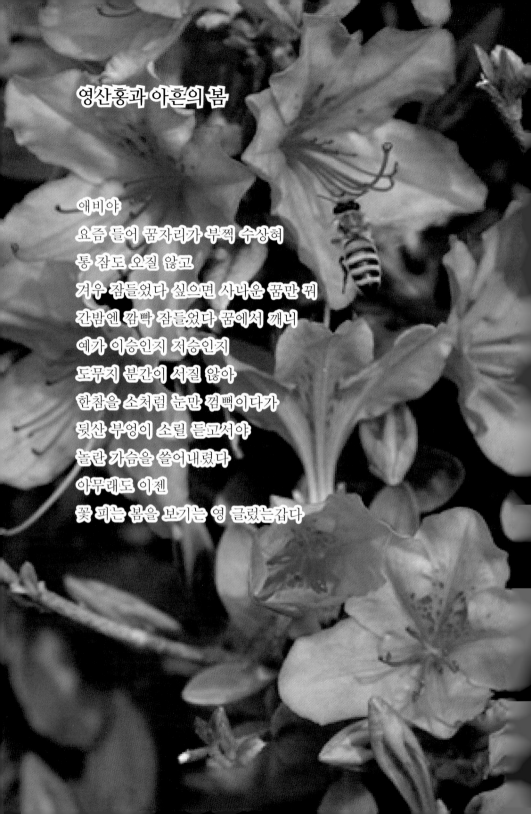

영산홍과 아흔의 봄

애비야
요즘 들어 꿈자리가 부쩍 수상혀
통 잠도 오질 않고
겨우 잠들었다 싶으면 사나운 꿈만 꿔
간밤엔 깜빡 잠들었다 꿈에서 깨니
예가 이승인지 저승인지
도무지 분간이 서질 않아
한참을 소처럼 눈만 껌뻑이다가
뒷산 부엉이 소릴 듣고서야
놀란 가슴을 쓸어내렸다
아무래도 이젠
꽃 피는 봄을 보기는 영 글렀는갑다

아침 밥상머리에서
구순 노모의 넋두리를 반찬 삼아
꾸역꾸역 밥을 먹고 난 뒤
꽃집에서 진분홍 꽃 만발한
영산홍 화분 하나 사 들고 왔습니다

어머니,
여기 보세요
꽃 피는 봄이 왔잖아요

20. 영산홍, 그 붉은 마음

> 꽃을 오래 기억하는 가장 좋은 방법은 꽃과 특별한 추억을
> 만드는 일이다. 그러기 위해서는 제일 먼저 꽃에게 다가가
> 말을 걸어야 한다. 꽃이 지기 전에.

청명이자 식목일이었던 지난 금요일 경희궁에서 숲 교육이
있었다. 아침부터 오후까지 이어진 수업은 숲에서 할 수 있
는 다양한 놀이도 배우고 한 걸음 더 숲으로 다가서는 계기
가 되기에 충분했다. 교육을 마친 뒤엔 잠시 숲길을 걸었다.
눈길 닿는 곳마다 형형색색의 꽃들이 피어 있고 연둣빛 새순
을 내밀기 시작한 나무들로 술렁이는 숲엔 이미 봄빛이 가득
했다.

숲 산책길에 잠시 건너다본 인왕산 밑 서촌도 곳곳에 활짝
핀 벚꽃, 살구꽃이 봄 햇살을 받아 온통 환했다. 서촌은 예로
부터 서울 제일의 봄 놀이터로 꼽히던 필운대가 있는 바로
그 동네다. 옛사람들은 봄나들이를 일러 상춘(賞春), 꽃구경
을 상화(賞花)라 멋스럽게 칭하며 낭만적인 봄을 즐겼다.

숲 해설가 공부를 시작하고 맞이하는 올봄은 각별하다. 해
마다 어김없이 오고 가는 같은 봄이라도 자신이 처한 입장

에 따라 다른 느낌, 다른 빛깔로 다가오는 모양이다. 꽃의 계절인 봄에 마음 가는 꽃이 한둘이 아니지만, 그 중에도 봄의 끝자락에서 유난히 나를 놓아주지 않는 꽃이 있다. 영산홍이 바로 그 주인공이다.

그러니까 구순을 넘긴 어머니와 단둘이 고향에서 지낼 때였다. 겨울 끝자락에 어머니는 노환으로 몸져누우셨다. 병치레를 하느라 기력이 쇠잔해진 탓인지 이따금 어머니는 푸념하듯 꽃 피는 봄을 볼 수 있으려나 모르겠다며 말끝을 흐리시곤 했다. 더럭 겁이 났던 나는 궁리 끝에 어머니에게 봄을 선물해 드리기로 했다. 곧장 꽃집으로 가서 진분홍 꽃이 예쁘게 핀 영산홍 화분을 사서 어머니 창가에 놓아드렸다. 영산홍 덕분이었을까. 어머니는 얼마 지나지 않아 자리를 훌훌 털고 일어나셨고 꽃 피는 봄을 함께 맞았다. 그 후로 영산홍을 볼 때마다 영산홍 화분을 보고 아이처럼 환하게 웃으시던 어머니 얼굴이 겹쳐 떠오르곤 한다.

영산홍은 진달래과에 속하는 관목으로 진달래나 철쭉과 같은 집안이다. 온 산을 붉게 물들이던 진달래가 하루가 다르게 기세를 더해가는 초록에 밀려날 즈음 빨간 물감을 듬뿍 찍은 붓끝처럼 뾰족한 꽃봉오리를 여는 영산홍은 붉고 선명한 꽃 빛으로 단번에 우리의 눈길을 사로잡는다. 키는 기껏해야 1m를 넘지 않고 가지는 잘 갈라져 잔가지가 많고 갈색 털이 있다. 잎은 어긋나는데 가지 끝에서는 모여 달린다. 가지 끝에 서너 송이씩 모여 피는 꽃은 끝이 다섯 갈래로 갈라지지만 철쭉과 같은 통꽃으로 꽃잎 안쪽에는 보다 짙은 붉은 점이 점점이 찍혀 있다.

꽃 핀 뒤에 잎이 나는 진달래와는 달리 잎이 난 뒤에 꽃이 피는 것을 보면 진달래보다는 철쭉과 더 가까운 듯 보이는 영산홍은 왜철쭉, 일본철쭉이라 부르기도 한다. 요즘 정원수로 인기 높은 영산홍은 대부분 일본에서 육종한 원예종이기 때문이다. 사쓰끼철쭉, 기리시마철쭉이 대표적인 일본 품종이다.

그렇다고 영산홍이 일본 원예종만 있는 것은 아니다. 우리의 옛 문헌에서도 발견되는 것을 보면 영산홍은 오랜 세월 우리와 함께 해 온 사랑스런 꽃이다. 조선시대 화훼서인 〈양화소록〉을 쓴 강희안은 꽃의 품계를 아홉 품계로 나누었는데 영산홍을 3품으로 꼽았다. 1품인 솔, 대, 연, 국화, 매화, 2품인 모란 다음으로 꼽은 것만 봐도 영산홍이 꽃의 품격이나 운치에서도 결코 뒤지지 않는 꽃이라는 걸 쉽게 알 수 있다.

밝고 선명한 다채로운 색을 지닌 영산홍은 화분에 담아 분재로 키우기에도 좋고 정원을 꾸미거나 군식(群植)을 통해 화려한 경관을 조성하는 데도 유용한 꽃나무다. 하지만 아무리 화려하고 멋진 꽃나무라도 마음을 주지 않으면 여행 중에 잠시 스치는 풍경에 지나지 않는다. 꽃을 오래 기억하는 가장 좋은 방법은 꽃과 특별한 추억을 만드는 일이다. 그러기 위해서는 제일 먼저 꽃에게 다가가 말을 걸어야 한다. 꽃이 지기 전에.

때죽나무 꽃

꽃 지는 봄이 서러워
뻐꾸기 한나절 울어대는
북한산 둘레길을 걸었습니다

꽃 빛 사라진 길 위로
잎 넓은 나무들이 초록 그늘을 드리워
걷기에 더없이 좋았습니다

꽃 피던 날이 아득한 옛일만 같아
공연히 가슴 한편이 시려올 때
때죽나무 흰 꽃송이들이
길 위로 툭툭 떨어져 내렸습니다

발밑만 살피며 걷느라
미처 올려다보지 못한 나에게
몸을 던져 말을 걸어오는
때죽나무 꽃향기가 고마웠습니다

22. 오월의 숲에서 들리는 은종소리

살다 보면 종종 주저앉고 싶을 때가 있다. 원
대한 꿈을 품었다가도 현실의 삶이 버거워 꿈
을 포기하고 싶을 때도 있다. 그때마다 나는
때죽나무를 생각한다.

올봄에는 유난히 맑은 하늘을 보기가 영 쉽지 않다. 미세먼
지 때문이다. 일 년 중 햇살이 가장 아름다운 달이란 말이 무
색할 만큼 자욱한 미세먼지와 함께 오월이 저물어 간다. 어
느새 담장을 타고 오른 선홍빛 덩굴장미가 눈을 찔러 오고
한낮의 햇살 아래 서 있으면 금세 등줄기로 땀이 흐를 만큼
철 이른 더위가 나무 그늘로 우리의 등을 떠민다.

이즈음에 숲에 들면 유난히 순백의 꽃들이 많이 눈에 띈다.
그중에도 넓게 퍼진 새 가지마다 긴 꽃자루에 대롱대롱 매달
린 순백의 꽃들을 가득 달고 있는 때죽나무의 눈부신 자태는
단숨에 우리의 눈길을 사로잡는다. 산들바람이 지날 때마다
꽃들이 은종처럼 흔들리며 종소리 대신 허공에 풀어놓는 향
기는 연한 레몬 향처럼 코를 벌름이게 만든다. 뿐만 아니라
때죽나무 꽃에는 꿀도 많아 벌들의 날갯짓 소리가 그치질 않

는다.

때죽나무는 때죽나무과에 속하는 잎이 지는 소교목으로 4m~10m까지 자란다. 꽃이 피기 전엔 평범해 보이는 나무지만 5월이 되어 순백의 꽃과 함께 두각을 나타낸다. 층층나무처럼 층이 진 가지마다 마치 은종을 매달아 놓은 듯 수많은 흰 꽃이 다소곳이 아래를 향해 일제히 피어나면 눈이 부실 지경이다. 때죽나무란 독특한 이름에 대해 여러 가지 설

이 분분하지만, 그 정확한 유래는 알 수가 없다. 다만 과피에 독성이 있어 이를 빻아 물에 풀면 물고기가 떼로 죽는다 하여 '떼죽나무'로 불리다가 때죽나무가 되었다는 설과, 열매를 짓찧은 물에 빨래를 하면 때가 쭉 빠져서 때죽나무가 되었다는 설이 있는 것으로 봐선 열매와 관계가 있는 게 아닌가 싶다. 개인적으로는 종을 닮은 예쁜 꽃 모양을 잘 묘사한

스노우 벨(Snow bell)이란 영어 이름이 더 마음에 든다.

때죽나무의 꽃은 5월에 새로 난 가지 끝에 총상화서로 4~6개가 대롱대롱 매달려 핀다. 합판화이지만 5개 꽃잎이 깊게 갈라져 있어 얼핏 보면 5장의 꽃잎처럼 보인다. 꽃 속엔 10개의 수술과 노란 꽃밥이 매력적이다. 이 때죽나무 꽃 향기 속엔 안식향이 배출되어 나무 밑에서면 인후통, 치통, 풍습이 사라지며 머리가 맑아진다. 때죽나무와 비슷한 꽃을 피우는 나무로 쪽동백나무가 있는데 스무 송이 정도의 꽃들이 한데 모여서 꽃차례를 이루며 오동잎처럼 큼직하고 둥근 이파리가 다르다.

꽃이 진 뒤엔 도토리와 비슷한 열매가 가득 달리는데 때죽나무의 어린 열매껍질 속엔 에고사포닌이라는 독성물질이 들어있다. 옛날부터 이 성분을 이용하여 기름때를 없애는 세제로 이용하거나 덜 익은 열매를 찧어 물에 풀어 물고기를 잡기도 하였다. 목재의 질이 견고하여 장기알이나 지팡이 등 여러 목제품의 재료로 쓰인다.

최근에는 가까운 공원이나 정원에서도 어렵지 않게 때죽나무를 만날 수 있는데 사람들의 관심이 높아지기 시작한 것은 때죽나무가 어디에서나 잘 자라는 공해에 강한 나무이기 때문이다. 도심의 나무들이 산성비와 대기 오염 때문에 많은 피해를 입는 중에도 때죽나무만큼은 꿋꿋하게 어린나무들을 키워낸다. 뿐만 아니라 내한성과 산성토양에도 강하고 꽃과 열매, 잎까지 아름다워 공원이나 가정의 소규모 정원에도 잘 어울리는 우리 나무다. 요즘은 분홍색 꽃을 피우거나 가지가 아래로 처지는 원예종도 많이 개발되어 보급되는 추세다.

살다 보면 종종 주저앉고 싶을 때가 있다. 원대한 꿈을 품었다가도 현실의 삶이 버거워 꿈을 포기하고 싶을 때도 있다. 그때마다 나는 때죽나무를 생각한다. 하늘 가득 황사가 몰려와도, 우리의 눈을 흐리게 하는 미세먼지에도 굴하지 않고 세상에서 가장 순결한 꽃송이를 가득 피워 달고 오월의 숲속으로 은은한 향기를 풀어 놓는 그 꿋꿋함을 떠올린다.

23. 찔레꽃 향기

보릿고개가 있던 시절, 찔레꽃은 가난한 집 아이들에겐 꽃의 아름다움이나 향기를 탐하기엔 배고픔이 더 절박해서 어린 찔레 순을 꺾어 먹던 슬픈 추억이 남아 있는 꽃이기도 하다.

엄마 일 가는 길에 하얀 찔레꽃
찔레꽃 하얀 잎은 맛도 좋지
배고픈 날 가만히 따 먹었다오
엄마 엄마 부르며 따 먹었다오.

- 이연실의 〈찔레꽃〉 중에서

도서관 행사에 초대받아 초등학생들과 공주풀꽃문학관으로 문학기행을 다녀왔다. 공주풀꽃문학관은 "자세히 보아야 예쁘다/ 오래 보아야 사랑스럽다/너도 그렇다"〈풀꽃〉이란 시로 유명한 나태주 시인을 기리는 문학관이다. 문학관 앞뜰엔 시인이 손수 가꾼 꽃들이 비를 맞으며 함초롬히 피어 있었다. 순진무구한 아이들에게 시를 소개하고 꽃 이름을 알려주는 일이 여간 즐거운 게 아니었다. 문학관을 나와 무령왕

릉에 갔을 때 한 아이가 찔레꽃을 가리키며 이름을 물었다. 산골에서 나고 자란 나로서는 찔레꽃을 모른다는 게 선뜻 이해가 가지 않았지만, 도시에서만 자란 아이라면 모를 수도 있겠다 싶어 꽃 이름을 알려주고 꽃에 관한 이야기도 생각나는 대로 들려주었다.

찔레는 장미과에 속하는 낙엽성 관목이다. 전 세계인이 가장 좋아하는 장미가 여러 종류의 야생들장미를 인위적으로 개량한 원예품종이고 보면 찔레는 우리나라의 야생들장미라 할 수 있다. 키는 2m까지 자라고 덩굴성 식물은 아니지만 긴 줄기는 활처럼 늘어져 다보록이 덤불을 이룬다. 다섯 장의 순백의 꽃잎의 중앙에 샛노란 수술이 가득한 찔레꽃은 더없이 청량한 향기를 세상 속으로 풀어놓는다. 꽃 한 송이는 그리 크지 않지만 새로 난 가지 끝에 여러 개가 우산살처럼 달려 피어 멀리서도 눈에 잘 띈다. 무엇보다 찔레꽃은 향기가 매혹적이다. 옛사람들은 그 향기를 탐하여 꽃잎을 모아 향낭을 만들기도 했고 베갯속에 넣어두기도 했다. 화장품이 귀했던 시골 처녀들은 말린 찔레꽃잎을 비벼 화장 세수를 하기도 했다.

이처럼 어여쁜 꽃에 찔레란 이름이 붙은 이유는 분명치 않다. 줄기 가득 돋아난 가시 때문에 꽃을 탐하다 보면 영락없이 가시에 찔리곤 하는데 어쩌면 가시에 찔린다는 말이 변하여 찔레가 되었을 거란 추측을 해 볼 따름이다.

찔레 넝쿨은 볕을 좋아하여 양지바른 숲 가장자리의 돌무더기 같은 곳에서 잘 자란다. 크지도, 작지도 않은 다섯 장의 순백의 꽃잎을 펼친 질박한 아름다움을 간직한 찔레꽃은 유난히 흰색을 좋아하는 우리 민족의 정서와도 잘 어울리는 우리의 토종이다. 보릿고개가 있던 시절, 찔레꽃은 가난한 집 아이들에겐 꽃의 아름다움이나 향기를 탐하기엔 배고픔이 더 절박해서 어린 찔레 순을 꺾어 먹던 슬픈 추억이 남아 있는 꽃이기도 하다. 어린 시절, 들밥을 이고 가는 어머니를 따라가서 먹었던 찔레순의 맛을 나는 아직도 잊지 못한다. 어머니가 새순을 골라 껍질을 까서 건네주는 찔레순은 달착지근하여 연신 입맛을 다시곤 했다.

찔레 열매는 겨울철엔 새들의 중요한 먹이가 되어준다. 한방에서는 영실, 혹은 장미자라고 하여 약재로 쓰기도 하는데 주로 이뇨, 해독 등에 효과가 있는 것으로 알려져 있다. 대개는 물에 넣고 달이거나 가루로 만들어 쓰는데 열매를 술에 3개월 이상 담갔다가 복용하기도 한다.

'찔레꽃가뭄'이란 말이 있다. 모내기를 하는 시기, 찔레꽃

이 피는 시기에 드는 가뭄을 일컫는 말이다. 한창 모내기를 해야 할 때 가뭄이 드니 이때 피어나는 찔레꽃은 배고픔을 예고하는 꽃이었다. 꽃 피는 시기와 가뭄이 우연히 겹쳤을 뿐인데 찔레꽃 입장에서는 여간 억울한 일이 아닐 수 없다. 이와는 달리 찔레꽃이 필 무렵 비가 세 번 오면 풍년이 든다는 말도 있으니 마냥 억울해 할 일만도 아니다. 올봄엔 심심찮게 비가 내리는 걸 보면 분명 풍년이 들 것 같다.

마흔을 훌쩍 넘긴 뒤에 가수의 길로 들어선 늦깎이 가객 장사익은 어느 봄날 집을 나서다 하얗게 핀 찔레꽃을 보고 거기서 우리 민족의 슬픔을 보았다. 그때 받은 영감으로 서둘러 노랫말을 짓고 곡을 붙인 것이 〈찔레꽃〉이란 노래다. 찔레꽃을 단순한 꽃이 아닌 우리 민족의 한과 정서를 담고 있는 꽃으로 읽어낸 장사익의 예술적 감각도 놀랍지만, 피를 토하듯 내지르는 그의 한 서린 찔레꽃은 누가 뭐래도 이 시대의 절창이다. 이처럼 꽃은 다양하게 우리의 삶에 그윽한 향기를 전한다.

마음에 꽃을 심다

24. 미투(Me-Too)와 가시의 비밀

기린은 한 나무에서 5분 이상을 잎을 뜯지 않는다고 한다. 그 까닭은 5분이 지나면 아까시나무들이 기린이 싫어하는 쓴맛을 만들어 잎으로 보내기 때문이라고 한다. 말 없는 나무들이라고 적의 공격에 무방비로 당하기만 하지는 않는 것이다.

　아카시아를 생각하면 제일 먼저 〈과수원길〉이란 동요가 떠오른다. "동구 밖 과수원길 아카시아 꽃이 활짝 폈네…"로 시작되는 박화목 작사의 이 노래를 흥얼거리면 튀밥처럼 하얀 아카시아 꽃이 흐드러지게 핀 시골 풍경이 그려지며 코끝을 스치는 그윽한 꽃향기에 절로 눈이 감겨오는 듯한 착각이 인다. 미투 운동(Me Too)이 들불처럼 번지는 요즘이다. 날마다 새롭게 터져 나오는 미투 폭로 기사를 접하며 나는 생뚱맞게 아까시나무의 가시를 떠올리곤 한다.
　우리가 흔히 아카시아로 알고 있는 나무는 콩과의 상록교목으로 북미대륙이 원산인 아까시나무다. 이 나무는 1897년 중국을 통해 우리나라에 처음 들어와 월미도에 심어진 외래

식물이다. 아까시나무가 우리나라에 본격적으로 심어진 것은 1960년대다. 미국인 선교사 루소의 권유로 전쟁으로 황폐해진 산림복구를 위한 목적으로 심기 시작했다.

처음엔 가시 때문에 사람들에게 천대를 받았지만 척박한 땅에서도 빨리 자라고 빠르게 번져 산림녹화의 일등공신 노릇을 톡톡히 해냈다. 여름철 홍수 예방과 산사태 방지, 산성비와 공해에 대한 중화 능력이 뛰어나 우리에게 맑은 공기를 제공해 주는 이로운 나무로 우리 곁을 지켜온 나무가 아까시나무다. 요즘은 아름다운 무늬와 단단한 재질을 이용한 고급 가구와 장식용으로 쓰이면서 활용도가 한층 높아졌다.

특히 밀원식물로 4만2천여 양봉 농가의 벌꿀 생산량의 80%가 이 아카시아 꽃에서 생산된다. 연간 약 5만 드럼의 꿀을 생산하여 1천억 원이 넘는 양봉 농가의 소득을 올린다고 하니 소득원의 역할도 톡톡히 하는 꽃나무다.

　진짜 아까시나무는 아프리카 열대지방에 자라는데 기린이 무척 좋아한다고 한다. 한데 특이한 것은 기린은 한 나무에서 5분 이상을 잎을 뜯지 않는다고 한다. 그 까닭은 5분이 지나면 아까시나무들이 기린이 싫어하는 쓴맛을 만들어 잎으로 보내기 때문이라고 한다. 말 없는 나무들이라고 적의 공격에 무방비로 당하기만 하지는 않는 것이다. 아까시나무를 베어버리면 다음 해에 나온 새 가지엔 가시가 더 크고 날카로운 가시가 다닥다닥 붙어 있는 것을 볼 수 있다.

　아카시아뿐만 아니라 우리가 영양가가 많다고 따먹는 두릅나무 순이나 엄나무도 별반 다르지 않다. 그런가 하면 같은 아까시나무라도 초식동물의 키가 닿지 않는 높은 곳에는 가시를 촘촘히 내어 달지 않는다. 나무들이 가시를 내어 다는 것은 자신을 해치려는 초식동물로부터 자신을 지키기 위한 마지막 방어수단이다. 그래서 '초식동물이 사라지면 아카시아도 가시를 버린다.'고 주장하는 생태학자의 말은 꽤 설득력이 있게 들린다.

　이를 뒷받침할 사례로 울릉도 특산식물 중 하나인 섬나무딸기를 들 수 있다. 육지의 산딸기가 섬으로 옮겨져 진화한 이 식물은 고라니 같은 포식자가 없는 환경에 살면서 가시를 버리고 대신 잎과 꽃의 크기를 키웠다. 신기하게도 섬나무딸기를 육지에 옮겨 심으면 몇 해 지나지 않아 다시 가시가 생긴다는 사실이다.

그리 보면 식물이 지닌 가시란 생태계에서 가장 힘이 없는 식물들의 마지막 보루이자 가시를 달고 있는 나무야말로 가장 약한 존재란 생각이 든다. 자기보호를 위해, 오직 살아남기 위해 온몸에 날카로운 가시를 세우고 사는 아까시나무가 힘겹게 미투를 외치는 성폭력 피해자들의 모습 위로 오버랩되는 현실이 슬프다.

미투 운동(Me Too)은 자신의 권력을 가지고 우월적 지위를 이용해 힘없는 약자에게 강압적으로 행해진 성범죄에 대한 약자의 마지막 절규다. 분명한 것은 남자와 여자는 먹고 먹히는 먹이사슬의 종속관계가 아니라 서로에 대한 존중과 따뜻한 배려 속에서 더불어 살아가는 존재라는 사실이다. 미투 운동이 안으로는 선하고 부드러운데도 불구하고 세상을 향해 위악을 떨며 날카로운 가시를 세울 수밖에 없는 현실을 넘어서는 소중한 계기가 되기를 간절히 소망해 본다.

마음에 꽃을 심다

이팝나무 꽃

수목원에서 만난
한 숲 해설가는
간절함이 꽃을 피운다고 했다
그리하여
꽃을 보고 누군가 생각난다면
지금 그 사람을 사랑하는 것이라고 했다
그의 말이 진실이라면
얼마나 허기지고 밥 생각이 간절했으면
가지마다 하얗게 핀 이팝나무 꽃을 보고
흰 고봉밥을 떠올렸을까?

25. 이팝나무, 밥꽃으로 피다

이팝나무는 멀리서 보면 흰 구름이 내려앉은 듯, 때아닌 눈이 내린 듯 나무 한가득 풍성하고 아름다운 꽃을 피워 우리의 마음을 환하게 해준다.

봄이 무르익으면서 연두에서 초록으로 바뀌어 가는 신록이 점점 초록 기운을 더해간다. 옛 시인의 녹비홍수(錄肥紅瘦)란 말이 실감 나는 시기다. 어느덧 초록은 살찌고 꽃 빛은 야윈다는 봄의 끝자락에 다다른 것이다. 꽃들이 사라진 자리를 촘촘히 메우며 싱그러움을 더해가는 신록이 꽃만큼이나 아름다운 때도 요즈음이다. 하지만 산빛이 아무리 초록으로 짙어진다고 해도 꽃들이 모두 사리진 것은 아니다. 새로 돋은 잎들이 그늘을 드리우기 시작하면 흰색의 꽃들이 피어나 숲을 수놓기 시작한다. 여름에 피는 꽃 중엔 흰색의 꽃이 많은데 그것은 흰색이 초록에 묻히지 않고 눈에 잘 띄어 꽃의 수분을 도와주는 곤충을 불러모으는 데 효과적이기 때문이라고 한다. 그 대표적인 꽃 중에 하나가 조팝나무 꽃이다.

볕이 잘 드는 곳이면 논둑이나 산밭머리, 언덕을 가리지 않고 눈부신 흰색의 꽃을 피우는 조팝나무는 우리에게 친근한 꽃나무다. 장미과에 속하는 조팝나무는 나무들이 새잎을 내어 달기 시작할 무렵 잎보다 먼저 순백의 꽃송이를 가지마다 가득 내어 단다. 조팝나무란 이름은 그 꽃이 좁쌀을 튀겨놓은 듯해 조밥나무라고 불렸는데, 이것이 강하게 발음하다 보니 조팝나무가 되었다고 전해진다. 한방에서는 조팝나무의 뿌리를 약재로 쓰고, 민간에서는 어린잎을 따서 나물로 무쳐 먹기도 했고, 꽃에 꿀이 많아 밀원식물로도 주목을 받는 꽃

나무이기도 하다.

　조팝나무와 함께 흰빛으로 거리 곳곳에서 눈길을 잡아끄는 꽃이 이팝나무 꽃이다. 이팝나무는 멀리서 보면 흰 구름이 내려앉은 듯, 때아닌 눈이 내린 듯 나무 한가득 풍성하고 아름다운 꽃을 피워 우리의 마음을 환하게 해준다. 그 하얀 꽃송이가 밥사발에 소복한 흰 쌀밥처럼 보여 이밥나무라 했는

데 이밥이 이팝으로 변하여 이팝나무가 되었다고 한다. 쌀밥을 두고 이밥이라 부르게 된 것은 이씨 조선 500년 동안 귀한 쌀밥은 왕족이나 양반인 이씨들이 먹는 밥이었기 때문이다. 또 다른 이름의 유래로는 이 꽃이 여름에 들어서는 입하 무렵에 피어서 입하목(入夏木)이라 불렸는데 입하가 연음화 현상으로, 이팝나무가 되었다는 주장이다.

주로 남부지방에서 자라는 물푸레나무과에 속하는 이팝나무는 낙엽 지는 큰 키 나무다. 따뜻한 남쪽이 고향이지만 요즘은 중부지방에서도 잘 자라므로 가로수로 많이 심는다. 옛날엔 못자리가 한참일 무렵 피어나는 이팝나무 꽃을 보고 농사의 풍년과 흉년을 가늠하는 농사의 지표목으로 이용되기도 했다.

밥과 연관된 이름을 가진 꽃이라 해서 흰 꽃만 있는 것은 아니다. 요즘 공원이나 주택가를 지나다 보면 우리의 눈길을 끄는 꽃나무가 있다. 진분홍의 꽃빛이 워낙 고운 데다가 잎도 없는 가지에 다닥다닥 꽃송이를 달고 있는 모습이 독특한 박태기나무다. 중국이 고향인 박태기나무는 콩과에 속하는 낙엽 지는 작은키나무로 꽃자루도 없는 꽃들이 다닥다닥 한 무더기씩 뭉쳐서 피는데 자세히 보면 보통 20개 이상의 꽃들이 달려 있다.

처음 이 나무를 알았을 때 그 이름이 독특하여 찾아보았던 적이 있는데 학술적 기록은 찾기 어렵고 전해지는 이야기로는 밥알을 뜻하는 전라도 사투리인 밥테기에서 비롯되어 박태기가 되었다고 전한다. 혹은 줄기에 붙은 꽃송이들이 마치 밥알 같기도 하고, 쌀을 튀긴 모습 같아 밥튀기에서 되었다고도 한다. 꽃분홍과 자주색의 경계에 있는 신비로운 붉은색을 지닌 어여쁜 박태기꽃을 보고 밥을 떠올린 옛사람들의 상상력이 놀랍기만 하다.

같은 꽃이라도 상황에 따라, 시대에 따라 그 꽃을 바라보는 느낌은 얼마든지 달라질 수 있다. 소박한 아름다움을 지닌 조팝나무꽃이나 풍성한 이팝나무꽃, 그리고 어여쁜 박태기나무꽃을 보고 밥을 떠올린 사람들이 살던 시대는 필경 배고픈 시절이었을 것이다. 아름다운 꽃들의 이름이 지닌 슬픈 내력을 짚어보며 밥 한 공기의 소중함을 다시 한번 생각해 본다.

불두화

사과 꽃 필 때가
가장 아름답다는 부석사에
비 오는 늦은 봄날 찾아갔었네
사과꽃은 이미 저서 향기 찾을 수 없고
굽이치는 산맥의 장관도 우연에 가려 볼 수 없었네
우리는 풍경도 울지 않는
무량수전 배흘림기둥에 기대어 서서
선묘각 오르는 길섶에 고요히 비를 맞는
흰 불두화만 말없이 바라보았네
내가 남(男)字를 버리고
네가 여(女)字를 버리면
암술도 수술도 없이 숙없이 피는 불두화처럼
우리도 성(聖)스러운 꽃이 될 수 있을가
속된 생각들 부석 틈새에 몰래 끼워 놓고
일주문을 나설 때 미소로 배웅하던
부처 같은 꽃

27. 부처를 닮은 꽃

불두화의 꽃말은 '제행무상(諸行無常)'이다.
우주 만물이 항상 생사와 인과가 끊임없이 윤
회하므로 세상에 변하지 않는 존재는 없다는
뜻이다.

불기 2562년을 맞아 부처님오신날 봉축 표어로 '지혜와 자
비로 세상을 아름답게'가 선정됐다. 지혜와 자비는 부처의
가르침의 핵심으로 지혜 없는 자비는 위선과 자기만족에 그
칠 수 있고, 자비 없는 지혜는 서로에게 상처를 줄 수 있으므
로 지혜와 자비를 갖고 어려움을 극복하고 아름다운 새 세상
을 만들어 가자는 의미를 담고 있다는 설명이다.

부처님오신날을 즈음하여 탐스럽게 피어나는 꽃이 불두화(佛頭花)다. 이름 그대로 부처의 머리를 닮은 꽃이다. 꽃송이가 마치 곱슬곱슬한 부처의 머리카락인 나발(螺髮)을 닮아 붙여진 이름인데 절에선 흰 승무 고깔을 닮았다고 '승무화(僧舞花)'라 부르기도 한다. 영어로는 눈을 뭉쳐놓은 공 같다고 해서 '스노우볼 트리(Snowball Tree)'라 한다. 내 어렸을 적엔 사발꽃이라 불렸는데 멀리서 보면 정말 흰 쌀밥을 가득 담아 놓은 사발같이 보였다.

불두화를 보면 아련한 추억 하나가 떠오르곤 한다. 어느 해 봄인가 여사친과 남도 여행길에서 불두화가 소담스럽게 피어 있는 절집에 들렀을 때였다. 잠시 산방 마루에 걸터앉아 한가로이 쉬고 있을 때 친구가 자신을 꽃으로 치면 어떤 꽃을 닮았냐고 물었다. 별 생각 없이 수국을 닮았다고 대답했다가 친구가 자신이 그토록 여자로서 매력이 없느냐고 따지는 바람에 적잖이 당황했던 기억이 난다. 친구가 화를 냈던 이유는 수국이 불두화와 같은 무성화(無性花)였기 때문이다. 암술 수술이 있는 유성화와는 달리 무성화는 꽃은 풍성하고 탐스럽지만, 생식능력이 없어 열매를 맺지 못한다. 원래 야생의 백당나무를 정원수로 개량하면서 꽃의 탐스러움을 극대화하기 위해 생식기능을 제거해 버렸기 때문에 포기나누기나 삽목(挿木)을 통해서만 번식이 가능한 나무가 불두화다.

불두화의 모체가 되는 백당나무는 2가지의 꽃을 함께 피운다. 백당나무는 인동과에 속하는 낙엽성 관목으로 키가 3m를 넘지 못한다. 백당나무라는 우리 이름의 어원은 잘 알려져 있지 않다. 흰색 꽃을 피우는 당분이 많은 나무라는 의미가 아닐까 싶다. 실제로 백당나무는 밀원식물로 꽃이 피면 많은 벌과 나비가 찾아온다. 백당나무꽃을 자세히 보면 흰 꽃들이 여러 개 모여 둥글게 꽃차례를 만들어 다는데 안쪽의 작은 꽃들이 유성화이고 바깥쪽을 장식하는 조금 큰 꽃은 무성화이다. 꽃잎이 제대로 발달하지 못한 중심의 유성화는 둘레의 화려한 꽃잎만을 지닌 무성화가 유인한 곤충들의 도움을 받아 수분을 하여 열매를 맺는다. 유성화와 무성화의 효과적인 역할 분담을 통한 고도의 생존전략인 셈이다.

성(性)을 초월하여 모든 이에게 아름다움을 전하는 불두화를 절집에서 많이 키우는 것은 중생 구제를 위해 출가하여 정진하는 스님과 가장 잘 어울리는 꽃이기 때문이란 생각이 들기도 한다. 백당나무와 같이 인동과에 속하는 불두화 나무의 이파리는 세 갈래로 갈라져 있는데 이는 불가의 불(佛). 법(法). 승(僧)을 상징한다고 한다. 불두화의 꽃말은 '제행무상(諸行無常)'이다. 우주 만물이 항상 생사와 인과가 끊임없이 윤회하므로 세상에 변하지 않는 존재는 없다는 뜻이다.

봄꽃이 지고 아직 여름꽃은 피지 않아 세상이 녹음으로 짙어져 갈 때 초록 위에 흰 수를 놓듯 탐스럽게 피어나는 백당나무 꽃이나 불두화를 보면 부처의 '너 없이 나 없고, 나 없이 너 없어 서로가 기대어 있다'는 연기(緣起)의 가르침과 '서로 더불어 살라'는 상생(相生)의 가르침이 떠오른다. 명심보감에 이르기를 '하늘은 녹이 없는 사람을 낳지 않고, 땅은 이름 없는 풀을 기르지 않는다.'고 했다. 백당나무의 유성화와 무성화가 각기 역할이 다르듯이 사람마다 존재의 이유와 역할이 있게 마련이다. 절 마당의 흰 불두화가 우리의 속된 마음을 정화해 주듯 서로의 존재를 귀하게 여기고 자타불이(自他不二)의 마음으로 이웃을 꽃 보듯 대한다면 세상은 훨씬 향기로워질 것이다.

28. 벌깨덩굴, 숲 그늘을 수놓는

꽃들은 오직 자신의 수분을 도와줄 곤충들을
불러들이는데 가장 효과적인 모양과 색으로
진화해왔다. 그런 생각을 하면 꽃에게 아무런
도움도 주지 않으면서 꽃의 아름다움만을 탐
하는 것이 미안한 생각이 들기도 한다.

일 년 중 햇빛이 가장 아름다운 오월이다. 투명한 햇빛은
누리에 생기를 불어넣고, 따사로운 햇볕을 받은 신록은 시시
각각 생생한 표정을 지으며 우리를 밖으로 불러낸다. 숙련된
정원사의 손길을 거친 정원의 화려한 꽃들도 아름답지만, 누
구의 손길도 닿지 않은 야생의 숲에서 만나는 꽃들은 또 다
른 멋을 자랑하며 우리를 반긴다. 요즘 한낮의 따가운 햇볕
을 피해 자연스레 숲 그늘로 들어서면 어렵지 않게 만날 수
있는 꽃 중에 하나가 벌깨덩굴이다.

꿀풀과에 속하는 벌깨덩굴은 산속 숲 그늘에 많이 서식하
는 여러해살이풀로 얼핏 보면 꽃 모양이 꿀풀과 비슷하게 생
겼다. 전국 어디서나 쉽게 만날 수 있고 비교적 개화 기간도
길어 오랫동안 볼 수 있는 꽃 중의 하나다. 벌깨덩굴이란 이

름만 들으면 칡이나 으름덩굴 같은 모습을 연상하기 쉽지만, 덩굴로 뻗어가는 식물은 아니다. 이름의 유래에 대해선 확실히 알려진 바가 없는데 벌은 벌들이 좋아하는 밀원식물이란 점에서, 깨는 깻잎을 닮은 잎에서, 그리고 덩굴은 곧게 섰다가 꽃이 질 무렵이면 비스듬히 누워 줄기가 땅에 닿으면 그 닿는 마디마다 뿌리가 돋아 번지는 모습에서 덩굴이란 이름이 생기지 않았을까 막연히 미루어 짐작할 뿐이다.

벌깨덩굴은 꿀풀과에 속하는 식물답게 네모진 줄기를 지니고 있는데 15~30cm 정도까지 자란다. 줄기에 심장형의 잎이 마주나는데 들깻잎을 닮은 잎 가장자리엔 톱니가 있다. 5월경에 윗부분 잎겨드랑이에 연보라색 꽃이 피는데 한쪽을 향해 층층이 달린다. 꽃의 전체 모습은 물고기가 입을 벌린 모양새를 취하고 있다. 다섯 개로 갈라진 꽃잎은 위아래로 나누어져 있다. 위쪽으로 향한 꽃잎을 윗입술꽃잎이라 하는데 짧고 두 갈래로 갈라진다. 아래쪽으로 향한 꽃잎은 아랫입술 꽃잎이라 하며 세 갈래로 갈라지고 그 중 가운데 꽃잎이 길 게 돌출하여 밑으로 처진 모습이다. 꽃 내부와 함께 보라색 무늬가 있고 미세한 털이 있다. 꽃받침은 짧은 통 모양이고 끝은 5개로 짧게 갈라진다. 수술은 4개인데 그 중 2개는 길고 2개는 짧으며 암술머리는 2개로 갈라진다.

어린순이나 잎은 살짝 데쳐서 나물로 무쳐 먹기도 하며 민가에서는 강정제나 여성의 대하증 치료에 이용하기도 했다. 굳이 쓰임새를 따질 필요는 없다. 꽃은 그 자체만으로도 충분히 아름답기 때문이다. 신록이 녹음으로 짙어질 무렵 숲 그늘에 무리 지어 피어 있는 연보랏빛 벌깨덩굴은 바라보는 이의 마음을 그윽하게 한다.

벌깨덩굴은 향기가 좋고 꿀이 많아 벌들이 사랑하는 꽃이다. 예쁜 꽃 사진을 찍기 위해 카메라 앵글을 당겨 보면 꽃잎에 상처가 나 있는 것을 쉽게 발견할 수 있는데 꿀 따러 온 곤충들이 남기고 간 상처다. 다시 말해서 그 작은 상처들은 꽃가루받이를 마쳤다는 징표이기도 한 셈이다. 꽃에 난 작은 상처들은 '사랑은 상처를 허락하는 것'이란 어느 작가의 말을 떠올리게 한다. 꽃들은 오직 자신의 수분을 도와줄 곤충들을 불러들이는데 가장 효과적인 모양과 색으로 진화해왔다. 그런 생각을 하면 꽃에게 아무런 도움도 주지 않으면서 꽃의 아름다움만을 탐하는 것이 미안한 생각이 들기도 한다.

일찍이 피터팬의 작가 제임스 매튜 배리는 '인생은 겸손에 대한 오랜 수업'이라고 했다. 자연 속에서 다양한 꽃들을 보면 볼수록 나는 더욱 겸손해져야겠다는 생각을 하곤 한다. 작은 꽃들은 서로 모여 하나의 커다란 꽃을 이루기도 하고, 꽃 빛으로 유혹할 수 없으면 향기로, 꿀로, 곤충들을 불러 모으며 자신이 목표하는 바를 묵묵히 이루어 낸다. 그에 비하면 스스로를 만물의 영장이라며 오만을 부리면서도 제대로 노력을 기울여보지도 않고 환경이나 조건을 탓하고 불평부터 해대는 우리들의 모습은 얼마나 부끄러운가. 오늘도 꽃들의 소리 없는 혁명은 끊임없이 계속되고 있다.

29. 산딸나무, 희고 깨끗한 아름다움

> 비록 하나하나는 보잘것없는 작은 꽃에 지나
> 지 않지만, 산딸나무는 절대 포기하거나 좌절
> 하는 법 없이 서로 힘을 모으고 스스로 변화시
> 켜 마침내 목적하는 바를 이루어 내고 만다.

산딸나무 가지가 환하다. 가지마다 가득 순백의 꽃들을 내
어 단 산딸나무를 보면 마치 한 무리의 나비 떼가 내려앉은
것만 같다. 봄과 여름이 갈마드는 환절의 길목을 환하게 밝
히고 있는 산딸나무 꽃을 보면 마음마저 환해지는 기분에 사
로잡히곤 한다. 녹음이 짙을수록 산딸나무를 비롯하여 흰 꽃
들이 많이 눈에 띄는데 이것은 오랜 세월 진화해 온 식물들
의 전략이다. 잎이 피기 전에 서둘러 꽃을 피우는 봄꽃들은
꽃을 피우는데 에너지 대부분을 소진한다. 봄꽃 중에 노란색
의 꽃이 많은 것도 수분을 도와줄 곤충들을 효과적으로 유인
하여 빨리 씨앗을 맺기 위함이다. 반면에 녹음 짙은 여름엔
유독 흰 꽃이 많은데 이는 흰색이 초록 숲과 대비되어 눈에
잘 띄기도 하지만 흰색 꽃을 피우는 데엔 상대적으로 에너지
소모가 적기 때문이다.

　산딸나무는 층층나무과에 속하는 낙엽교목으로 가을에 익
는 붉은 열매가 산딸기와 흡사하여 산딸나무란 이름을 얻었
다. 여름 들머리에서 순백의 꽃들로 한껏 성장한 산딸나무를
만날 수 있다는 것은 소확행(小確幸)이라 할 수 있다. 순결
한 꽃송이를 바라보는 것도 행복한 일이지만 그 꽃 속에 숨
겨진 비밀들을 알고 나면 말 없는 나무들의 지혜로움에 경외
감마저 느끼게 되기 때문이다.

　식물들의 공통된 특징 중의 하나는 허투루 힘을 쓰지 않는
다는 것이다. 산딸나무 꽃은 멀리서 바라보면 온통 흰 빛이
지만 자세히 다가가 보면 많은 이야기가 숨겨져 있다. 우리
가 흔히 꽃으로 여기는 네 장의 흰 꽃잎은 꽃차례를 싸고 있
는 포라는 식물기관이 변한 것이고 실제의 꽃은 한가운데 동

그렇게 모여 있다. 꽃 하나하나는 매우 작아 잘 눈에 띄지 않기 때문에 공 모양의 좀 더 큰 꽃을 이룬 것이다. 그럼에도 불구하고 한껏 우거진 초록 숲속에서 그 꽃만으로는 곤충들을 유혹하기엔 힘에 부치는 터라 다시 한번 꽃차례를 싸고 있던 포(苞)라는 부분을 변신시켜 곤충을 유혹하기에 충분한 희고 큰 꽃 모양을 이룬 것이다.

비록 하나하나는 보잘것없는 작은 꽃에 지나지 않지만, 산딸나무는 절대 포기하거나 좌절하는 법 없이 서로 힘을 모으고 스스로 변화시켜 마침내 목적하는 바를 이루어 내고 만다. 이런 산딸나무의 비밀을 알고 꽃을 보면 먹먹한 감동과 함께 흉내 낼 수 없는 고귀한 아름다움에 경외감마저 느껴진다. 이토록 멋진 산딸나무이지만 이야기 만들기 좋아하는 사람들에 의해 한때 수난을 당하기도 했다.

산딸나무는 꽃잎을 닮은 네 장의 포가 마주나서 십자가처럼 보인다. 특히 서양산딸나무는 포 끝에 못 자국 비슷한 게 있다. 이 때문이었는지 한때 예수님의 십자가를 만든 나무라는 소문이 돌아 교회마다 다투어 이 나무를 구해 심었다. 하지만 산딸나무의 원산지는 우리나라를 비롯한 중국 일본 등으로 예수가 살았던 지역과는 거리도 멀고 서식환경이 확연히 다르다. 입에서 입으로 전해지던 이야기가 이런저런 모순으로 낭설로 밝혀지면서 심어졌던 나무들이 베어지고 캐어내 버려지는 수난을 겪었다.

하지만 사람들에게 수난을 당했음에도 산딸나무는 아무런 불평도 하지 않는다. 묵묵히 모든 고통을 감내하면서 해마다 때가 되면 어김없이 가지마다 가득 청초한 꽃을 내어 단다. 수시로 마음이 바뀌는 인간들과는 달리 어떤 고난 속에서도 자신에게 주어진 소명을 저버리는 일 없이 묵묵히 초여름의 숲을 환히 밝힌다. 산딸나무뿐만 아니라 초록 목숨을 지닌 모든 식물들이 다 그렇다. 꽃을 보면 볼수록, 오랜 세월 숲을 지키고 있는 말 없는 나무들에 대해 알면 알수록, 꽃 한 송이 나무 한 그루 대하는 일이 조심스럽다. 꽃 앞에서 겸손해지는 것은 스스로 만물의 영장이라 칭하며 오만에 가득 차 있는 우리들의 최소한의 염치가 아닐까 싶다.

인동꽃

정유년 새해 아침
새로 건 야생화 캘린더를 바라보니
달력 속 촘촘히 박힌 까맣고 빨간 날들이
누군가 내게 꽃 피우라고 선물한
삼백예순다섯 개의 꽃씨 같다

날마다 날마다
꽃 피는 날이면 얼마나 좋을가
잠시 마음 설레기도 하였으나
꽃도 없이 버려질 숱한 날들을 생각하니
하늘 가득 눈보라 자욱이 몰려오는데

은빛의 꽃으로 피어나서
금빛의 꽃으로 져서 금은화로 불리는
인동꽃

캘린더 어느 갈피에선가
마주친 인동꽃이 가만가만 나를 다독인다
맵찬 눈보라의 겨울 없이
어찌 순은의 꽃을 피울 수 있으랴
캄캄한 어둠을 밝힐 열정 없이
어찌 금빛 향기를 풀어놓을 수 있으랴

30. 인동덩굴, 금은화를 아시나요?

> 늦은 밤 피기 시작하여 다음 날 오후엔 미색을
> 띠었다가 점차 노란색으로 변색이 되어 이틀
> 후에 진다. 처음부터 흰 꽃과 노란 꽃이 따로
> 피는 것이 아니라 처음엔 흰 꽃으로 피었다가
> 노란색 꽃으로 변하여지는 것이다.

아침 산책길에서 골목을 돌아 나올 때였다. 은은한 꽃향기에 나도 모르게 걸음을 멈추었다. 초록 덩굴 사이로 빼꼼히 고개를 내민 희고 노란 인동꽃들이 소담스럽게 피어 향기를 풀어놓고 있었다. 나에게 있어 꽃을 보는 일은 소확행(小確幸)이다. 일상의 작지만 확실한 행복을 의미하는 소확행은 서울대 트렌드분석센터에서 2018년 10대 소비 트렌드로 선정된 말이다. 무라카미 하루키의 수필집 '링겔한스 섬의 오후'에 처음 등장한 이 말은 행복한 미래를 꿈꾸기보다는 지금의 행복을 추구하고 일상 속에서 소소한 일상을 소중히 한다는 의미다.

일찍 시작된 폭염과 함께 성큼 다가선 여름의 길목에서 꽃을 피우는 식물에게 인동(忍冬)이란 이름이 생뚱맞게 들리

기도 하지만 인동덩굴을 제대로 알고 나면 그 이름에 고개를 끄덕이게 된다. 많은 사람들이 인동초로 부르기도 하지만 인동은 인동과에 속하는 덩굴성 나무로 풀이 아니다. 반(半)상록성이라 겨울 추위가 매운 중부 이북에선 가을이 되면 낙엽이 지지만 남녘에서는 푸른 이파리를 단 채 겨울을 나는 모습을 볼 수 있다.

인동(忍冬)이란 이름은 혹독한 겨울에도 잎을 매단 채로 겨울 추위를 견디는 모습에서 비롯된 것이 아닐까 싶다. 가장자리가 밋밋한 잎은 마주 달리고, 잎겨드랑이에서 입술 모양의 흰색 꽃이 2개씩 피는데, 꽃은 입술처럼 벌어져 다시 갈라진다. 꽃의 수술이 할아버지 수염 같다고 '노옹수'(老翁須), 꽃잎 모양이 해오라기 같다고 '노사등', 꿀이 많은 덩굴이어서 '밀보등', 귀신을 다스리는 효험 있는 약용식물이라 하여 '통령초'. 꽃의 색이 하얀색에서 노란색으로 변하기 때문에 '금은화(金銀花)' 등 다양한 이름으로 불린다.

늦은 밤 피기 시작하여 다음 날 오후엔 미색을 띠었다가 점차 노란색으로 변색이 되어 이틀 후에 진다. 처음부터 흰 꽃과 노란 꽃이 따로 피는 것이 아니라 처음엔 흰 꽃으로 피었다가 노란색 꽃으로 변하여지는 것이다. 꽃 색이 변하는 것은 꽃가루받이를 도와주는 벌들의 수고를 덜어주기 위한 일종의 배려이다. 이를테면 흰 꽃은 미혼의 처녀이고, 노란 꽃은 유부녀라고나 할까. 노란색은 나누어 줄 꿀이 없다는 신호이자 임신했다는 선언인 셈이다. 요즘은 유럽 원산인 '붉은 인동'으로 불리는 '셈퍼비렌스'도 자주 눈에 띈다. 인동꽃보다 꽃송이가 크고 붉은색의 화려한 자태를 자랑하지만, 향기는 인동꽃에 미치지 못한다.

인동꽃의 꽃말은 '사랑의 인연', '헌신적인 사랑'이다. 추운 겨울을 견디고 꽃을 피우는 강한 생명력과 〈본초강목〉에도 등장할 만큼 한방에서는 오래전부터 중요한 약재로 쓰였던 인동에게 어울리는 꽃말이다. 플라보이드, 탄닌, 알카로이드, 사포닌 같은 성분이 함유돼 있어 해열, 해독, 구취 제거에도 효과가 있다. 하지만 성질이 차서 소화력이 약하거나 기운이 없는 경우 조심해야 한다. 예전부터 인동을 삶은 물에 목욕도 하고, 술을 담그거나 꽃잎을 따서 말려 차로 마시기도 하는데 그 은은한 향기가 일품이다. 얼마 전, 북한 풍계리 핵

실험장 폐기 순간을 취재하러 간 기자단 만찬 메뉴에 등장한 금은화차가 바로 인동꽃차이다.

사람들은 꽃을 보기 위해선 일부러 먼 곳으로 꽃을 찾아다녀야만 하는 줄 알지만 추운 겨울을 제외하면 문밖만 나서면 어디서나 쉽게 볼 수 있는 게 꽃이다. 너무 바쁘게만 살아서 꽃을 보려는 마음의 여유가 없기 때문에 미처 꽃이 눈에 들어오지 않았을 뿐이다. 추운 겨울을 견디고 꽃을 피우는 인동꽃 향기와 함께 사랑의 인연을 떠올려 보는 시간은 분명 축복의 시간이자 소소한 행복이 아닐 수 없다. 디즈니 만화 영화 속 주인공 '곰돌이 푸우'의 대사 중에 이런 말이 있다. "매일 행복하진 않지만, 행복한 일은 매일 있다." 매일 매일이 힘들더라도 잠시 바쁜 일상에서 벗어나 꽃을 보는 일, 향기를 맡는 일, 이보다 더 확실한 일상 속의 행복이 어디 있겠는가.

괴불나무 꽃

은은한 향기에 이끌리어
걸음을 멈춘 곳에
하얗게 노랗게 웃고 있는 꽃
초록 잎 위에
살포시 내려앉은
나비 같은 꽃을 본다
매운 겨울바람을 견딘
인동의 향기
몇 번의 겨울을 더 건너야
나는 향기로울 수 있는가

31. 괴불나무, 나무에 피는 금은화

꽃의 색이 변하는 것을 두고 사람들은 금을 떠
올리고 은을 연상하지만 무색하게도 꽃들은
사람들에겐 손톱만큼의 관심도 없다. 괴불나
무 꽃의 변색은 수분을 성공적으로 이루었다
는 표식일 뿐 아니라 자신의 수분을 도와준 벌
에 대한 일종의 배려이기도 하다.

오월의 숲은 소란스럽다. 짝을 찾는 새들의 세레나데가 끊
임없이 이어지고 꿀을 찾는 벌들의 비행음으로 숲은 잠시도
고요할 틈이 없다. 초록 그늘이 짙어질수록 생명의 환희로
넘쳐난다.

꽃은 기다려주는 법이 없다. 한 번 때를 놓치면 다음 해나
되어야 볼 수 있는 게 꽃이다. 그까짓 꽃 하나쯤 못 본들 어
떠냐고 말한다면 딱히 할 말은 없지만, 숲에 와서 꽃을 못 본
다면 극장에 왔다가 영화를 보지 않고 돌아가는 것이나 매
한가지가 아닐까 싶다. 생생한 기운이 넘쳐나는 오월의 숲을
찾는 사람이라면 고요를 택하는 대신 새로이 피어나는 꽃의
아름다움과 향기에 취해 볼 일이다.

　제법 오랫동안 꽃을 보아왔음에도 세상엔 여전히 아는 꽃 보다 모르는 꽃이 훨씬 더 많다. 그런 사실들이 때론 나의 의 욕을 꺾기도 하지만 다른 한편으로는 위대한 자연 앞에 옷깃 을 여미게 하고 내게 더욱 겸손해져야 한다는 것을 일깨워주 기도 한다. 며칠 전에 괴불나무 꽃을 만났을 때도 그랬다. 인 동꽃을 쏙 빼닮아서 꽃만 보면 영락없는 인동꽃인데 덩굴로 뻗는 인동덩굴과는 달리 괴불나무의 꽃은 이름처럼 덩굴이 아닌 나무에 핀다.

　괴불은 예전에 어린아이들이 차던 주머니 끈 끝에 세모 모 양의 조그만 노리개다. 꽃의 형상에서 괴불을 떠올린 옛사람 들의 상상력이 놀랍기만 하다. 목본인 괴불나무는 줄기 속이 비어 있는 나무로 주로 산지의 낮은 지역의 숲 그늘에서 자 라는 낙엽 지는 관목이다. 괴불나무 종류 중에서는 비교적 크게 자라는 편으로 키가 3m까지 자란다. 우리나라에서는 경기 이북 지역에서 주로 자라지만 전국 어디에서나 잘 자란다. 한자로는 금은인동(金銀忍冬), 금은목(金銀木), 계골두(鷄骨頭) 나무라 하고 북한에서는 아귀꽃나무, 절초나무라 부른다. 이처럼 많은 이명을 지녔다는 것은 그만큼 쓰임새가 많거나 사람들의 관심을 받은 나무라는 징표가 아닐까 싶다.

잎은 마주나고 달걀 모양 타원형 또는 피침형으로 끝이 뾰족하고 잎 표면에는 털이 거의 없으나 뒷면 맥 위에는 잔털이 많다. 꽃이 피는 시기는 신록이 초록으로 짙어지는 5~6월로 잎겨드랑이에서 순백색의 꽃이 핀다. 꽃에서는 맑고 달콤한 향기가 난다. 시간이 지남에 따라 흰색은 노란색으로 변해 가는데 그 변색의 이유가 놀랍기만 하다. 한 번 뿌리를 내리면 그 자리에서 생을 마칠 때까지 살아가야 하는 식물들은 집중과 선택을 통하여 진화를 거듭하며 지구상에 살아남았다. 그런 까닭으로 식물들은 허투루 힘을 쓰는 법이 없다. 꼭 필요한 곳에 모든 역량을 집중하여 목표하는 바를 이루어 나간다.

꽃의 색이 변하는 것을 두고 사람들은 금을 떠올리고 은을 연상하지만 무색하게도 꽃들은 사람들에겐 손톱만큼의 관심도 없다. 괴불나무 꽃의 변색은 수분을 성공적으로 이루었다는 표식일 뿐 아니라 자신의 수분을 도와준 벌에 대한 일종의 배려이기도 하다. 수분을 마쳤다는 것은 곧 벌이 다녀갔다는 것과 같다. 당연히 꽃 속엔 꿀도 없을 터, 혹시라도 벌들이 꿀을 따러 찾아오는 수고를 덜어주기 위한 배려가 변색의 비밀 속에 숨겨져 있는 것이다.

　괴불나무는 꽃만 아름다운 것이 아니라 가을에 열리는 붉은 열매도 꽃에 못지않게 아름답다. 정원에 심어두면 봄에는 꽃을, 가을엔 열매를 즐길 수 있다. 열매는 식용하고 민간에서는 이뇨·해독·종기·감기·지혈 등에 사용하고 잎을 약으로 썼다.

　초록이 짙어질수록 흰색 꽃이 많아지는 것은 곤충들의 눈에 잘 띄기 위한 꽃들의 전략이다. 최대한 자신이 지닌 장점을 드러내어 목적하는 바를 이루되 자신의 수분을 도와준 벌들에게는 반드시 달콤한 꿀로 보상을 해주는 꽃에 비하면 온갖 술수와 화려한 거짓말로 자신의 욕심을 채우려 드는 인간의 이기심은 부끄러울 따름이다. 사람이 꽃보다 아름다울 수 없는 이유다.

쥐똥나무 꽃

쥐똥나무는
사람들 이기심 때문에
평생을 울타리로 살아도
아무도 원망하지 않는다
정원사의 가위에 수없이 잘리고 깎여도
누구도 탓하지 않는다
다만 여름 길목마다
보란 듯 하얗게 꽃을 피워
맑고 그윽한 향기로
온몸으로 세웠던
안과 밖의 경계를 지울 뿐

마음에 꽃을 심다

32. 쥐똥나무, 꽃이 전하는 여름 향기

한 번 뿌리 내리면 그 자리에서 일생을 살아가는 식물들은 열매일 때 단 한 번 여행을 떠난다. 열매를 맺기 위해서도 누군가의 도움이 필요하지만 단 한 번의 여행에도 반드시 조력자가 있어야 한다.

유월의 첫 휴일, 아침 산책길에 소공원을 지나다가 그윽한 향기에 이끌려 걸음을 멈추었다. 내게 향기로 말을 걸어온 것은 다름 아닌 쥐똥나무였다. 초록의 잎 사이로 자잘한 흰 꽃송이들을 내어 달고 향기를 풀어놓고 있었다. 눈여겨보지 않으면 지나치기 쉬운 자잘한 꽃들이지만 그 꽃들이 내지르는 향기는 소공원의 허공을 넉넉히 채울 만큼 짙고도 그윽하다.

녹음 짙은 여름철에 피어나는 꽃 중엔 유독 흰색 꽃이 많다. 그것은 허투루 에너지를 낭비하지 않는 식물들의 전략이다. 흰색의 꽃들은 화려하진 않지만 대부분 향기가 강해서 온갖 악취들을 중화시킬 뿐 아니라 꿀을 많이 머금고 있다. 우리나라에서 생산되는 꿀 대부분이 아카시아 꽃을 비롯한

이 하얀 꽃들로부터 가져온 것들이다. 특히 쥐똥나무 꽃처럼 작은 꽃들은 색을 내는 데 아무리 공을 들여도 초록 기운에 압도되어 자신의 존재를 드러내기 쉽지 않다. 꽃의 색을 내는 데 헛심 쓰기보다는 향기로 수분을 도와줄 조력자를 부르는 게 훨씬 효과적이라는 걸 식물들은 오랜 시간 진화를 거듭하면서 본능적으로 알고 있다.

쥐똥나무는 한국과 일본이 원산으로 물푸레나무과의 낙엽성 관목에 속한다. 쥐똥나무 꽃이 피면 여름이다. 늦봄에서 초여름에 걸쳐 피는 쥐똥나무의 꽃은 흰색이다. 얼핏 보면 보잘것없는 자잘한 꽃이지만 그 이름과는 달리 맑고 그윽한 향기를 지녔다. 주변에서 흔히 볼 수 있는 꽃나무인데도 평소에는 있는 줄도 모르다가 향기를 맡고서야 비로소 그 존재를 확인하게 되는 나무가 쥐똥나무다.

이 나무를 처음 알게 되었을 때 좋은 이름도 많은데 왜 하필이면 쥐똥나무라고 이름을 지었을까? 고개가 갸웃해지곤 했다. 나중에 알게 된 것이지만 쥐똥나무라는 이름은 꽃이 아닌 열매에서 비롯된 이름이다. 가을에 줄기에 달리는 둥근 열매의 색깔이나 모양이 꼭 쥐똥처럼 생겼기 때문이다. 까만 열매는 잎이 떨어진 앙상한 가지에 달린 채 겨울을 난다. 열매가 검은색이라서 '검정알나무'라는 이명으로도 부른다. 우리나라에는 여러 종류의 쥐똥나무가 자라는데 반상록성인 왕쥐똥나무는 겨울에도 잎이 남아 있고 열매도 훨씬 굵다.

쥐똥나무의 주된 용도는 생울타리용이다. 도시의 도로변이나 공원의 울타리는 대부분 쥐똥나무다. 추위에도 강하고 공해에도 잘 견딜 뿐만 아니라 전정(剪定)이 쉽고 잔가지가 빽빽하게 잘 나오므로 일정한 높이와 모양대로 반듯하게 다듬어 놓으면 근사한 녹색의 울타리가 되기 때문이다. 요즘에는 울타리 외에 분재의 소재로도 이용하고, 정원에 심어 동물의 모양이나 어떤 형상을 만드는 정형수로 쓰이기도 한다. 가지가 V자 모양이어서 새총 만들기에 안성맞춤이어서 예전에는 시골에서 아이들이 이 쥐똥나무로 고무줄 새총을 만들어 놀기도 했다. 쥐똥나무 열매는 생약명(生藥名)으로 '수랍과'라고 부르며, 채취하여 햇볕에 말렸다가 물과 함께 달여서 복용하는데 강장, 지혈, 지한 등에 효능이 있는 것으로 알려져 있다.

한 번 뿌리 내리면 그 자리에서 일생을 살아가는 식물들은 열매일 때 단 한 번 여행을 떠난다. 열매를 맺기 위해서도 누군가의 도움이 필요하지만 단 한 번의 여행에도 반드시 조력자가 있어야 한다. 꽃의 화려한 색도, 그윽한 향기도 그 누군가를 향한 소리 없는 외침에 다름 아니다. 쥐똥나무 꽃의 향기는 벌 나비를 유혹하는 꽃의 언어이고, 우리가 쥐똥을 닮았다고 이름 붙인 그 까만 열매는 노랑 주황으로 물든 가을 숲에서 새들의 눈에 더 잘 띄기 위한 소통 방식인 것이다. 여기에서 우리가 잊지 말아야 할 것은 모든 식물들은 우리에겐 전혀 관심이 없다는 사실이다. 저마다 꽃을 피워 열매를 맺고 자신의 종족을 널리 퍼뜨리기 위해 조력자를 위해 끊임없이 노력할 따름이다. 공짜 구경꾼에 불과한 줄도 모르고 작명가를 자처하며 함부로 이름을 붙인 인간의 오만을 아는지 모르는지 쥐똥나무 꽃은 오늘도 여름 향기를 풀어놓고 있다.

마음에 꽃을 심다

밤꽃 피는 마을

하얀 밤꽃이
흐드러지게 핀 마을을 만나면
외딴집 문간방이라도 빌려
하룻밤 묵어가고 싶어진다

오래 걸어온 나그네의 발냄새처럼
징하게 풀어놓는 밤꽃향기에
밤새도록 실컷 취하고 싶다

보잘것없는 무지렁이 삶이라 해서
한 번쯤은 밤꽃처럼
독한 향기 징하게 내지른 적
왜 아니 없었겠는가

흰 밤꽃이 달빛 받아
더욱 희어지는 밤이면
화려한 꽃만 찾아 헤매던 나를
잠시 내려놓고
밤꽃 향기보다 독한 삶의 냄새에
흥건히 취하고 싶다.

33. 밤꽃 피는 마을

꽃보다는 밤이라는 열매에서 많은 의미를 떠올린 것은 어쩔 수 없다 해도 꽃 피지 않고 열매를 맺을 수는 없는 법, 밤꽃 향기 짙게 깔려오는 저녁 어스름, 지금껏 살아온 날들을 가만히 되돌아본다.

밤꽃이 피었다. 한낮의 후끈한 바람에 실려 오는 알싸한 밤꽃 향기에 어질머리가 일 지경이다. 밤꽃은 본격적인 여름이 시작되는 유월에 핀다. 멀리서 바라보면 나무 전체가 눈을 뒤집어쓴 듯 온통 하얗다. 하지만 가까이 다가가 보면 연한 연둣빛이 도는 흰색의 굵은 털실을 묶어 놓은 듯한 밤꽃은 그리 매력적인 꽃은 아니다. 향기는 문을 열게 하고 냄새는 코를 막게 한다는 세간의 떠도는 말을 빌리자면 밤꽃 향기는 오히려 냄새 쪽에 가까울 만큼 짙고 독한 편이다. 그럼에도 불구하고 밤나무는 우리에게 가장 친근한 나무 중에 하나다.

어렸을 적 내 고향은 밤나무골로 불렸을 만큼 유독 밤나무가 많았다. 이호우 시인은 '살구꽃 피는 마을은 어디나 고향

같다'고 노래했지만 내겐 밤꽃 피는 마을이 그렇다. 가을이
면 장대를 메고 아버지와 뒷동산으로 밤을 따러 다녔다. 아
버지가 아름드리 밤나무에 올라 장대로 밤송이를 털면 어린
누이와 밤송이를 줍던 기억은 유년의 흐뭇한 추억으로 남아
있다. 꽃보다는 열매가 먼저 떠오르는 밤나무는 참나무과에
속하는 낙엽성 교목으로 잘 자라면 15m까지는 큰다.

　뿌리를 깊이 내리므로 어디서나 잘 자라 다른 과일나무에
비해 키우기 쉬운 유실수다. 꽃은 암수한그루로, 수꽃은 꼬
리 모양의 긴 꽃이삭에 달리고, 암꽃은 그 밑에 2~3개가 달
린다. 열매는 견과로서 9~10월에 익으며, 1송이에 1개 또는
3개씩 들어있다. 밤나무 잎은 참나무 잎과 흡사하여 구분이
쉽지 않은데 자세히 보면 밤나무 잎에는 엽록소가 잎 가장자
리의 뾰족한 엽침까지 퍼져있어 잎 전체가 짙은 녹색이지만,
상수리나무의 엽침에는 엽록소가 없으므로 색깔로 구별할

수 있다.

밤나무는 철도 침목으로 많이 쓰이는데 재질이 단단하고 탄성이 좋아 승차감이 좋고 밤나무가 지닌 탄닌 성분 때문에 잘 썩지 않아 다른 나무보다 수명이 길고 따로 방부 처리를 하지 않아도 된다. 경주 천마총 내관의 목책도 밤나무이고 영국의 웨스트민스터 사원 역시 밤나무를 목재로 사용했을 만큼 밤나무는 목재뿐만 아니라 농기구나 각종 기구, 가구재로 쓰임새가 많은 나무다.

하지만 밤나무가 최고의 대접을 받는 이유는 맛있는 밤을 열매로 맺기 때문이 아닐까 싶다. 밤은 영양가가 쌀의 절반을 차지할 만큼 각종 비타민을 풍부하게 함유한 대용식량 자원이다. 고슴도치처럼 뾰족한 가시투성이의 밤송이를 벗겨도 밤톨은 다시 겉껍질과 속껍질로 싸여있어 밤 한 톨을 먹기 위해선 많은 수고를 해야만 한다, 그럼에도 불구하고 밤이 대접받는 것은 생밤으로 씹어 먹는 식감이 그만이고 삶거나 구워 먹어도 그 맛이 일품이라 그 수고가 아깝지 않기 때문이다. 그 외에도 밤은 약밥이나 밤떡, 밤죽이나 밤다식 같은 다양한 요리의 재료로 쓰일 만큼 쓰임새가 많다. 한방에서도 위와 장을 튼튼히 하고 콩팥을 보호하며 혈액 순환을 돕고 지혈에 효과가 있어 설사, 혈변, 구토 증상에 처방되고 몸이 약한 사람의 보양제로 썼다.

대부분의 식물들은 종자에서 싹을 틔우면 종자의 껍질을

밀고 올라오기 마련인데 밤나무는 종자의 껍질이 뿌리와 줄기의 경계에 그대로 달려 있다. 과장일지 모르나 10년, 100년까지 달려 있다고 한다. 옛사람들은 이를 두고 자신의 근본을 잊지 않는 나무로 여겨 후손의 번성과 절개, 그리고 순수한 혈통이라는 의미로 읽어 밤나무를 숭조(崇祖)의 상징목으로 삼았다. 밤송이 하나엔 밤알 세 톨이 들어있는 게 보통이다. 밤알 세 톨은 삼정승을 의미한다 하여 제사상에 올리거나 혼례를 치르고 폐백을 올릴 때 신부에게 밤을 던져주는 것은 모두 자손이 잘되길 기원하는 의미가 담겨 있다.

　아카시아 꽃이 지고 난 뒤 꽃을 피우는 밤나무는 벌들에겐 꿀을 모을 수 있는 중요한 밀원수(蜜原樹) 중 하나다. 꽃보다는 밤이라는 열매에서 많은 의미를 떠올린 것은 어쩔 수 없다 해도 꽃 피지 않고 열매를 맺을 수는 없는 법, 밤꽃 향기 짙게 깔려오는 저녁 어스름, 지금껏 살아온 날들을 가만히 되돌아본다.

34. 판문점의 소나무

아이가 태어나면 금줄에 솔가지를 달고, 소나
무로 집을 짓고 살다가 죽으면 소나무로 짠 관
에 담겨 소나무가 사는 산에 묻힐 만큼 우리 민
족은 소나무와 함께 태어나 소나무와 함께 생
을 마감하며 살았다 해도 지나친 말이 아니다.

    2018년 4월 27일, 남북 정상은 한반도 분단의 상징이었던
판문점 군사분계선(MDL) 위에 평화와 번영을 염원하는 의
미로 1953년생 소나무 한 그루를 심었다. 한라산과 백두산
의 흙을 섞어 뿌리를 묻고, 식수 후엔 김정은 위원장은 한강

수를, 문재인 대통령은 대동강물을 뿌려주는 합토합수(合土合水)의 기념식수 퍼포먼스는 남북평화와 민족화합의 의지를 다지는 한반도 역사의 감동적인 순간이었다.

척박한 환경에서도 끈질긴 생명력으로 사철 푸른 잎을 달고 사는 소나무는 애국가에도 등장할 만큼 우리나라 사람들이 제일 좋아하는 나무다. 일찍이 율곡 이이 선생 같은 분은 세한삼우라 하여 송(松), 죽(竹), 매(梅)를 꼽았으며 고산 윤선도의 오우가에도 소나무는 빠지지 않았다. 선비의 변치 않는 충절과 곧은 절개를 나타내는 상징적인 나무로 안성맞춤이었기에 사육신 중의 한 명인 성삼문 같은 이는 죽은 뒤에 봉래산 제일봉에 독야청청한 낙락장송이 되겠다고 하기도 했다.

소나무를 순우리말로 하면 솔이다. 솔이란 말은 위(上)에 있는 높고(高) 으뜸(元)이란 의미를 담고 있는데, 학자들에 의하면 나무 중에서 가장 우두머리라는 뜻의 '수리'라는 말이 술로, 그리고 다시 솔로 변하였다고 한다. 송(松)이란 한자는 옛날 진시황제가 길을 가다 소나기를 만났는데 소나무 덕으로 비를 피할 수 있게 되자 공작의 벼슬을 주어 목공(木公)이 되었는데 이 두 글자가 합하여 소나무 송(松)자가 되었다고 한다. 한자 이름으로는 줄기가 붉은 적송(赤松), 여인의 자태처럼 부드러운 느낌을 주어 여송(女松), 육지에서 자란다고 하여 육송(陸松) 등으로 부른다.

한반도에 소나무가 살기 시작한 것은 약 6,000년 전부터이고, 본격적으로 많이 자라기 시작한 것은 3,000년 전부터라고 하니 그 긴 세월 동안 소나무와 더불어 살아왔으니 우리 민족에게 소나무는 더없이 정겹고 사랑스러운 나무인 것은 지극히 당연한 일일 수밖에 없다. 아이가 태어나면 금줄에 솔가지를 달고, 소나무로 집을 짓고 살다가 죽으면 소나무로 짠 관에 담겨 소나무가 사는 산에 묻힐 만큼 우리 민족은 소나무와 함께 태어나 소나무와 함께 생을 마감하며 살았다 해도 지나친 말이 아니다.

이번 남북 정상이 함께 심은 소나무는 반송이다. 보통 소나무는 줄기 중심에 있는 생장점이 길게 위로 자라고 측아는 짧게 나와 가지가 되는 생리적 특성을 갖는 데 반해 일명 다복솔이라고도 하는 반송은 모든 생장점이 거의 같은 크기로 자라서 둥근 우산 모양으로 자란다. 나무 키가 10m 내외로 지면 가까운 곳에서부터 여러 개의 줄기가 나와 잘 어우러지며 고고한 품위를 지녀 관상용으로 인기가 높은 수종이다.

소나무는 소나무과에 속하는 상록교목으로 지력이 낮은 척박한 환경에서도 잘 자란다. 소나무는 대표적인 풍매화다. 벌이나 나비 같은 곤충이 아닌 바람에 의해 꽃가루받이를 한다. 바람이 불 때마다 봄 하늘을 뿌옇게 흐리며 송홧가루를 허공에 풀어놓는다. 물 빠짐이 좋고 일사량이 많아야 잎이 싱싱하고 나무의 자라는 모양새도 좋아진다. 이런 소나무의 생태적 특성 때문에 어렸을 때 잘 보살펴 주지 않으면 어느 정도 세월이 지나고 나면 활엽수에게 소나무는 제자리를 내어주고 만다.

전운이 감돌던 군사분계선 위에 남북 정상이 우리 민족이 가장 사랑하는 소나무를 심은 것은 남북이 오랜 반목과 적대의 관계를 청산하고 새로운 평화와 번영으로 나아가기 위한 첫걸음을 떼는 역사적인 순간이었다. 이제 기념식수한 소나무가 전쟁 없는 평화 속에서 통일의 그 날까지 무럭무럭 자랄 수 있도록 온 국민이 마음을 한데 모아 지속적인 관심을 기울여야 할 때가 아닌가 싶다. 비록 내 삶이 달라지지 않는다고 해도.

3부 한여름 밤의 꿈

많은 사람들이 꽃이 식물의 절정기라고 생각하지만, 꽃은 보다 좋은 열매를 맺기 위한 과정일 뿐이고, 열매(씨앗)야말로 성실하게 살아온 식물들만이 받을 수 있는 생애 가장 빛나는 훈장인 셈이다.

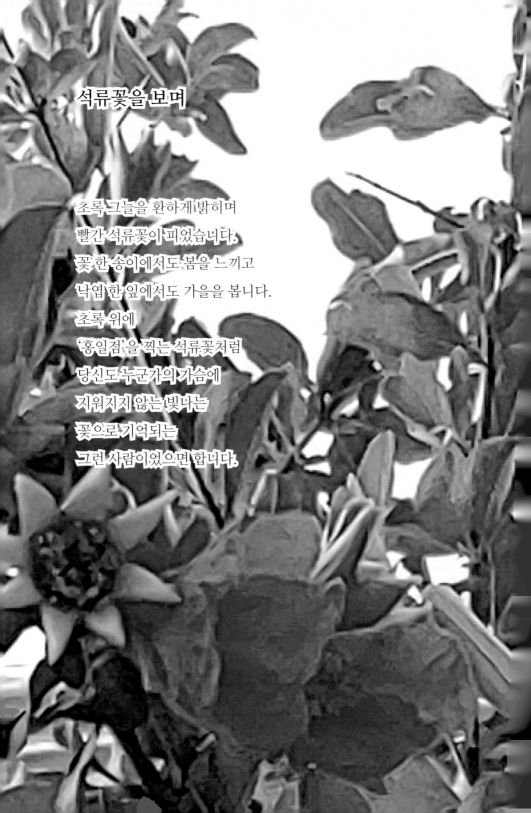

석류꽃을 보며

초록그늘을 환하게 밝히며
빨간 석류꽃이 피었습니다.
꽃 한 송이에서도 봄을 느끼고
낙엽 한 잎에서도 가을을 봅니다.
초록 위에
'홍일점'을 찍는 석류꽃처럼
당신도 누군가의 가슴에
지워지지 않는 빛나는
꽃으로 기억되는
그런 사람이었으면 합니다.

35. 석류꽃 그늘에서

 숲 해설가가 되기 위한 마지막 테스트를 마치고 집으로 오는 길이었다. 골목을 돌아 나오는데 한순간 붉은빛이 눈에 어른거렸다. 나도 모르게 그 붉은빛에 이끌려 나무 곁으로 다가섰더니 붉은빛의 주인공은 다름 아닌 석류꽃이었다. 마치 붉은 주머니를 끈으로 동여맨 듯한 꽃자루 끝에 리본을 풀어 놓은 듯 펼쳐진 꽃잎과 소담스러운 노란색의 꽃술하며 중세 유럽의 왕관을 닮은 꽃받침까지 그렇게 예쁠 수가 없었다.

 석류꽃이 피면 바야흐로 본격적인 여름이다. 하루가 다르게 태양은 뜨거워지고 강렬히 내리쬐는 햇빛을 받은 녹음은 더욱더 짙어져 여름의 중심을 향해 빠르게 다가가는 중이다. 이른 봄에 숲 해설가 공부를 시작했으니 과정을 수료하는 동안 두 계절이 훌쩍 지나간 셈이다.

 석류꽃을 보면 중국 송나라의 시인 왕안석의 시가 제일 먼저 떠오른다. 그가 석류꽃을 보고 "만록총중홍일점(萬綠叢中紅一點), 동인춘색불수다(動人春色不須多)"(온통 푸른 잎사귀 가운데 피어난 한 송이 붉은 꽃, 사람 마음 들뜨게 하는 봄빛은 굳이 많을 필요가 없네)라고 노래한 데서 '홍일점(紅一點)'이란 고사성어가 생겨났기 때문이다. 조선의 대학자

율곡 이이도 "은행각함단벽옥(銀杏殼含團碧玉), 석류피과파홍주(石榴皮裏碎紅珠)"(은행은 그 속에 푸른 구슬을 품고 있고 석류껍질은 부서진 붉은 구슬을 안고 있네)라고 석류를 노래했다.

요즘은 지구온난화의 영향으로 중부지방에서도 석류나무를 쉽게 볼 수 있지만, 예전에는 중부 이남의 정원에서나 볼 수 있는 귀한 나무 중 하나였다. 지중해 연안과 서아시아, 인도가 원산지인 석류나무는 석류과에 속하는 낙엽 지는 작은 키나무로 고려 초기에 우리나라에 들어온 것으로 알려져 있다. 가정집 정원에서 보는 석류나무는 거의가 2m 안팎으로 키가 작은 편이지만 최고 7m까지도 자란다.

여름이 시작되는 6월에 피는 석류꽃은 붉은색만 있는 것은 아니다. 이 외에도 주황색, 백색, 노란색 등 다양한 색의 꽃을 피운다. 석류는 다소곳하고 경건하게 피는 꽃이라서 깨끗함과 인자함의 상징으로 통하고, 빽빽하게 들어찬 열매는 다산과 풍요로움의 상징으로 여겨왔다. 석류꽃의 꽃말은 '원숙한 아름다움'이다. 하지만 석류 열매를 보면 껍질을 깨고 나온 알갱이들이 마치 이를 드러내놓고 히죽거리는 바보의 모습을 닮았다 하여 '바보'와 '어리숙함'이라는 꽃말도 지니고 있다. 같은 나무라도 어디에 시선을 두느냐에 따라 그 의미와 상징이 달라질 수 있다는 것을 석류나무가 명징하게 보여주는 셈이다.

팜므 파탈의 대명사 중국의 양귀비와 이집트의 클레오파트라가 젊음과 아름다움을 위해 석류를 챙겨 먹었을 만큼 여성을 위한 과일로 꼽힌다. 그 이유는 석류에 함유된 에스트로겐에 기인한 것이지만 석류는 고대 페르시아에선 생명의 과일로 불렸을 만큼 전신에 걸친 폭넓은 건강효과로 누구에게나 활력을 주는 과일이다. 석류는 생으로 먹기도 하지만 차로 끓여 먹거나 즙을 내어 마신다. 석류에는 비타민이 다양하게 함유되어 있어 감기 예방에 효과가 있고 천연 에스트로겐 호르몬 성분이 들어있어 여성의 갱년기 장애 예방에도 효험이 있는 것으로 알려져 있다.

유월의 뜨거운 태양 아래 붉은 꽃을 피우며 초록 융단에 홍일점을 찍은 석류나무에 보석처럼 알알이 들어찬 석류가 빨갛게 익어갈 때쯤이면 또 다른 계절로 바뀌어 있을 것이다. 숲 해설가 공부를 마치면 그동안 미뤄두었던 꽃구경이나 실컷 해보리라 생각했는데 막상 마치고 보니 풀 한 포기, 나무 한 그루 바라보는 일이 예사롭지 않다. 예전에는 좋아하는 꽃만 보았는데 이제는 꽃만이 아니라 잎도, 줄기도 함께 보게 되고 보이지 않는 뿌리까지 생각하게 되니 숲 공부는 끝난 게 아니라 이제 시작이란 생각마저 든다. 역시 자연은 위대한 도서관인 게 틀림없다.

배롱나무꽃

그대 없이 보낸 하루가
강물처럼 길어
내 안에 찰랑이며 빛나던 물비늘만 가득한데
어찌하여 나는
적막강산에 홀로 남은 것처럼
이토록 쓸쓸한 것인지요

인생이
하나의 긴 문장이라면
그 어딘가엔 쉼표가 있어야 한다고
누구나 마음 한 구석엔
빈 공간이 있어야 한다는데
그대 떠난 자리
꽃 진 자리처럼 허전합니다

햇살 뜨거운 여름날
피고지고 피고 지길 거듭하면서
석 달 열흘 붉은 배롱나무가 되어
내 안의 그리움
뜨겁게 꽃 피우다 보면
그대 다시 내게 올까요

36. 배롱나무, 가장 뜨거울 때 가장 화사하게

배롱나무는 한 번 펼친 꽃이 백일 동안 피어
여름을 나는 것은 아니다. 수많은 작은 꽃들이
원추상의 꽃차례를 이루어 피고 지기를 거듭
하며 백일 동안 꽃나무로 사는 것이다.

사상 초유의 폭염 속에 온 나라가 가마솥처럼 설설 끓고
있다. 그늘에 가만히 앉아 있어도 등줄기로 땀이 흐른다. 소
나기라도 한 번 시원하게 퍼부었으면 좋으련만 하늘은 얄미
우리만치 티끌 하나 없이 쨍하기만 하다. 태양을 능멸하며

마음에 꽃을 심다

요염한 자태를 뽐내던 능소화도 시나브로 떨어지는데 청명한 하늘 아래 유난히 화사하게 꽃송이를 피워 달고 눈길을 사로잡는 나무가 다름 아닌 배롱나무다.

"배롱나무를 알기 전까지는/ 많은 나무들 중에 배롱나무가 눈에 보이지 않았습니다//가장 뜨거울 때 가장 화사한 꽃을 피워놓고는/ 가녀린 자태로 소리 없이 물러서 있는 모습을 발견하고/ 남모르게 배롱나무를 좋아하게 되었는데/ 그 뒤론 길 떠나면 어디서든 배롱나무가 눈에 들어왔습니다."

-도종환의 〈배롱나무〉 중 일부

시인의 고백처럼 나 역시도 배롱나무를 알기 전까지는 배롱나무가 눈에 들어오지 않았다. 내가 이 배롱나무를 알게 된 것은 20여 년 전 여름, 지리산 실상사에 갔을 때였다. 절집 마당에 의젓하게 서 있던 흰배롱나무는 얼핏 보기에도 5m는 훌쩍 넘어 보이는 것이 여느 배롱나무보다 키도 컸고, 무더위와 땡볕으로 꽃잎도 녹아내릴 것 같은 여름의 중심에서 보란 듯이 꽃을 피워 단 모습이 매우 깊은 인상을 주었다. 그 뒤로는 어디를 가든 배롱나무는 제일 먼저 눈에 들어왔고, 언제나 오랜 벗을 만난 것처럼 반가웠다.

배롱나무는 여름에서 가을에 이르도록 꽃을 피우는 덕에 목백일홍으로 불리기도 한다. 화무십일홍(花無十日紅)이란 말을 무색하게 하는 백일홍으로 부르는 두 가지 식물 중 하나로 배롱나무는 부처꽃과에 속하는 나무인데 반해 멕시코 원산의 화초인 백일홍은 국화과의 한해살이풀이다. 그럼에도 불구하고 같은 이름을 갖게 된 것은 꽃이 피면 여느 꽃들과 달리 백일을 가기 때문이다. 하지만 배롱나무는 한 번 펼친 꽃이 백일 동안 피어 여름을 나는 것은 아니다. 수많은 작은 꽃들이 원추상의 꽃차례를 이루어 피고 지기를 거듭하며 백일 동안 꽃나무로 사는 것이다.

배롱나무는 중국이 고향인 낙엽성 큰키나무지만 못하며 대개 3m정도이고 기껏해야 7m정도 자라는 것으로 알려져 있다. 줄기는 갈색에 담홍색을 띠며 간혹 흰색의 둥근 얼룩이 있으며 껍질이 매우 얇고 매끄러운 게 특징이다. 꽃은 대부분 진한 분홍색이지만 자주색, 연분홍색, 또는 흰색 꽃도 있다. 배롱나무꽃을 한자로는 자미화(紫微花)라 하는데 이는 자주색 꽃이 핀다 하여 붙여진 이름이기도 하고, 중국 자미성에 많이 심었다 하여 붙은 이름이라고도 한다. 배롱나무의 별칭 중에 '간지럼나무'가 있는데 이는 매끈한 줄기를 간질이듯 긁어주면 나뭇가지가 흔들려서 간지럼을 타는 것 같아서 붙여진 이름이다.

우리나라에는 고려 말 이전에 들어온 것으로 짐작되며 오래된 절집이나 고옥에서 쉽게 만날 수 있다. 매끈하고 깨끗한 수피 덕분에 청렴결백한 선비의 모습과 비슷하다 하여 정자나 향교에도 많이 심어 가꾸었다. 오랜 역사를 간직한 나무로는 천연기념물 제168호로 지정된 부산 동래정씨 시조인 정문도공(鄭文道公)의 묘지 앞에 있는 8백 년이나 된 배롱나무로 부챗살처럼 뻗은 가지 끝에 핀 꽃은 보는 이로 하여금 절로 탄성을 자아내게 한다. 이 외에도 안동의 병산서원, 담양의 소쇄원, 명옥현, 강진 백련사 등이 아름다운 배롱나무를 만날 수 있는 명소로 알려져 있다.

　지구온난화의 영향으로 최강의 불볕더위가 이어지는 와중에도 배롱나무꽃은 피고 지기를 거듭하며 한 발 한 발 가을을 향해 가고 있다. 시인의 표현처럼 배롱나무는 가장 뜨거울 때 가장 화사하게 꽃을 피운다. 그 꽃이 지면 벼가 익는다고 해서 쌀밥나무로도 불렸던 배롱나무 꽃그늘로 가서 여름의 끝을 정리하고 가을이 멀지 않았음을 상상해 보는 것도 괜찮은 피서법이 아닐까 싶다.

자귀나무 꽃

해종일
햇살 속을 걸어온 몸보다
마음이 먼저 주저앉는 밤이면
자귀나무 꽃그늘 아래
잠들고 싶다

한낮의 노동을 마친 부부가
늦은 밤 잠자리에 들어
서로의 지친 몸을 어루만지듯
다정스레 잎을 포갠 자귀나무 아래
고요히 잠들고 싶다

자귀나무 꽃그늘 아래 잠이 들어
금실 좋은 부부가
함께 꾸는 분홍 꿈같은
자귀나무 꽃 피는 비밀을
엿보고 싶다

마음에 꽃을 심다

37. 사랑의 창가에 심어두고픈 자귀나무

한바탕 소나기 퍼붓고 간 뒤, 쪽빛 하늘을 배경으로 나무의 우듬지에 부채춤을 추듯 무리를 이루어 핀 모습은 환상적이기까지 하다.

　가을로 들어선다는 입추가 지났건만 불볕더위의 기세는 좀처럼 수그러들 줄 모른다. 나무 그늘에 앉아 있어도 등줄기로 땀이 흐르고 어쩌다 옆 사람과 스치기만 해도 뜨거운 열기가 느껴진다. 이럴 때면 신영복 교수의 『감옥으로부터의 사색』에서 읽었던 '여름징역' 이야기가 생각난다.

"없는 사람이 살기는 겨울보다 여름이 낫다고 하지만 교도소의 우리들은 차라리 겨울을 택합니다. 여름징역은 바로 옆 사람을 증오하게 한다는 사실 때문입니다. 모로 누워 칼잠을 자야 하는 좁은 잠자리는 옆 사람을 단지 37도의 열 덩어리로만 느끼게 합니다. 자기와 가장 가까이에 있는 사람을 미워한다는 사실은 매우 불행한 일이에요."

이렇게 가까운 사람마저도 미워하게 되는 혹독한 여름의 태양 아래서도 화사한 꽃을 피우는 나무가 있다. 한낮의 땡볕을 피해서 새벽녘에 천변에 나가 자전거를 달리다 보면 새의 솜털 같은 분홍 꽃송이를 내어 단 나무가 눈에 띄곤 한다. 사랑나무로 일컬어지는 자귀나무다, 꽃을 알면 알수록 경이롭기 그지없는 것이 자연의 신비란 걸 새삼 느끼곤 한다. 꽃에 관심을 두지 않았다면 어찌 수련이 물속에 피는 꽃이 아니라 잠자는 꽃이란 걸 알 수 있었으며 미모사가 살짝 건드리기만 해도 시들어 버린다는 사실을 어찌 알았으랴.

자귀나무는 산자락이나 밭둑, 마을 어귀쯤에서 쉽게 만날 수 있는 우리의 토종나무 중 하나다. 뿐만 아니라 도심의 공원이나 빌딩 숲에서도 조화를 이루며 뜨거운 여름날 화사한 꽃을 피워 우리의 눈을 즐겁게 한다. 미모사과에 속하는 자귀나무는 밤이 되면 어김없이 양쪽으로 마주난 잎을 서로 포개고 잠을 잔다. 손끝으로 톡 건드리기만 해도 움츠러드는 미모사처럼 수면운동을 하기 때문이다. 외부의 자극이 있어야 잠이 드는 미모사와는 달리 자귀나무는 저녁이 되면 자연스레 잎을 맞대고 잠을 잔다.

자귀나무가 잎을 포개는 까닭은 폭풍우 같은 혹독한 외부의 환경으로부터 자신을 지키고 광합성을 하지 않는 밤에 쓸데없는 에너지 낭비와 수분 증발을 방지하기 위해서라고 한다. 특히나 자귀나무는 아까시나무가 끝에 홀로 된 잎을 달고 있는 것과는 달리 마주난 이파리가 짝이 맞는다. 그런 연유로 자귀나무는 합환목, 합혼수 같은 별칭으로 불리며 예로부터 신혼부부의 창가에 이 나무를 심으면 부부 금실이 좋아진다고 하여 사람들의 사랑을 받았다. 또한 자귀나무 꽃을 따다 말려서 베게 속에 넣어두면 편히 잠들 수 있다고도 하는데 꽃향기를 베고 누운 밤은 상상하는 것만으로도 향기로울 것만 같다.

자귀나무는 무엇보다 꽃이 인상적이다. 한바탕 소나기 퍼붓고 간 뒤, 쪽빛 하늘을 배경으로 나무의 우듬지에 부채춤을 추듯 무리를 이루어 핀 모습은 환상적이기까지 하다. 가까이에서 보면 색실처럼 늘어진 것은 수꽃의 수술이다. 이 수많은 수술은 분홍색과 흰색이 어우러져 꽃 모양을 더욱 신비롭게 한다. 분홍 색실을 풀어놓은 것 같기도 하고 새의 깃털 같기도 한 수꽃이 고운 자태를 뽐내는 사이로 암꽃들이 봉곳한 꽃망울을 맺은 것을 볼 수 있다. 가을이 오고 선득한

바람이 불기 시작하면 콩꼬투리 닮은 열매가 익어간다. 바람이라도 불면 마른 꼬투리가 서로 부딪쳐 사각거리는 소리가 여인의 수다처럼 끊이지 않아 '여설목(女舌木)'이란 별명으로 불리기도 한다.

세상의 모든 꽃들은 열매를 맺기 위해 피어난다. 저마다의 아름다움을 뽐내며 피어나는 꽃은 보다 튼실한 열매를 맺기 위함이다. 바야흐로 결실의 계절 가을의 문턱이다. 꽃을 찾아 사방으로 눈길을 놓던 시절도 서서히 저물어 간다. 이제 밖으로 향하던 시선을 거두어 내 안을 살필 때가 되었다. 힘겹게 한여름의 무더위를 견뎌내느라 낙과가 많았던 삶이라 해도 거둘 수 있는 열매가 얼마나 되는지 찬찬히 헤아려 볼 때가 된 것이다.

접시꽃

장맛비 그치고
언뜻언뜻
파란 하늘 보이니
벌들의 날갯짓이 부산하다.

햇살 바른 돌담 아래
오종종 모여 서서
벌들을 기다리는 접시꽃
환하게 웃고 있다.

고향을 들고날 때
세상에 지치면
언제든 돌아오라고
손 흔들어 나를 배웅해주던
어머니 같은 꽃.

38. 여름을 알리는 전령사, 접시꽃

조선시대에는 어사화로 사용할 만큼 많은 사랑을 받아온 우리에게 친숙한 꽃이다. 능소화와 더불어 울타리 주변에 많이 심었다. 양반꽃으로 불리는 능소화와는 달리 여느 집에서나 심어두고 보았던 접시꽃은 서민적인 순박함이 느껴지는 꽃이다.

마침내 접시꽃이 피었다. 아침 산책을 나섰다가 무리 지어 핀 접시꽃을 보았을 때 본능적으로 여름이 당도했음을 직감했다. 담장을 타고 오르던 덩굴장미의 선홍빛 불꽃이 스러지고 초록 일색으로 짙어져 갈 무렵 피어나는 접시꽃은 여름을 알리는 전령사와 같은 꽃이기 때문이다. 흰색, 자주색, 분홍색, 붉은색 등 다양한 색으로 피어나는 접시꽃을 보면 마치 화려한 색깔의 접시를 펼쳐 놓은 잔칫상 같다. 한줄기 소나기가 지나간 뒤 파란 하늘을 배경으로 물방울을 머금고 있는 접시꽃과 마주치면 마음에도 꽃물이 드는 듯하다.

예로부터 사립문 옆에 많이 심어 손님맞이 꽃으로 불리는 접시꽃은 조선시대에는 어사화로 사용할 만큼 많은 사랑을

받아온 우리에게 친숙한 꽃이다. 능소화와 더불어 울타리 주변에 많이 심었다. 양반꽃으로 불리는 능소화와는 달리 여느 집에서나 심어두고 보았던 접시꽃은 서민적인 순박함이 느껴지는 꽃이다. 접시꽃을 담장이나 울타리 곁에 심었던 것은 자식들이 담장을 훌쩍 넘을 만큼 큰 일을 도모하고 입신양명하길 바랐기 때문이라고 한다.

뻐꾸기 소리 들으며 피었다가 뻐꾸기 울음 잦아들 즈음 지고 마는 접시꽃은 중국이 원산인 귀화식물이지만 오랜 세월 우리 민족과 함께해 온 꽃이다. 짙은 향기는 없어도 쨍한 여름 태양 아래 담장 곁에 환하게 피어 있는 접시꽃을 보면 고향집에서 늘 한결같은 마음으로 나를 걱정하던 어머니가 그립기도 하다. 그런 만큼 누구에게나 접시꽃에 대한 추억 하나쯤은 간직하고 있지 않을까 싶다.

접시꽃이 근래에 사람들의 사랑을 듬뿍 받게 된 것은 도종환 시인의 〈접시꽃 당신〉이란 시의 유명세에 힘입은 바 크다. 하지만 신라 말기의 대문장가 고운 최치원도 접시꽃을 소재로 시를 남겼을 만큼 오래도록 시인들의 사랑을 받은 매력적인 꽃이다. 최치원은 〈촉규화〉란 시에서 자신을 알아주지 않는 세상을 거친 밭에 피어난 접시꽃에 비유했다. 당시 골품제 사회였던 신라에서 육두품으로 태어난 최치원은 아무리 뛰어난 재주를 지녔어도 어찌해 볼 수 없는 요즘 말로 하면 흙수저였기 때문이다. 이처럼 꽃은 대하는 사람들에 따라 사랑하는 아내의 모습으로 비치기도 하고 슬픈 자신의 처지를 닮은 꽃이 되기도 한다.

하지만 사람들이 어떠한 생각을 하든, 어떤 마음으로 자신을 바라보든 상관하지 않는다. 아름다운 꽃은 어디에 피어도 그 고운 자태는 조금도 변하지 않는다. 개인적으로는 고향집 담 곁에 피어 있는 접시꽃이 가장 잘 어울린다고 생각하지만, 접시꽃은 어디에 피어도 아름답고 정겨운 꽃이다. 마을의 어귀나 도로변, 혹은 천변의 둑 같은 곳에서도 잘 자란다. 한 번 심어놓으면 저절로 번성하여 해마다 우리의 여름을 아름답게 수놓는다. 어느 곳에서나 묵묵히 자신의 생체리듬에 따라 본능적으로 꽃 필 때를 알아차리고 최선을 다해 꽃을 피운다. 소박하고 꾸밈없는 아름다움을 간직한 접시꽃은 꽃가루가 많아 벌과 같은 곤충들이 즐겨 찾는 꽃이기도 하다.

이름처럼 납작한 접시를 닮은 접시꽃은 아욱과의 두해살이 초본식물이다. 첫해에는 잎만 무성하게 영양번식을 하고 이듬해가 되어야 줄기를 키우면서 비로소 꽃을 피운다. 여름 들머리인 6월경에 잎겨드랑이에서 짧은 자루가 있는 꽃이 아래쪽부터 피기 시작하여 점차 위로 올라간다. 꽃의 생김새는 멀리서 얼핏 보면 무궁화꽃과 흡사하다. 꽃받침은 5개로 갈라지며 꽃잎은 5개가 나선상으로 붙는다. 꽃 색은 붉은색, 연한 홍색, 흰색 등 다양하다. 꽃이 질 때는 무궁화처럼 피었던 꽃잎을 다시 오므려 통째로 떨어진다. 뿌리는 촉규근(蜀葵根), 씨앗은 촉규자(蜀葵子)라 하여 한약재로 쓰였다.

여름이 와서 접시꽃이 피었는지, 접시꽃이 피어서 여름이 왔는지는 그리 중요하지 않다. 정작 중요한 것은 여름이 아무리 뜨거워도 최선을 다해 오늘을 살아내는 일이 아닐까 싶다. 쨍한 땡볕 아래서나, 비에 젖어도 늘 환하게 피어나는 접시꽃처럼.

능소화

초록 그늘마저 시들해지는
염천의 하늘 아래
강대나무 타고 올라 주황색 꽃등 컨
능소화 홀로 눈부십니다.

산다는 것은
서로에게 기대어 인연을 맺고
누군가를 꽃 피우는 일

죽은 나무가 선선히 몸을 내주어
저리 눈부시게 능소화 꽃 피운 것을 보며
당신을 꽃 피게 할 수만 있다면
기꺼이 나를 내어주고 싶어졌습니다.
당신이 꽃으로 피면
나는 더 향기로울 수 있으니까요.

39. 능소화, 하늘을 능멸하다

한여름의 뙤약볕 아래서나 장맛비의 세찬 빗
줄기 속에서도 싱그러움과 밝은 표정을 잃는
법이 없다. 더구나 시들기 전에 미련 없이 그
붉은 꽃송이를 툭, 하고 바닥에 내려놓아 보는
이의 가슴을 서늘하게 만든다.

여름날, 한낮의 쨍한 햇살을 피해 그늘진 골목길을 따라 걷
다 보면 갑자기 눈앞이 환해질 때가 있다. 그것은 바로 담장
을 타고 올라 만발한 주황색 능소화와 마주치는 순간이다.
이글거리는 뜨거운 태양 아래서도 전혀 주눅 들지 않고 고고
하면서도 강렬한 꽃 빛으로 태양과 맞서며 환하게 웃고 있는
능소화를 보면 뜨겁고 강렬한 삶의 에너지가 느껴진다. 요즘
능소화가 한창이다. 옛날에는 능소화가 피는 걸 보고 장마가
시작되는 걸 알아차렸다고 한다. 일기예보 대신 꽃을 보고
시절을 읽었던 옛사람의 지혜가 놀랍고 멋스럽게 느껴진다.
능소화(凌霄花)의 '능소(凌霄)'는 하늘을 타고 오른다거나
하늘을 능멸한다는 뜻이다. 그래서일까. 어느 시인은 능소화
를 일러 '태양을 능멸하며 피는 꽃'이라 했다. 그런가 하면

소설가 박완서는 〈아주 오래된 농담〉이란 작품 속에서 "능소화가 만발했을 때 베란다에 서면 마치 내가, 마녀가 된 것 같았어, 발밑에서 장작더미가 활활 타오르면서 불꽃이 온몸을 핥는 것 같아서 황홀해지곤 했지."라고 매혹적인 꽃으로 묘사했다.

능소화에 대한 추억은 내게도 있다. 수요일마다 '사색의향기'에서 꽃을 소재로 향기메일을 쓰고 있는데 능소화를 소재로 시를 써서 메일을 띄웠을 때였다. 시의 내용은 강대나무를 타고 올라가 꽃을 피운 능소화를 보고 나도 누군가를 꽃피게 하고 싶다는 소망을 적은 것이었는데 대구의 한 목사님으로부터 한 통의 전화가 걸려왔다. 나의 시를 노래로 만들고 싶으니 허락해 달라는 것이었다. 나는 흔쾌히 승낙했고,

얼마 지나지 않아 그 목사님은 곡을 붙여 직접 노래까지 부른 동영상을 보내왔다. 멋진 노래가 되어 돌아온 나의 시는 소중한 추억이 되어 가슴에 남아 있다.

능소화는 능소화과의 낙엽성 덩굴식물로 중국이 고향이다. 등나무처럼 가지에는 다른 물체에 달라붙기 쉽게 흡착근이 있어서 담장이나 벽을 타고 올라간다. 금빛 꽃을 피우는 등나무란 의미로 금등화로도 불린다. 한여름의 뙤약볕 아래서나 장맛비의 세찬 빗줄기 속에서도 싱그러움과 밝은 표정을 잃는 법이 없다. 더구나 시들기 전에 미련 없이 그 붉은 꽃송이를 툭, 하고 바닥에 내려놓아 보는 이의 가슴을 서늘하게 만든다. 지는 순간까지 고고한 기품을 잃지 않는 꽃이 능소화다.

한수 이북에 고향을 둔 나는 어렸을 땐 능소화를 못 보고 자랐다. 능소화는 추위에 약한 꽃나무라서 추운 겨울을 견디지 못하기 때문이다. 그렇게 귀하던 능소화가 지금은 주변에서 쉽게 만날 수 있는 흔한 꽃나무가 되었다. 지구온난화의 영향으로 식물들의 자람터 한계선이 북상했기 때문이다. 옛날에는 '양반꽃'이라 하여 여염집에서 함부로 심었다가는 곤욕을 치르기도 했다. 사람의 신분마저 갈라놓을 만큼 귀한 대접을 받기도 했지만, 꽃가루가 눈에 들어가면 실명을 한다는 흉흉한 소문 때문에 한때는 정원에서 쫓겨나는 수난을 당하기도 했다. 최근의 연구 발표에 따르면 실제로는 거의 독

마음에 꽃을 심다

성이 없는 것으로 밝혀졌다. 꽃을 보고 문학적 영감을 얻는 것도, 꽃을 통해 자신의 신분을 과시하려 하는 것도 사람의 일일 뿐이다. 꽃은 사람들이 어떤 생각을 하든 다만 제게 주어진 생을 최선을 다해 살아갈 뿐이다.

길을 걷다가 담장을 넘어와 초록 줄기마다 주황색 꽃등을 내어 단 능소화를 만나면 저절로 걸음이 멈춰진다. 그럴 때면 주황색 능소화가 황색등이 켜진 신호등 같이 느껴지기도 하고, 잠시 쉬어 가라는 삶의 쉼표 같단 생각이 들기도 한다. 꽃을 보는 일은 늘 무언가에 쫓기듯 바쁘게만 살았던 내게 자연이 베풀어준 최고의 휴식시간이다. 일본의 한 환경운동가는 "씨앗이 자라는 속도를 넘어선 곳에서는 공포만이 자랄 뿐 안심은 없다"고 했다. 꽃을 제대로 보기 위해서는 일단 걸음을 멈춰야 한다. 멈추면 비로소 보이는 것이 꽃이다. 자세히 보고 오래 바라보지는 못하더라도 잠시나마 꽃 앞에서 걸음을 멈추는 것은 꽃에 대한 최소한의 예의가 아닐까 싶다. 설령 그렇지 못할지라도 꽃은 인간의 무례를 용서하겠지만.

노각나무 꽃

상사화는
잎과 꽃이 만나지 못해
평생을 그리움 속에 산다는데
수피가 아름다운 노각나무는
지난해 맺힌 열매가 새로 피는 꽃을 본다
여름에 피는 동백이라서
하동백이라 불리는
노각나무 흰 꽃이 열매와 만나는
실화상봉(實花相逢)의 순간
기쁨에 겨운
꽃 한 송이
허공으로 뛰어내린다

41. 노각나무꽃, 여름에 피는 동백

처음엔 꽃송이가 풍선처럼 부풀어 오르다가 차츰 꽃잎이 벌어지는데 수줍은 듯 노란 꽃술을 감싸며 주름진 꽃잎을 살짝 오므린 모양이 여간 사랑스러운 게 아니다. 꽃이 질 때에도 지저분하게 흩어지지 않고 동백꽃처럼 통꽃으로 떨어져 내려 깔끔하다.

백두대간 수목원이 있는 경북 봉화로 여행을 다녀왔다. 이른 봄부터 여름에 이르도록 이어진 산림교육전문가 과정을 마친 동기들과 함께 떠난 숲 여행이었다. 일찍이 세계적인 돌고래 활동가인 릭 오베리는 "수족관에서 돌고래를 관찰하며 돌고래를 배운다는 것은 디즈니랜드에서 미키마우스를 보고 쥐의 생태를 공부하는 것과 같다."고 했다. 굳이 그의 말을 빌리지 않더라도 직접 숲으로 가서 숲을 오감으로 느끼고 싶은 마음이 간절했다. 백두산에서 지리산까지 이어지는 백두대간의 식물들을 한자리에서 만날 수 있는 백두대간 수목원이 있는 봉화는 숲 공부를 막 마친 우리에겐 최적의 여행지였다.

수목원 인근에서 1박을 하고 개장 시간에 맞추어 아침 일찍 수목원을 찾았다. 이미 여름은 깊어 녹음은 한껏 짙어져 있었지만 트램을 타고 이동하는 길 양쪽으로 길게 늘어선 네군도단풍나무 가로수는 황금빛 잎사귀를 찰랑거리며 우리의 마음을 환하게 만들어주었다. 노련한 숲 해설가의 해설이 곁들여진 숲길을 걷는 동안 그동안 무심히 지나쳤던 풀 한 포기, 나무 한 그루가 저마다 말을 걸어오는 것만 같아 함부로 걸음을 옮기기 어려웠다. 행여 작은 풀꽃이라도 밟힐까 싶어 조심조심 발밑을 살피며 걷다가 바닥에 떨어진 흰 꽃을 보았다. 꽃술이 다보록한 차꽃을 닮은 그 흰 꽃을 주워들고 무심코 고개를 젖혔을 때였다. 크지도 작지도 않은 적당한 크기의 나무 한 그루가 파란 하늘을 배경으로 눈부신 꽃을 달고서 있었다. 노각나무였다.

노각나무는 차나무과에 속하는 중간키나무로 생육환경에 따라 10m까지도 자란다. 산목련이라 불리는 함박꽃나무의 꽃보다 조금 작은 꽃은 매우 청초하고 아름다울 뿐만 아니라 은은한 노란색이 비치는 흰색의 꽃은 우아하기까지 하다. 게다가 배롱나무나 모과나무처럼 벗겨지는 담홍색의 수피가 매우 아름다워 절로 쓰다듬고픈 충동이 일게 한다. 실제로 만져보면 실크처럼 매끄럽고 부드러워 금수목, 비단 나무라 불리는 게 전혀 어색하지 않다.

새로 난 가지 밑동 즈음에 피는 꽃은 여름 들머리에 피기

시작한다. 처음엔 꽃송이가 풍선처럼 부풀어 오르다가 차츰 꽃잎이 벌어지는데 수줍은 듯 노란 꽃술을 감싸며 주름진 꽃잎을 살짝 오므린 모양이 여간 사랑스러운 게 아니다. 꽃이 질 때에도 지저분하게 흩어지지 않고 동백꽃처럼 통꽃으로 떨어져 내려 깔끔하다. 여름에 피는 동백꽃이라 하여 하동백으로도 불리는 노각나무 꽃은 거의 한 달 가까이 지속적으로 피어 관상 가치가 높다. 가을이 되면 잎은 밝은 황색으로 단풍이 들고 5각의 뿔을 가진 열매가 익는다.

한때 노각나무는 우리나라에만 자라는 특산나무로 알려지기도 했으나 최근 연구 결과에 따르면 일본에서도 동일한 종이 자생하는 것으로 밝혀졌다. 그렇다 하더라도 노각나무는 우리나라 토착 활엽수종임엔 틀림없다. 서울을 비롯하여 중부 이남 지방에서 주로 자라며 모과나무나 배롱나무처럼 껍질이 잘 벗겨지는 수피는 담홍색의 얼룩무늬가 선명한 것이 세계 어느 나라 노각나무보다도 아름다워 외국에서는 가로수나 공원수로 많이 이용한다고 한다. 자료를 찾아보니 노각나무는 공해에 견디는 힘이 강하고 목질이 단단하고 가공성이 좋아 고급가구를 만드는 데 이용되기도 하고, 노각나무 추출성분으로 약품이나 화장품을 만들기도 한다는데 그냥 보기에도 아까운 꽃나무를 자르는 것은 차마 못 할 일이란 생각이 든다.

노각나무 꽃의 꽃말은 견고, 정의이다. 최고의 목기를 만들만큼 목질이 단단한 나무라 견고라는 꽃말은 근사하게 여겨지지만, 정의라는 꽃말은 선뜻 이해가 가지 않는다. 동백처럼 통꽃으로 지는 단호함에서 '정의'라는 단어를 떠올린 것은 아닐까 하는 생각도 해 보지만 나만의 추측일 뿐이다. 하지만 꽃말이야 사람들이 지어낸 것이니 무어라 한들 어떠랴. 어여쁜 꽃 한 송이 가슴에 품는 일이 더없이 행복하다면 그것으로 충분하지 않은가.

42. 왜개연꽃, 여름 연못의 귀염둥이

마음이 울적하다면 가까운 연꽃방죽을 찾아볼 것을 권한다. 시원한 나무 그늘이나 정자에 올라 연잎의 군무를 즐겨도 좋고, 무료하다면 연못에 노랑 꽃등을 켜고 있는 왜개연의 아름다움을 탐해보는 것도 좋다.

장마가 시작되려는지 비가 잦은 요즘이다. 태양을 능멸하듯 당당하게 담장을 타고 오르던 능소화가 비에 젖어 바닥으로 떨어져 내린 것을 보면 중국 명나라 때 문명이 높았던 원굉도의 말이 생각난다. 그는 꽃을 보는 데에도 어울리는 때와 장소가 있다고 했다. 만약 이를 가리지 않고 꽃을 보면 신기가 흩어져 제대로 감상할 수 없다고 했다. 굳이 그렇게까지 날씨와 장소를 가려가며 꽃을 보아야 하나 싶은 생각도 들지만 '여름 꽃은 비 온 뒤에 선들바람 불어올 때 좋은 나무 그늘 아래나 대나무 그늘, 물가의 누각에서 바라보는 것이 제격'이란 말엔 절로 고개가 끄덕여진다.

여름이면 연꽃방죽을 즐겨 찾는다. 비 오는 날 연잎에 듣는 빗소리도 좋고, 비 그친 뒤 정자에 앉아 물방울이 맺힌 연꽃을 보는 재미가 여간 근사한 게 아니다. 연지에는 연꽃 외에도 다양한 식물들이 꽃을 피운다. 연꽃 구경을 갔다가 수련이나 노랑어리연, 부레옥잠을 만나는 것은 덤으로 얻는 소소한 행복이다.

연지를 장식하는 수많은 조연 중에 단연 눈에 띄는 꽃이 왜개연이다. 왜개연은 보통 연꽃이나 수련에 비해서 꽃이 훨

씬 작고 아담하다. 꽃색도 노랑 단색으로 연꽃처럼 화려하지 않고 이름도 촌스럽다. 잎은 연꽃처럼 물 위로 많이 올라오는데 꽃은 수련과도 비교할 수 없을 만큼 작다. 보통 꽃 이름에 '개'자가 붙는 것은 기본종보다 열등하다는 의미다. 그렇다고 왜개연이 연꽃보다 예쁘지 않은 것은 아니다. 오히려 작아서 더 예쁘고 사랑스러운 꽃이 왜개연이다.

왜개연은 수련과의 여러해살이풀로 연못이나 늪에서 자란다. 꽃은 한여름에 노란색으로 피는데 물 위로 올라온 튼튼하고 긴 꽃자루에 한 송이씩 핀다. 기껏해야 지름이 2.5cm밖

에 안 되는 작은 꽃에 비해 꽃대가 굵고 튼실해 보인다. 꽃을 둘러싼 꽃잎처럼 보이는 노란색 다섯 장은 진짜 꽃잎이 아니다. 효과적인 꽃가루받이를 위해 오랜 세월을 지나오는 동안 꽃받침이 꽃잎 모양으로 변형된 것이다.

그 꽃받침 5장이 안쪽의 암술과 수술을 살포시 감싸서 보호하고 있다. 그 안쪽에 황색의 작은 주걱 모양의 구조물이 보이는데 그것이 진짜 꽃잎이다. 그리고 황색의 주걱형 꽃잎 안쪽에 암술머리를 향해 안쪽으로 굽어 있는 것이 수술인데, 자세히 보면 꽃가루가 잔뜩 붙어 있는 것을 볼 수 있다. 수술이 암술머리를 향해 돌아가면서 나 있고, 중심부에 노란색의 암술머리가 있다. 왜개연꽃의 암술머리는 노란색인데 반해 남개연꽃의 암술머리는 붉은색이라 암술머리를 보면 쉽게 구분할 수 있다.

왜개연꽃과 남개연꽃은 모두 잎이 물 위에 떠 있는 반면, 개연꽃은 잎이 물 위로 올라오는 게 특징이다. 꽃에 비해 꽃대가 튼실해 보이는 왜개연은 수직으로 곧게 우뚝 서서 꽃을 피우고 수정을 마치고 열매가 맺히면 꽃대가 옆으로 비스듬히 눕기 시작한다. 그리고는 시간이 지나면 물속으로 들어가서 실하게 영근 종자를 바닥에 떨어뜨린다. 떨어진 씨앗들은 또 다른 개체로 성장하여 여름 연못을 아름답게 장식하는 어여쁜 꽃을 피운다.

장마가 지는 여름이 되면 녹음도 한껏 짙어져 사방이 초록 일색이라 무슨 꽃이 있을까 싶지만 조금만 관심을 가지면 어디에서나 쉽게 볼 수 있는 게 꽃이다. 자주 비가 내려 마음까지 젖기 쉬운 요즘, 마음이 울적하다면 가까운 연꽃방죽을 찾아볼 것을 권한다. 시원한 나무 그늘이나 정자에 올라 연잎의 군무를 즐겨도 좋고, 무료하다면 연못에 노랑 꽃등을 켜고 있는 왜개연의 아름다움을 탐해보는 것도 좋다. 뜨거운 태양 아래서도 당당히 꽃을 피운 노랑 왜개연을 보며 꽃 빛에 눈을 씻고, 꽃향기에 마음을 헹구면 여름이 뜨거운 까닭을 알게 될지도 모르니까.

43. 연꽃, 기다림엔 유통기한이 없다

나와 같이 꽃의 아름다움이나 탐하는 사람들
은 씨앗에 별 관심이 없지만, 씨앗은 식물이 3
억여 년 전 만든 혁신적 번식 전략의 산물이자
어디서든 살아남을 수 있는 생존배낭이다.

　한여름의 연꽃방죽을 환하게 밝히는 연꽃은 흔히 꽃 중에
군자로 불리는 꽃이다. "진흙에서 나왔음에도 더러움에 물들
지 않고, 맑고 출렁이는 물에 씻겼으나 요염하지 않으며, 속
은 비었고 밖은 곧으며, 덩굴을 뻗지 않고 가지를 치지 않으

며, 향은 멀리 갈수록 더욱 맑고, 꽃대는 꼿꼿하고, 고결하게 서 있으며, 멀리서 볼 수는 있어도 함부로 가지고 놀 수 없는 연꽃을 사랑한다." 중국 송나라의 유학자 주돈은 '애련설(愛蓮說)'을 지어 이같이 고백했다. 연꽃이 지닌 미덕은 이외에도 많지만, 무엇보다 신비롭고 경이로운 것은 연꽃 씨앗의 기나긴 생명력이다.

2009년 5월 8일 옛 가야의 땅이었던 경남 함안군 성산산성 발굴 현장에서 포크레인 작업 중 연꽃 씨앗이 발견되었다. 세 알을 수습한 것을 시작으로 몇 개의 연꽃 씨앗을 더 수습하여 방사성탄소연대 측정을 해 보니 무려 700년 전, 고려시대의 씨앗으로 확인되었다. 과연 싹이 틀 수 있을까?

함안군은 여러 전문가들에게 의뢰하여 발아를 시도한 결과 8개의 씨앗 중 3개의 씨앗을 발아시켜 2010년 7월 아름답고 탐스러운 연꽃을 피우는 데 성공하였다. 사람들은 옛 아라가야의 땅에서 태어난 붉은 연꽃이라 해서 '아라홍련'이란 이름을 지어주었다. 무려 700년의 시간을 거슬러 피어난 이 연꽃은 고려 시대 탱화에서 보이는 연꽃의 모양과 닮았다고 해서 세간의 화제가 되기도 했다. 기나긴 잠에서 깨어나 꽃을 피운 세 그루의 아라홍련은 서너 해 만에 무더기로 불어나 이젠 여름이면 함안박물관 연못을 등불처럼 환하게 밝히는 연꽃단지를 이루어 함안군의 자랑이 되었다. 이보다 오랜 기록으로는 1953년 일본에서는 신석기 시대인 2000여 년 전

연꽃 씨앗 3개가 당시 카누에서 발굴됐는데, 이 씨앗 역시 3개 중 2개가 보란 듯이 싹을 틔운 적이 있다.

이처럼 많은 식물들의 씨앗이 오랜 시간을 기다려 꽃을 피울 수 있는 것은 씨앗이야말로 자신들의 미래인 까닭이다. 나와 같이 꽃의 아름다움이나 탐하는 사람들은 씨앗에 별 관심이 없지만, 씨앗은 식물이 3억여 년 전 만든 혁신적 번식 전략의 산물이자 어디서든 살아남을 수 있는 생존배낭이다. 이처럼 식물들은 씨앗 속에 어떤 상황에서도 잘 자랄 수 있도록 온갖 방법과 장치들을 정성으로 마련해 두었기 때문이다. 많은 사람들이 꽃이 식물의 절정기라고 생각하지만, 꽃은 보다 좋은 열매를 맺기 위한 과정일 뿐이고, 열매(씨앗)야말로 성실하게 살아온 식물들만이 받을 수 있는 생애 가장 빛나는 훈장인 셈이다.

연꽃만이 아니라 대부분 식물의 씨앗은 발아가 정지된 휴면기를 거친다. 씨앗의 휴면기는 식물의 종에 따라 다양한데 콩과식물이나 수련 등은 비교적 수면 기간이 긴 편에 속한다.

식물들의 씨앗이 휴면기를 갖는 것은 안정적으로 다음 세대로 건너가기 위한 생존전략이다. 휴면기에 들어간 씨앗들은 온도나 빛, 수분 등 외부의 환경 조건이 발아에 알맞게 충족될 때까지 지루한 기다림의 시간을 견딘다. 짧게는 며칠에서 길게는 아라홍련처럼 수백 수천 년의 기간도 너끈히 참

아낸다. 무작정 기다리는 것이 아니라 싹 틔울 수 있는 최적의 조건이 갖추어진 기회를 끊임없이 탐색한다. 그렇게 인고의 시간을 참고 견디어 최적의 조건이 갖추어졌을 때야 비로소 싹을 틔운다. 적절한 때가 오기를 기다릴 수 있는 휴면능력 덕분에 식물들은 지구상에서 가장 번성을 누리고 있는 것이다.

캄캄한 어둠의 시간을 견디고 우리 앞에 화사하게 피어난 아라연꽃은 단순한 꽃이 아니라 생의 신비요, 자연의 경이로움이 아닐 수 없다. 급격한 과학의 발달로 속도에 민감해진 사람들은 너나 할 것 없이 조급증에 시달리고 기다림에 인색하다. 너나 할 것 없이 빠름! 빠름! 빠름! 하는 통신사 광고처럼 속도에 목숨을 건다. 하지만 빨리 가는 것만이 능사는 아니다. 비가 올 때까지 기우제를 멈추지 않는 인디언처럼 화려한 꽃의 시간을 꿈꾸며 인고의 시간을 견디는 아라홍련은 우리에게 기다림의 지혜를 일깨워준다.

수련

바람도 숨죽인

여름 한낮

수면 위에 제 그림자 드리우고

고요히 명상에 든 수련을 보며 생각하네

사는 일이

꽃 한 송이 피었다 지는 일이라면

나의 생애도

필 때는

가장 눈부시게 피었다가

질 때는

소리 없이 물속으로 사라지는

수련을 닮을 수는 없는 것인가

44. 잠자는 꽃, 수련

'물의 요정'으로 불리는 꽃이라서 사람들이 수련(水蓮)으로 알고 있지만 실은 '잠을 자는 연꽃'이란 의미의 수련(睡蓮)이다.

"수련 지는 법을 아세요?"

여름 연못의 수련을 볼 때마다 나는 오래전 지인으로부터 받았던 이 질문을 떠올리곤 쓴웃음을 짓곤 한다. 그땐 꽃에 대해 잘 알지 못했으므로 지인이 들려주는 수련 지는 법이 마냥 신기하기만 했던 기억이 새록새록 떠오르기 때문이다.

수련은 여느 꽃들처럼 몇 날을 두고 꽃비를 뿌려대거나 꽃숭어리 뚝뚝 떨어져 보는 이의 가슴을 서늘하게 하지 않는다. 어느 시인의 표현처럼 '우리가 잠시 한눈파는 사이, 혹은 마음 비운 사이' 천천히 물속으로 잠겨서 고요히 자취를 감춘다.

수련은 수련과에 속하는 여러해살이 수생식물로 물밑 진흙 속에 뿌리를 박고 가는 줄기를 뻗어 물 위에 잎을 펼치고 어여쁜 꽃을 피운다. 잎의 앞면은 녹색이고 윤기가 있으며, 뒷면은 자줏빛으로 질이 두꺼운 편이다. 한여름의 폭염에도 굴하지 않고 청초한 모습으로 피어나는 연지 속의 수련 꽃은 보는 이의 마음을 단숨에 사로잡을 만큼 매혹적이다. '물의 요정'으로 불리는 꽃이라서 사람들이 수련(水蓮)으로 알고 있지만 실은 '잠을 자는 연꽃'이란 의미의 수련(睡蓮)이다. 수련의 다른 이름으로는 오후 1~3시를 가리키는 미시(未時)에 꽃이 핀다하여 미초라고도 하고, 한낮에 꽃을 피운다 하여 자오련으로 불리기도 한다.

태양을 사랑하는 수련은 수면 활동을 하는 꽃으로 햇빛이 가장 강렬한 한낮에 활짝 꽃을 피웠다가 저녁이 되면 펼쳤던 꽃잎을 다시 오므려 닫는다. 이렇게 피었다 오므리기를 3~4일 되풀이하다가 질 때는 서서히 물속으로 잠겨 고요히 자취를 감추는 신비로운 꽃이다. 한여름에 꽃을 피우는 수련은 긴 꽃자루 끝에 한 개씩 꽃이 달리는데 대개는 흰색의 꽃이 피지만 요즘은 야생종은 보기 어렵고 공원이나 정원에서 만나는 다양한 색상의 꽃들은 거의가 원예품종이다.

수련을 이야길 할 때 절대로 빠뜨릴 수 없는 사람이 있다. 빛의 화가로 불리는 클로드 모네다. 300여 점에 가까운 수련 연작을 남길 만큼 유달리 수련을 사랑했던 그는 엡트강의 물을 끌어올려 연못을 만들고 수련을 심었다. 같은 사물이라도 빛에 따라 변화가 무쌍한 대상에 주목했던 모네에게 수면에 누운 듯 퍼져 가면서 피는 꽃, 빛에 따라 섬세하게 색이 변하는 수련은 더없이 훌륭한 모델이었다.

수련 꽃들이 발산하는 색깔들과 고요한 수면이 어우러진 모습에서 우주의 신비한 영감을 받았던 그는 연못과 수련 그림을 그리는데 자신의 노년을 아낌없이 바쳤다. 고흐에게 해바라기는 삶, 사이프러스나무는 죽음을 의미하는 존재였다면 백내장을 앓으면서도 수련에 몰입했던 모네에게 수련은 그냥 꽃이 아니라 인생의 마지막 빛과 같은 존재가 아니었을까 싶다.

같은 꽃이라도 빛의 변화에 따라 시시각각으로 다른 느낌으로 다가온다. 뿐만 아니라 보는 이의 마음가짐에 따라 전혀 다른 모습으로 보이기도 하는 게 꽃이다. 꽃을 제대로 즐기려면 꽃을 사랑하는 순수한 마음이 우선이다. 꽃의 아름다움을 탐하기 전에 그 꽃이 피기까지 땅에 뿌리를 내리고 살아온 식물의 삶을 온전히 이해하고 함께 어우러지는 법을 먼저 배워야 한다.

 하루가 다르게 태양은 뜨겁게 달아올라도 연못 속의 수련은 그 태양을 향해 눈부시게 꽃잎을 연다. 폭염에 지레 겁먹고 에어컨 바람을 쐬기보다는 가까운 연지라도 찾아 시시각각 다른 느낌으로 다가오는 수련 꽃을 보며 수련 지는 법을 배워보는 것은 어떨까 싶다. 이 여름이 지나가기 전에.

빅토리아 연꽃

어둠을 밟아
밤의 여왕 대관식을
친견하러 가던 날
마음은 못물처럼 찰랑거렸다

첫날은
순결한 흰꽃으로 피어나
점점 붉어져
화려한 여왕의 왕관을 닮아가는
빅토리아 연꽃

밤 깊도록 꽃 찾아
연꽃방죽을 맴돌다 돌아온 밤
연꽃 향기 나를 따라와
밤새도록 꽃멀미를 앓았다.

45. 빅토리아 연꽃, 밤의 여왕 대관식

향기롭고 어여쁜 빅토리야 연꽃을 함께 본 이야기를 나눌 때마다 내 삶에서도 연꽃 향기가 날 것만 같다. 꽃을 보는 일은 마음을 아름답게 할 뿐 아니라 향기로운 추억을 짓는 일이기도 하다.

"빅토리아 연꽃 보러 가시죠."

지인으로부터 두물머리 세미원으로 '밤의 여왕'으로 불리는 빅토리아 연꽃의 대관식을 보러 가자는 전화를 받았다. 밤 10시에 야간개장이 끝난 뒤 특별히 30명에 한해서만 입장을 허락한다고 했다. 나는 일말의 망설임도 없이 그러겠다고 했다. 꽃을 좋아하면서도 그동안 빅토리아 연꽃의 대관식을 볼 기회가 없었다. 빅토리아 연꽃은 어디서나 볼 수 없는 귀한 꽃인 데다 밤에만 피기 때문에 개화 시기를 맞추기가 여간 어려운 게 아니기 때문이다.

드디어 빅토리아 연꽃을 보러 가는 날, 마음 한구석에 일말의 걱정 아닌 걱정이 생겼다. 얼마 전에 그곳에 갔을 때 연지에 쟁반 같은 빅토리아 연잎만 떠 있는 것을 보고 온 터라

우리가 그곳에 갔을 때 혹시라도 꽃이 피어 있지 않으면 어쩌나 싶은 생각이 들었기 때문이다.

꽃을 보러 다닐 때면 나는 종종 불가에서 말하는 시절인연(時節因緣)을 떠올리곤 한다. 모든 인연에는 오고가는 시기가 있으니 만나게 될 인연은 군이 애쓰지 않아도 만나게 되고, 만나지 못할 인연이라면 아무리 애를 써도 만날 수 없는 게 시절인연이다. 꽃이 피는 날을 미리 알려주는 것도 아니니 꽃을 보고 못 보고는 시절인연에 달려 있다. 그러니 때가 되었다면 미리 애태우고 걱정하지 않아도 빅토리아 연꽃을 만나게 될 것이었다.

빅토리아 연꽃은 '큰가시연'이라고도 하는데, 꽃잎을 제외한 식물 전체에 가시가 촘촘히 돋아 있기는 마찬가지지만 전 세계에 1종 1속뿐인 우리의 꽃인 가시연이 한해살이풀인 데 반해 빅토리아 연꽃은 수련과에 속하는 여러해살이 수생식물이다.

빅토리아 연꽃은 세계에서 가장 큰 잎을 지닌 연꽃으로 남미의 아마존이 고향이다. 1836년 영국의 식물학자 존 린들리가 아마존강에서 발견하여 빅토리아 여왕의 즉위를 기념하여 빅토리아로 명명하여 여왕의 이름을 지니게 되면서 밤의 여왕으로 불린다. 잎은 보통 1~2m까지 자라는데 최고 3m까지 자란다. 이렇게 큰 잎은 사람이 올라서도 가라앉지 않을 만큼 두껍고 단단하다. 잎의 크기도 독보적이지만 잎끝이 쟁반 테두리처럼 올라온 특이한 모양은 빅토리아 연만의 특징이다.

특히 빅토리아 연이 가장 주목받는 이유는 소위 '밤의 여왕 대관식'이라 불리는 꽃 피는 모습 때문이다. 꽃은 3일에 걸려 친다. 첫날 피어날 때는 순백색으로, 둘째 날은 분홍색, 그리고 마지막 셋째 날은 붉은색으로 만개한다. 꽃은 지름이 30~40cm정도의 대형인데다 밤에 피는 마지막 모습은 여왕의 왕관을 닮아 사진작가들이 그 순간을 카메라에 담기 위해 연지로 모여든다. 하루도 아닌 사흘 동안 꽃을 지켜보는 일은 여간한 집념과 인내심이 아니고는 어렵다.

일행들과 세미원을 찾았을 때 빅토리아 연꽃은 나의 기대를 저버리지 않고 우아한 자태를 보여주었다. 여왕의 왕관을 닮은 마지막 날의 화려한 모습은 아니었지만, 수면 위로 고개를 내밀고 흰색에서 연분홍빛이 도는 꽃의 자태는 매혹적이었다. 저마다 가져온 카메라와 스마트폰으로 꽃의 모습을 담느라 한동안 연지에 셔터 소리가 끊이지 않았다. 빅토리아 연꽃 외에도 밤에만 핀다는 희귀한 열대 수련까지 볼 수 있었던 것은 생각지 못한 행운이었다.

연지에서 한참을 꽃 구경을 한 뒤 두물머리로 이어진 배다리 위에서 시원한 강바람을 쐬며 이야기꽃을 피웠다. 함께 나눌 추억이 많을수록 행복한 사람이라는 말이 있다. 늦은 밤 일행들과 어둠 깊은 세미원을 돌아 나오며 좋은 사람들과 또 하나의 멋진 추억을 공유했다는 생각에 마음이 뿌듯했다. 향기롭고 어여쁜 빅토리야 연꽃을 함께 본 이야기를 나눌 때마다 내 삶에서도 연꽃 향기가 날 것만 같다. 꽃을 보는 일은 마음을 아름답게 할 뿐 아니라 향기로운 추억을 짓는 일이기도 하다.

나리꽃

사랑하는 이를 생각하면
겹겹이 에워싼 초록 그늘 떨치고
홀로 붉게 피어나는
나리꽃이 되고 싶다

수줍어 고개는 떨구어도
제 안의 뜨거운 사랑만은 어쩌지 못해
초록의 숲 위로 환한 꽃등 켜는
점박이 나리꽃

아무도
보아주는 이 없어도
짙어 오는 녹음에도 아랑곳하지 않고
꿋꿋이 서서
긴꼬리제비나비를 기다리는
참나리꽃이 되고 싶다

46. 나리꽃, 숲속의 백합

꽃들에 이름을 지어 준 것도, 꽃의 전설을 만든 것도 알고 보면 모두가 사람이다. 야생의 나리꽃을 정원으로 옮겨 심고 향기 짙은 다양한 색의 백합으로 만든 것 또한 사람이다.

쨍한 여름 한낮에 호랑나비 한 마리가 나리꽃 위를 날고 있는 모습은 평화롭기 그지없다. 너무 느리지도 않고, 너무 빠르지도 않은 나비의 우아한 비행을 지켜보고 있노라면 숨을 턱턱 막히게 하는 무더위도 깜빡 잊어버리고 말 만큼 황홀하고 신비롭다. 흔히 남녀 간의 사랑을 '꽃과 나비'로 표현한다. 하지만 꽃은 나비를 사랑하지 않고, 나비 또한 꽃을 좋아하기는 해도 사랑하지는 않는다. 엄밀히 말하면 꽃은 자신의 사랑을 이루는데 도우미 역할을 할 나비가 필요하고, 나비는 꿀을 간직한 꽃이 필요할 따름이다. 그런데도 남녀 간의 사랑에 '꽃과 나비'를 끌어들인 것은 다투거나 어느 한쪽으로 기우는 법 없이 서로 도움을 주고받으며 공생하는 그들의 모습을 닮고 싶었던 때문일지도 모르겠다.

녹음 짙은 숲속에 점점홍으로 피어 있는 나리꽃은 단연 여

름 숲의 주인공이다. 허리춤까지 올라오는 적당한 키에 강렬
한 주황색의 탐스럽고 커다란 꽃송이를 달고 있는 나리꽃의
자태는 단번에 우리의 눈길을 사로잡을 만하기 때문이다. 나
리꽃은 백합과에 속하는 여러해살이풀로 전국의 산야에 서
식하며 여름이 한창 뜨거운 7~8월에 꽃을 피운다. 나리꽃의
한자명이 백합인데 여기에서 백합은 흰색을 가리키는 것이
아니라 땅속의 여러 겹의 비늘줄기가 합쳐져 있음을 의미한
다. 따라서 흰 백(白)자가 아닌 일백 백(百)자의 백합(百合)
이다. 많은 사람이 백합하면 정원의 크고 향기 짙은 흰색의
백합꽃을 연상하지만, 백합이 꽃의 특정한 색을 의미하는 것
이 아니듯 세상엔 다양한 색의 백합이 우리들의 꽃밭을 장식
하곤 한다.

대부분의 사람은 산이나 들에서 만나는 나리꽃을 한 가지인 줄 안다. 하지만 나리꽃은 그 종류가 다양한 편이다. 그렇다고 구분이 어렵지도 않은 편이라서 조금만 신경 써서 살펴보면 쉽게 그들의 이름을 불러줄 수 있다. 가장 대표적인 게 참나리다. 참나리는 나리꽃 중 가장 키가 크고 꽃도 탐스럽다. 꽃의 색과 무늬가 호랑무늬와 비슷하다고 하여 영어 이름은 'tiger lily'다. 참나리는 다른 나리와 달리 줄기에 주아를 다닥다닥 달고 있어 구별이 쉽다.

참나리 외에 꽃이 피는 방향에 따라 이름이 붙여진 나리꽃이 있는데, 꽃이 땅을 향하고 있으면 '땅나리', 하늘을 보고 있으면 '하늘나리', 땅도, 하늘도 아닌 중간을 보고 있으면 '중나리'로 부른다. 줄기에 잎이 마주 보지 않고 동그랗게 돌려나는 꽃은 '말나리'인데, 잎이 돌려나면서 꽃이 하늘을 향해 피면 '하늘말나리'라 부른다. 이외에도 온몸에 잔털이 나 있는 털중나리, 잎이 솔잎을 닮은 분홍색의 '솔나리'와 울릉도에 사는 '섬말나리'도 있다.

여느 꽃들처럼 어여쁜 나리꽃에도 슬픈 전설이 깃들어 있다. 옛날 한 고을에 아리따운 처녀가 살고 있었는데 이 고을의 횡포가 심한 원님의 아들이 이 처녀를 보고 강제로 희롱을 하려했다. 하지만 처녀는 원님 아들의 강제추행에 완강히 맞서다가 자결을 하여 순결을 지켰다. 그제야 원님 아들은 깊이 반성하고 후회하며 처녀를 양지바른 곳에 묻어주었는데, 훗날 그 무덤에서 피어난 꽃이 나리꽃이란 이야기다.

꽃들에 이름을 지어 준 것도, 꽃의 전설을 만든 것도 알고 보면 모두가 사람이다. 야생의 나리꽃을 정원으로 옮겨 심고 향기 짙은 다양한 색의 백합으로 만든 것 또한 사람이다. 모두가 어여쁜 꽃을 보다 오래 기억하고 곁에 두고 싶은 마음에서 비롯된 것이고 보면 굳이 탓할 일은 못 된다. 지금껏 꽃을 보면서 변치 않는 생각이 꽃은 어디에 피어도 아름답다는 것이다. 정원의 백합이 더 향기롭고 화려하게 보일 수는 있어도 그렇다고 야생의 나리꽃이 덜 아름답다고 말할 수는 없다. 정원의 백합은 백합대로, 야생의 나리꽃은 나리꽃대로 저만의 아름다움을 간직하고 있기 때문이다. 더욱 중요한 것은 우리 인간도 자연의 일부라는 사실을 잊지 않고 시절 따라 피고 지는 꽃들을 볼 수 있음을 감사하는 마음이 아닐까 싶다.

무궁화꽃

사랑이
마음에 피는 꽃이라면
내 사랑은
무궁화 꽃이었으면 좋겠네

짧은 봄날
화르르 피었다 지는 벚꽃도 아닌
처음의 꽃 빛, 져 버리고
갈색으로 지는 백목련 꽃도 아닌
무궁화 꽃 같은 사랑이었으면 좋겠네

화려하게 피는 꽃일수록
참혹하게 지는 법인데
석 달 열흘 꽃을 달고 살면서도
무궁화는 날마다 새 꽃을 피우고
지는 꽃은 펼쳤던 꽃잎 곱게 갈무려
조용히 바닥에 내려놓는다

부디 내 사랑의 끝도
무궁화 꽃 지듯 정갈했으면

47. 삼천리 강산에 우리나라 꽃

여름이 시작될 무렵 피기 시작하여 서리가 내리기 전의 가을까지 꽃을 볼 수 있다. 오랫동안 꽃을 볼 수 있긴 해도 한 번 핀 꽃이 오래도록 지지 않고 피어 있는 것은 아니다. 꽃 한 송이의 수명은 단 하루뿐이다.

무궁화가 피기 시작했다. 아침 산책길에서 무궁화와 마주쳤을 때 황지우 시인의 〈새들도 세상을 뜨는 구나〉란 시가 생각났다. "영화가 시작하기 전에 우리는/ 일제히 일어나 애국가를 경청한다."로 시작되어 "…이 세상 밖 어디론가 날아갔으면/ 하는데 대한사람 대한으로/ 길이 보전하세로/ 각각 자기 자리로 앉는다/ 주저앉는다."로 끝을 맺는 황지우의 시는 지난 시절의 추억과 함께 쓴웃음을 짓게 만든다.

이제는 옛이야기가 되어버렸지만 얼마 전까지만 해도 우리는 영화를 보기 위해서는 자리에서 일어나 경건한 자세로 애국가를 경청해야만 했다. 80년대의 숨 막히는 현실 속에서 느끼는 절망감과 좌절감을 표현한 이 시는 당연히 그래야만 하는 줄 알고 별다른 반감을 품지도 않았던 많은 이들에

게 신선한 충격을 주었다. 않았다. 그럼에도 불구하고 그 시절을 생각하면 선명하게 떠오르는 아름다운 기억이 하나 있다. 그것은 다름 아닌 '무궁화 삼천리 화려강산…' 노래가 이어질 때 화면 가득 펼쳐지던 무궁화의 만개한 모습은 어느 꽃보다도 화려하고 고왔다는 사실이다.

아욱과에 속하는 낙엽관목인 무궁화는 오랜 세월 우리 민족의 가슴에 상징처럼 자리 잡은 나라꽃이다. 무궁화(無窮花)는 그 이름처럼 오래 피는 꽃이다. 여름이 시작될 무렵 피기 시작하여 서리가 내리기 전의 가을까지 꽃을 볼 수 있다. 오랫동안 꽃을 볼 수 있긴 해도 한 번 핀 꽃이 오래도록 지지 않고 피어 있는 것은 아니다. 꽃 한 송이의 수명은 단 하루뿐이다. 새벽에 피기 시작하여 오후가 되면 오므라들다가 저녁이면 펼쳤던 꽃잎을 도르르 말아 지고 마는 단명하는 꽃이다. 그런데도 여름에서 가을까지 무궁화 꽃을 볼 수 있는 것은 끊임없이 새로운 꽃을 날마다 피워 달기 때문이다. 무궁화 한 그루는 약 백일 동안 약 3천 송이의 꽃을 피우는 것으로 알려져 있다. 무궁화의 종류는 200여 종 이상이 있다. 우리나라의 주요 품종으로는 꽃잎의 형태에 따라 홑꽃, 반겹꽃, 겹꽃의 3종류로, 꽃잎 색깔에 따라 배달계, 단심계, 아사

달계의 3종류로 구분한다.

무궁화의 학명은 히비스커스 시리아쿠스(hibiscus syriacus)로 중동의 시리아가 원산지로 되어 있지만 유구한 세월이 이 땅에 살아온 꽃나무다. 우리나라에 무궁화가 자라고 있다는 가장 오래된 기록은 중국 춘추전국 시대에 저술된 동양 최고의 지리서인 「산해경(山海經)」에서 찾아볼 수 있다. "군자의 나라에는 사람들이 사양하기를 좋아하고 다투기를 피하며 겸허하고, 그 땅에는 훈화초가 있어 아침에 피었다가 저녁에 진다."는 언급이 있다. 여기에서 군자국은 우리나라를 가리킨 것이고, 훈화초는 다름 아닌 무궁화의 한자명이다. 이것만 미루어 보더라도 2천 년 넘는 오랜 세월을 이 땅에서 꽃을 피웠음을 알 수 있다

요즘처럼 무덥고 병충해도 많은 혹서기에도 악조건을 이겨내고 꿋꿋이 꽃을 피우는 무궁화는 우리 선조들이 독립운동

마음에 꽃을 심다

을 하며 마음을 모았던 꽃이기도 하다. 일제에 의해 수없이 핍박받고 뿌리째 뽑히어 불태워지는 수난을 겪기도 했다. 일제강점기 무궁화를 중심으로 수많은 애국지사가 모여 조국의 독립을 위해 싸웠던 것을 생각하면 무연히 무궁화 꽃을 바라볼 수 없는데 아직도 무궁화는 법적으로 나라꽃으로 지정되지 않은 것은 심히 안타까운 일이 아닐 수 없다.

　세상의 모든 꽃은 아름답다. 사람에 따라 호오가 갈릴 수는 있어도 꽃마다 지니고 있는 고유한 아름다움은 결코 견줌의 대상이 아니라는 게 나의 소신이기도 하다. 하지만 오랜 세월 우리 민족의 가슴 속에 나라꽃으로 굳건히 자리매김한 무궁화를 두고 지루한 논쟁을 이어가는 것은 바람직하지 않다. 오랜 세월 우리 민족과 동고동락하면서 마음속에 국화로 자리매김한 무궁화를 하루빨리 나라꽃으로 정했으면 싶다.

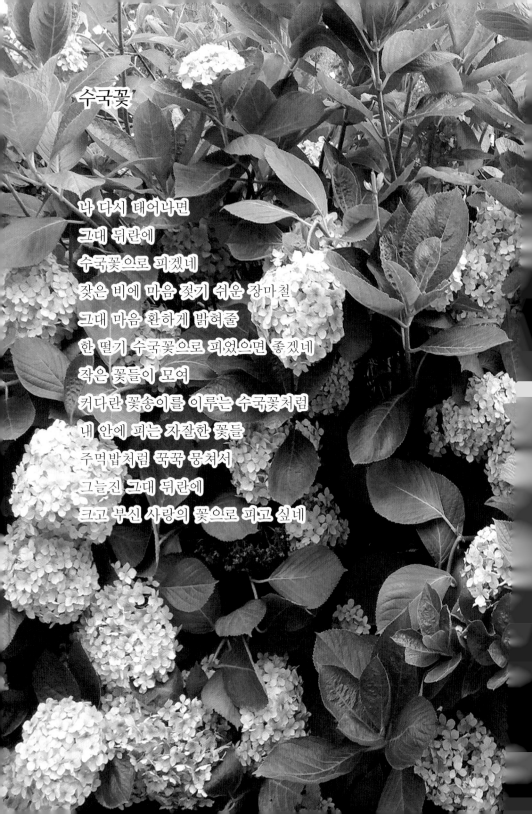

수국꽃

나 다시 태어나면
그대 뒤란에
수국꽃으로 피겠네
잦은 비에 마음 젖기 쉬운 장마 철
그대 마음 환하게 밝혀줄
한 떨기 수국꽃으로 피었으면 좋겠네
작은 꽃들이 모여
커다란 꽃송이를 이루는 수국꽃처럼
내 안에 피는 자잘한 꽃들
주먹밥처럼 꾹꾹 뭉쳐서
그늘진 그대 뒤란에
크고 부신 사랑의 꽃으로 피고 싶네

48. 무더위를 깨끗이 씻어주는 힐링 꽃 – 수국

수국의 가장 대표적인 특징은 카멜레온처럼 꽃 빛이 달라지는 변신의 귀재란 점이다. 토양의 산도에 따라서 알칼리 성분이 강하면 붉은 빛이 진해지고 산성 기운이 강하면 푸른색이 짙어진다. 이러한 꽃의 특성을 활용하여 인위적으로 토양에 첨가제를 넣어 꽃 빛깔을 원하는 대로 바꾸기도 한다.

장맛비 그치고 나니 연일 폭염의 나날이다. 열대야로 잠 못 이루는 밤이 이어지면서 이 뜨거운 여름을 어떻게 넘겨야 할지 은근히 걱정이 앞서기도 한다. 나무 그늘에 가만히 앉아 있어도 등줄기로 땀이 흐르는 요즈음, 그냥 바라만 봐도 우리의 눈을 시원하게 해주는 꽃이 있으니 바로 수국이다.

수국(水菊)은 문자 그대로 '물을 좋아하는 식물, 국화를 닮은 꽃'이다. 수국의 이명으로는 분단화(分團花) 또는 수구화(繡毬花)로 불리기도 한다. 수국은 조금만 건조해져도 바로 시들어 버린다. 하지만 물속에 담가 두면 한 시간도 못 되어 다시 살아난다. 영원히 시들어 버리는 것이 아니라 자신에게

관심을 가져달라고 시위를 하듯 잠시 변덕을 부리는 꽃이 수국이다.

범의귀과에 속하는 수국은 6~7월에 가지 끝에 둥근 모양 (취산꽃차례)으로 흰색, 분홍색, 자색, 빨간색 등 다양한 색상의 꽃을 피운다. 처음에는 연한 녹색을 띤 흰색으로 피기 시작하여 점차 분홍색, 적색, 그리고 마지막에는 남색으로 변하여 퇴색해간다. 다른 식물에 비해 개화 기간이 긴 편이라 오랫동안 꽃을 감상할 수 있고, 한 그루에서 다양한 색상의 꽃을 볼 수 있다.

현재 전 세계에 분포하는 수국과 식물은 80여 종으로 낙엽관목, 상록관목 또는 덩굴식물로 분류할 수 있는데, 국내에 자생하는 수종으로는 산수국, 등수국, 바위수국 등이 있다.

우리가 집 주변에서 쉽게 볼 수 있는 공처럼 크고 둥근 화려한 꽃송이를 자랑하는 수국은 원래 야생의 산수국에서 유성화를 없애고 화려한 무성화만 가득하게 만든 원예식물이다. 산수국은 우리나라 대부분 지역에서 자란다. 꽃이 풍성하고 아름다운 조금 큰 풀로 생각하기 쉽지만 다 자라야 1m를 넘지 못하는 낙엽관목으로 산수국은 엄연히 나무다, 산수국의 대표적인 특징은 유성화(有性花)와 무성화(無性花)를 함께 볼 수 있다는 점이다. 접시처럼 생긴 둥근 꽃차례의 가운데 쪽은 꽃잎이 퇴화하는 대신, 암술과 수술이 발달한 작은 유성화가 달리고 그 가장자리에 지름 1~3cm의 무성화가 달린다. 화려한 무성화로 곤충을 유혹하여 유성화에서 결실을 맺는 효율적인 생존전략이다.

수국은 비교적 온난한 기후에서 잘 자란다. 우리나라 남부지역과 제주도에서는 지상부의 월동이 가능하지만 겨울 추위가 매서운 중부 내륙지역에서는 지상부가 얼기 때문에 겨울엔 동사하지 않도록 실내에서 관리해주어야 한다. 대부분의 식물들이 햇빛을 좋아하는 데 반해 수국은 반그늘에서도 잘 자라고, 관상 가치가 높아 숲 사이의 산책로에 심어두면 무더운 여름날 탐스럽고 예쁜 꽃을 볼 수 있다. 무더위에 지친 우리의 눈을 마음을 시원하게 씻어주는 데엔 수국만 한 꽃도 없지 싶다.

수국의 가장 대표적인 특징은 카멜레온처럼 꽃 빛이 달라지는 변신의 귀재란 점이다. 토양의 산도에 따라서 알칼리 성분이 강하면 붉은빛이 진해지고 산성 기운이 강하면 푸른

색이 짙어진다. 이러한 꽃의 특성을 활용하여 인위적으로 토양에 첨가제를 넣어 꽃 빛깔을 원하는 대로 바꾸기도 한다. 그래서일까. 꽃말도 '변하기 쉬운 마음'이다. 수국 입장에서는 대단히 억울한 일이 아닐 수 없을 터, 최근에 이슈가 되고 있는 흙수저니, 금수저니 하며 수저 논쟁을 하는 우리를 두고 수국은 뭐라 할지 궁금해지기도 한다.

분명한 것은 어느 색으로 피어도 수국은 여전히 아름답다는 사실이다. 토양의 조건에 따라 색을 달리한다 해도 아름다운 수국의 본질은 변하지 않는다. 푸른색의 수국은 푸른 대로, 붉은색의 수국은 붉은 대로 자신에게 주어진 시간을 가장 화려하게 꽃을 피운다. 요즘 여기저기서 수국 축제가 한창이다. 한낮의 더위에 지치고 팍팍한 일상에 치여 몸과 마음이 지쳐 있다면 가까운 식물원이라도 찾아 수국의 아름다움에 취해 힐링의 시간을 가져보시라 권하고 싶다.

원추리꽃

젖은 자리
마를 날 없는 장마철
토방 쪽마루에 앉아
무릎 세우고 바라보던 꽃

추녀 끝 낙숫물이 드리운
성긴 수정발 너머
한나절 비에 젖어도
환한 웃음 잃지 않는 꽃

부엌에선
호박 수제비가 끓고
원추리 꽃 핀 마당 가득
어머니의 잔기침 같은
작은 물방울들이 떠다니던

바라보면
새록새록 옛 기억이 되살아나고
돌아서면
이내 그리워지는
내 어머니 같은 꽃

49. 근심을 잊게 하는 망우초(忘憂草)

원추리꽃은 여름내 오랫동안 볼 수 있는 꽃이지만 꽃 한 송이의 수명은 단 하루뿐인 일일화(一日花)이다. 아침에 피었다가 저녁에 시드는 단명하는 꽃이지만 무궁화나 목백일홍처럼 날마다 새로운 꽃이 피고 지길 거듭하면서 여름내 화단을 지키고 있어 우리가 눈치채지 못하는 것뿐이다.

요즘 화단마다 원추리꽃이 한창이다. 붓다 긋다를 거듭하는 장맛비 사이로 물방울을 머금고 피어 있는 노란 원추리꽃을 보면 마치 내 안에도 꽃등을 켠 듯 마음이 환해진다. 쨍한 햇살 아래 피어 있는 모습도 아름답지만, 비 오는 날 함초롬히 빗방울을 머금고 있는 모습은 일상의 근심을 다 잊게 할 만큼 아름답다. 요즘은 조경용 지피식물로 각광을 받으면서 도시의 공원이나 도로변에서도 쉽게 볼 수 있는 흔한 꽃이 되었지만, 예전에는 집안 뒤뜰 깊숙이 심어두고 즐기던 아녀자의 꽃이었다.

옛사람들은 근심을 잊게 해주는 꽃이라 해서 원추리를 망

우초(忘憂草)라 불렸다. 꽃이 얼마나 아름다우면 근심을 잊게 할까 싶기도 하지만 임신한 여인이 원추리를 품고 있으면 아들을 낳는다 하여 '의남초'로 불렸다는 이야기를 상기하면 생각이 달라진다. 전통시대 여인들의 가장 큰 근심은 아들을 낳지 못하는 것이었으니 아들을 낳게 해주는 원추리야말로 최고의 망우초가 아니었을까 싶은 것이다. 원추리를 한자로는 훤초(萱草)라 한다. 여기에서 훤(萱)은 잊는다는 뜻이다. 옛사람들은 어머니가 머무는 안채를 훤당(萱堂)이라 불렸다. 이는 곧 원추리가 피어 있는 집이란 뜻이다. 훤당이란 말속에는 어머니가 근심 걱정을 모두 잊고 노후를 편히 지내시길 바라는 자식의 효심이 담겨 있다고 할 수 있다.

원추리는 백합과에 속하는 여러해살이 화초다. 봄이 되면 난초잎처럼 멋스럽게 길게 뻗은 잎사귀가 부챗살처럼 퍼지며 자라서 싱그러움을 더하다가 여름으로 접어들면 꽃대를 밀어 올린다. 그리고는 여러 갈래로 갈라진 꽃대 끝에 한 송이씩 꽃을 피운다. 원추리꽃은 여름내 오랫동안 볼 수 있는 꽃이지만 꽃 한 송이의 수명은 단 하루뿐인 일일화(一日花)이다. 아침에 피었다가 저녁에 시드는 단명하는 꽃이지만 무궁화나 목백일홍처럼 날마다 새로운 꽃이 피고 지길 거듭하면서 여름내 화단을 지키고 있어 우리가 눈치채지 못하는 것뿐이다. 그래서일까. 모든 원추리를 통칭하여 부르는 라틴어 속명(屬名) 헤메로칼리스(Hemerocallis)는 '하룻날의 아름다움'이란 뜻이다. 서양에서 부르는 이름도 하루백합(daylily)이다.

원추리는 그 종류가 다양하고 개화 시기도 조금씩 다르다. 꽃이 가장 크고 색깔이 주홍빛이며 안쪽에 더욱 진한 색의 무늬가 있는 원추리꽃을 비롯하여 산야에 자생하는 원추리의 종류도 많은데 대부분 진한 노란 색을 띠고 있다. 요즘은 전 세계적으로 다양한 품종이 개발되어 흰색에 가까운 꽃에서 보라색 꽃까지 볼 수 있다. 개인적으로는 노란 각시원추리의 소박하고도 단아한 자태에 더 마음이 간다. 화단에서 만나는 꽃도 아름답지만, 여름 산속에서 만나는 각시원추리는 각별한 기쁨이기 때문이다.

원추리는 꽃만 고운 것이 아니라 독성이 없어 예로부터 좋은 먹을거리였다. 봄에 마늘 싹처럼 뾰족뾰족 돋아난 원추리의 어린 순을 넘나물이라고 하는데 이것을 뜯어 나물로 무쳐 먹기도 하고 국을 끓여 먹기도 했다. 중국요리에서는 원추리 꽃을 금침채, 또는 황화채라 하여 지금도 귀한 식재료로 쓴 다고 한다. 민간에서는 답답한 가슴을 뚫거나 폐결핵, 빈혈, 황달, 이뇨 등의 치료하는 약재로 널리 쓰였다.

일반적으로 너무 화려한 꽃은 향기가 부족하고, 향기가 진 한 꽃은 색이 화려하지 않다. 사람도 별반 다르지 않아서 부 귀를 뽐내는 자들은 맑게 우러나오는 향기가 부족하고 그윽 한 향기를 내뿜는 자들은 쓸쓸한 기색이 역력할 때가 많다. 너무 화려하지도, 너무 진한 향기도 없지만 수시로 비 뿌리 는 장마철에 어여쁜 자태로 피어나 우리의 근심을 잊게 해 주고 좋은 먹을거리가 되어주는 원추리꽃이 사랑스러운 이 유다. 마음의 울타리 튼실치 못하여 수시로 비바람 들이쳐서 마음 안섶이 눅눅해졌다면 잠시 하던 일 접어두고 밖으로 나 가 원추리꽃을 찾아보시기 바란다.

박꽃

허공을 휘어잡고라도
너에게 가닿고 싶었다

보아주는 이 없는
어스름 저녁답에 쓸쓸히 피었다 저도
너에게 나의 향기 전하고 싶었다

초가지붕 위에 올라앉은
둥근 박을 보거든
보름달처럼 부풀어 오른
내 그리움인 줄 알아라

마음에 꽃을 심다

50. 박꽃 하얗게 피는 밤에

> 박꽃의 흰빛은 청순하기보다는 아련한 슬픔
> 을 느끼게 하는 서러움의 빛깔에 가깝다. 그런
> 데도 그 서러운 빛의 박꽃 너머로 떠오르는 내
> 고향의 풍경은 어머니의 품속처럼 따뜻하기만
> 하다.

한가위가 코앞이다. 민족 최대의 명절인 추석이 되면 저마
다 고향을 찾아가느라 고속도로는 한동안 몸살을 앓게 될 것
이다. 삶의 무게에 짓눌려 있던 고향에 대한 그리움이 봇물
터지듯 한꺼번에 도로 위로 쏟아지기 때문이다. 누구에게나
그리운 고향. 꽃 중에도 보기만 해도 고향을 생각나게 하는
꽃이 있다. 바로 박꽃이다. 도시에서 나고 자란 사람이야 잘
모르겠지만 나처럼 농촌에서 어린 시절을 보낸 사람이라면
박꽃을 보는 순간, 고향을 띠올리게 된다. 박꽃은 고향이 그
리운 사람들의 마음속에 소담스레 피어나는 꽃이기 때문이
다.

저녁 무렵, 시장에 다녀오는 길이었다. 소공원을 지나는데
어린이집 담장 위로 피어난 흰 박꽃 하나가 내 눈을 찔러왔

다. 한동안 넋 놓고 바라보다가 몇 걸음 다가서니 넝쿨 아래로 아이 장난감처럼 작고 귀여운 조롱박이 조롱조롱 매달려 있다. 조롱박이 이만큼 자랐다면 박꽃이 피기 시작한 게 제법 된 모양인데 그동안 수없이 그 길을 오갔으면서도 왜 나는 박꽃을 보지 못했던 것일까? 바쁜 일상 때문이라고 핑계를 대어 보지만 아무래도 나의 무심을 들킨 것 같아 꽃에게 미안한 마음이 들었다.

박꽃은 여느 꽃들처럼 화려하지 않다. 수수한 흰빛이다. 박꽃의 흰빛은 청순하기보다는 아련한 슬픔을 느끼게 하는 서러움의 빛깔에 가깝다. 그런데도 그 서러운 빛의 박꽃 너머로 떠오르는 내 고향의 풍경은 어머니의 품속처럼 따뜻하기만 하다. 박꽃을 보면 저녁마다 마당에 멍석을 내어 깔고 모깃불을 피우시던 아버지 모습이 어른거리고, 삶은 감자나 옥수수를 먹으며 어머니의 옛날이야기를 듣던 기억이 새록새록 떠오른다. 어머니 무릎 베고 누워 바라보던 나지막한 초가지붕 위로 보름달처럼 둥근 박 덩이와 달빛을 받아 은은하게 빛나던 흰 박꽃의 기억들이….

박은 박과에 속하는 한해살이 덩굴식물이다. 덩굴은 10~15m까지 자라고 꽃은 7월부터 피기 시작하여 9월까지 핀다. 꽃은 백색이며 잎겨드랑이에 1개씩 달리고 꽃부리는 저녁때 수평으로 퍼졌다가 아침에 시든다. 열매는 장과로 9~10월에 익는다. 초가지붕이 많던 예전에는 추수가 거의

끝나고 첫서리가 내릴 무렵, 초가지붕이나 담장에 열려 있던 박을 땄다. 덜 쇤 박은 나물을 해 먹기도 하고 국을 끓여 먹기도 했다. 또 잘 쇤 것은 속을 긁어 낸 뒤 바가지로 만들어 요긴하게 썼다.

박은 오랜 세월 우리 민족이 재배해 온 전통작물 중의 하나다. 그런 연유로 당연히 우리 꽃이라 여기기 쉽지만 실은 그렇지 않다. 흥부전에 보면 흥부는 다친 제비의 다리를 치료해 주고, 제비는 그에 대한 보답으로 강남 갔다 돌아오며 박 씨를 물어다 주어 흥부의 인생 역전의 계기를 만들어 주는 이야기가 나온다. 여기에서 짐작할 수 있듯이 박은 아프리카, 열대 아시아가 고향이다. 꽃에 대해 공부를 하다 보면 호기심에 원산지를 찾아보게 되는데 박꽃처럼 오랜 세월 우리와 함께해 온 꽃들은 굳이 고향을 따지는 게 별 의미가 없지 싶다. 왜냐면 박꽃은 이미 우리의 기억 속에서 고향을 떠올리게 할 만큼 친숙하고 정겨운 꽃이기 때문이다. 박꽃을 보면 어머니가 그리워지고 누이가 생각나기 때문이다.

꽃은 피어 있는 그 자체만으로도 아름답지만 때로는 박꽃처럼 아련한 추억을 떠올리게 하는 그리움의 발화점이 되기도 한다. 살이에 부대끼느라 미처 챙기지 못했던 가족들의 안부를 묻고 만나서 정을 나누는 한가위. 보름달처럼 커다랗고 둥근 박을 바라보며 그 하나의 박이 열리기까지 여름내 키를 키우고 꽃을 피운 박 덩굴처럼 열심히 살았을 가족이나 친지들에게 섭섭한 마음은 접어두고 감사와 사랑의 마음을 나누었으면 싶다. 그리하여 어느 해보다도 마음 흐뭇한 풍요로운 한가위가 되었으면 싶다.

서양등골나물꽃

낙엽 지는
아카시아 숲 그늘에
서양등골나물꽃이
눈 내린 듯 하얗게 피었습니다
세상의 꽃들이
소슬해지는 가을 숲속에
눈송이처럼 환하게 피었습니다
다만 낯선 곳에 뿌리내리고
최선을 다해 꽃을 피웠을 뿐인데
생태계 교란종이란 주홍글씨가 서러워
하얗게 하얗게 피었습니다.

51. 서양등골나물, 꽃은 어디에 피어도 어여쁘다

> 꽃은 어디에 피어도 아름답다. 사람들이 생태
> 계 교란 식물로 손가락질 하든 말든 늘 그래왔
> 던 것처럼 해마다 그 자리에 꽃을 피우고, 꺾
> 이고 뽑혀도 보란 듯이 다시 피어난다.

지난달 남산에선 우리 식물들의 생태계를 지키기 위한 환경단체의 행사가 열렸다는 뉴스가 있었다. 억척스러운 생명력으로 토종 생태계를 위협하며 무섭게 자신의 영역을 넓혀가는 귀화식물 중의 하나인 '서양등골나물'을 제거하는 행사였다. 우리 꽃들의 등골을 빼먹는 풀이라서 서양등골나물이란 이름이 붙은 것인지는 알 수 없지만 이름치곤 그리 정감이 가지 않는 이름임엔 분명하다. 토종식물들의 생태계를 위협하는 귀화식물이 반갑지 않은 존재임엔 틀림없지만, 그들에겐 아무런 잘못이 없다. 그들을 이 땅에 옮겨온 것은 우리 인간이기 때문이다. 교통수단의 발달과 빈번해진 인적 교류 속에 식물들의 이동도 함께 이루어지는 까닭이다.

생태계 교란종으로 지목되어 사람들의 손에 무참히 뽑혀나가는 서양등골나물에 관한 기사를 읽으면서 나는 오래전 책

에서 읽은 미국의 목조가옥을 쓰러뜨린 흰개미 일화가 생각
났다. 세계2차대전이 끝났을 때 필리핀에 주둔해 있던 미군
들은 귀국을 위해 짐을 꾸렸다. 미군들의 짐은 필리핀 현지
에서 제작된 나무 상자에 담겨 미국으로 옮겨졌고, 귀국한
미군들은 짐을 풀어 빈 나무상자들을 기지의 한쪽 구석에 버
린 채 집으로 갔다. 하지만 기지 한구석에 아무렇게나 버려
진 나무 상자 속에 흰개미들이 따라왔다는 것을 눈치챈 사람
은 아무도 없었다. 더군다나 그 개미들이 머지않아 목조가옥
을 마구 쓰러뜨리는 골치 아픈 존재가 될 줄은 까맣게 몰랐
다.

서양등골나물은 북아메리카 원산의 귀화식물로 길가나 숲
의 개활지에 자라는 여러해살이풀이다. 1978년 서울 남산에
서 처음 발견되었는데 짐작기로는 우리나라를 찾은 외국인

의 신발이나 여행 가방에 묻혀 옮겨진 게 아닌가 싶다. 발견 당시엔 서울 남산과 워커힐 언덕에서 한두 포기 보일 정도였던 것이 강인한 생명력을 바탕으로 이제는 기존 생태계를 위협하며 그 세력을 수도권까지 확장한 상태다.

처음 서양등골나물을 발견한 이우철 박사는 한 언론과의 인터뷰에서 "서양등골나물은 토양이 척박하고 생태계가 파괴된 곳에서 쉽게 퍼지며 토양조건이 좋아지면 사라지는 특성이 있다."고 했다. 귀화식물이란 여러 경로를 통해 들어와서 저절로 씨 뿌리고 나고 자라 꽃 피우는 식물을 말한다. 대부분의 귀화식물들은 광선요구량이 많기 때문에 사람들이 손대지 않고 잘 보존된 안정된 생태계에는 들어가지 않는다. 하지만 그늘진 숲속에서도 잘 자라는 서양등골나물을 비롯하여 14종의 식물들은 억척스러운 생명력 덕분에 생태계 교란종으로 낙인이 찍혔다. 돼지풀, 털물참새피, 도깨비가지, 가시박, 애기수영, 서양금혼초, 미국쑥부쟁이 등이 바로 그들이다.

해마다 서울에 가을이 오면 서양등골나물은 공터와 산지 곳곳을 순백의 꽃으로 가득 채운다. 꽃은 어디에 피어도 아름답다. 사람들이 생태계 교란 식물로 손가락질하든 말든 늘 그래왔던 것처럼 해마다 그 자리에 꽃을 피우고, 꺾이고 뽑혀도 보란 듯이 다시 피어난다. 숲 그늘에 무리 지어 핀 서양등골나물꽃을 보면 마치 눈이 내린 것처럼 환하다. 아이러니

하게도 서양등골나물의 꽃말은 '주저', '망설임'이다. 이 땅에 뿌리내리고 꽃 피우기까지 얼마나 주저하고 망설였으면 그런 꽃말을 가졌을까 싶은 생각이 들면서 공연히 꽃에게 미안해진다. 우리 인간이야말로 지구상에서 유일하게 쓰레기를 배출하는 지구 최대의 생태계 교란의 주범이 아니던가.

달맞이꽃

나 여기
노란 슬픔에 잠긴
달맞이꽃으로 서 있을래요
한 줌의 기억마저
표백되는
염천의 하늘 밑
푸른 꽃대로 서서 기다릴래요
철없는 강물이
야유하듯
내 곁을 흘러가도
말없이 그대를 기다릴래요
세상의 풍경들
모두 문을 닫고
스스로 어두워지는 저녁
홀로 몸 푸는 달맞이꽃처럼
꾹꾹 참았던 설움 많은 내 사랑
당신 앞에 풀어 놓을래요

52. 달맞이꽃이 밤에 피는 까닭은

달맞이꽃은 달이 떠오르는 시간, 저녁을 택해 늦게 움직이는 나방들의 곤충을 독차지하는 전략을 핀다. 우리가 생각하듯 달이 그리워 피는 것이 아니라 달이 뜰 때 날아다니는 나방들의 도움을 얻기 위해 밤에 피는 것이다.

모든 생명은 일양일음(一陽一陰)의 숙명을 지고 살아간다. 그것은 동전의 양면과도 같아서 빛은 어둠을 동반하게 마련이다. 복수초나 노루귀꽃, 변산바람꽃 같은 봄꽃들이 잔설이 녹기도 전에 찬바람 속에 꽃을 피우는 것은 다른 나무들이 잎을 피우기 전에 서둘러 자신을 드러내기 위함이다. 봄꽃들이 자신을 효과적으로 드러내기 위해 찬바람 속에 떨며 꽃을 피우는 것처럼 여름꽃들도 자기들만의 전략으로 자신을 드러낸다.

여름은 비도 자주 내리고 해가 길어서 온도 또한 높아 식물에겐 최적의 생장 조건을 갖추고 있다. 꽃가루받이해줄 곤충들도 밤낮으로 그득할 때여서 꽃가루받이를 걱정할 일도 별로 없기 때문이다. 하지만 그렇다고 여름이라고 해서 꽃들에게 마냥 좋은 것만은 아니다. 한껏 승한 초록의 기운을 이기고 제 존재를 드러내야만 하기 때문이다.

하지만 꽃들은 그 어떤 어려움에도 굴하지 않는다. 그 환경을 극복하지 못하면 그것은 곧 멸종으로 이어지기 때문에 저마다 택한 전략으로 환경을 극복하고 자신의 목적을 달성한다.

제일 먼저 색(色)으로 승부를 거는 꽃들이 있다. 잠시 한눈이라도 팔면 금세 묵정밭을 가득 채우는 개망초나 이팝나무의 흰 빛은 눈 부시도록 희어서 눈에 잘 띈다. 나리꽃 붉은빛이나 큰원추리 노란빛, 하늘말나리의 오렌지빛, 자귀나무 그 화려한 분홍색은 일단 피워 내기만 하면 나비나 벌들의 시선을 사로잡을 만하다.

다음으로는 색(色)이 딸리는 녀석들은 향(香)으로 그 한계를 극복한다. 우리의 코를 향기롭게 만드는 아까시나무 꽃이나 머리가 지끈거릴 만큼 독한 향기를 내뿜는 밤나무꽃, 그리고 낮은 풀섶의 꿀풀 같은 꽃들이 바로 그 주인공이다. 외모가 딸리는 사람들이 인간미로 승부하는 것처럼.

꽃빛도, 향기도 변변찮은 녀석들은 어떻게 이를 극복할까? 이들은 무엇 하나 내세울 게 없다는 걸 스스로 잘 알고 있다. 자신이 지닌 꽃빛이나 향기로는 매개자들을 유혹할 힘이 없다는 사실을 순순히 인정한다. 사람이나 꽃이나 자신의 현실을 직시해야 효과적인 대응책을 세울 수 있다. 이들은 그 미

미한 자신을 돋보이게 하려고 가짜 꽃을 만들어 허장성세한다.

좁쌀보다 작은 꽃을 촘촘히 피우는 산수국 나무의 꽃이나 백당나무의 꽃은 그 작은 꽃들의 가장자리에 진짜 꽃의 수십 배 크기에 달하는 하얀색 헛꽃을 만들어 벌들의 시선을 끌어당긴다. 녹음 속에서 연두색 꽃을 피우는 산딸나무 역시 그 특색 없는 색깔을 이겨낼 순백의 잎사귀를 마치 진짜 꽃처럼 변형시켜서 연두색 꽃을 떠받치면서 핀다.

마지막으로 향기도 볼품도 미약한 어떤 꽃들은 치열한 낮 시간을 피해서 피는 시간차 전략을 구사한다. 장마 때 피는 달개비꽃(닭의장풀)과 달맞이꽃은 그 미미한 향기와 볼품없는 모양새로는 어림없다는 걸 알고 한낮엔 꽃을 피우지 않는다. 대부분의 꽃이 만개하는 한낮을 피하여 새벽과 이른 아침 시간을 택해 핌으로써 일찍 일어난 부지런한 곤충을 부른다.

그런가 하면 달맞이꽃은 달이 떠오르는 시간, 저녁을 택해 늦게 움직이는 나방들의 곤충을 독차지하는 전략을 편다. 우리가 생각하듯 달이 그리워 피는 것이 아니라 달이 뜰 때 날아다니는 나방들의 도움을 얻기 위해 밤에 피는 것이다.

이처럼 꽃들은 어떤 상황에서도 자신에게 주어진 임무를 완수하기 위해 색으로, 향기로, 때로는 가짜 꽃으로, 경우에 따라선 꽃 피는 때를 조절해서라도 자신에게 맞는 전략을 선택하여 기어코 열매를 맺는 것이다.

물레나물꽃

태양을 향해
노란 꽃 물레를 돌리고 있는
물레나물 꽃을 보면
사랑이 바람이란 걸 알겠네
제 안의
뜨거운 고요를 어쩌지 못해
스스로 바람개비 되어
달려가고픈 마음
그 순정한 마음이 바람을 만든다는 것을

53. 물레나물, 바람개비 되어 그대에게

꽃송이도 제법 크고 아름다워 집안 화단에 옮겨 심으면 관상용으로도 부족함이 없다. 꽃은 어디에 피어도 아름답지만, 물레나물꽃은 여름 들판에서 만나야 제격이다. 초록의 여름 들판에서 금빛 바람개비를 돌리고 있는 물레나물 꽃을 발견하는 것은 생의 특별한 기쁨이기 때문이다.

꽃의 시간이 저물어 간다. 성급하게 불어오는 찬 바람에 서둘러 옷깃을 여미며 겨울을 예감한다. 아직 가을꽃들의 그윽한 향기도 제대로 즐기지 못했는데 벌써 겨울 채비를 해야 한다고 생각하니 세월처럼 무서운 것도 없지 싶다. 뜨겁던 여름이 지나 집안 한구석에 밀쳐두었던 선풍기를 꺼내어 닦았다. 선풍기 날개에 잔뜩 묻은 먼지가 여름내 더위를 식혀주느라 쉴 새 없이 맴을 돌던 선풍기의 노고를 증명이라도 하듯 선풍기 날개엔 먼지가 잔뜩 묻어 있다. 선풍기를 분해하여 날개를 닦다가 지난여름, 고향의 들녘에서 만난 물레나물꽃을 떠올렸다.

뜨겁게 달아오른 태양의 열기와 짙게 녹음을 드리운 산천의 초목들 사이에 피어나는 여름꽃들은 봄꽃과는 달리 원색적이고 강렬한 원숙미를 보여주며 피어난다. 초록의 숲속에서 붉고 진하게 피어나는 나리 종류가 그러하고, 태양을 능멸이라도 하듯 겁 없이 담을 타고 올라 허공을 휘어잡고 피어나는 주황색 능소화가 대표적인데, 물레나물꽃도 그에 뒤지지 않는다. 물레나물꽃은 수시로 장맛비 내리고 가끔 드러나는 푸른 하늘에서 따가운 햇살이 쏟아질 무렵, 위풍당당하게 피어나 숲을 환하게 밝혀준다. 바람개비처럼 맴을 도는 황금빛 꽃잎 가운데 다보록이 솟은 빨간 꽃술을 보고 있으면 금세라도 한바탕 강한 회오리바람을 일으킬 것만 같은 착각이 일곤 한다.

물레나물은 물레나물과에 속하는 여러해살이풀이다. 깨끗한 환경을 좋아하여 오염된 곳을 피해 주로 숲 가장자리나 산기슭의 논밭 사이 양지바른 곳에서 잘 자란다. 키가 어른 허리춤까지 자라며 매끈한 잎은 마주나고 여름이 시작되는 6월부터 9월까지 꽃이 피는데 그 자태가 일품이다. 꽃의 지름이 5cm 내외로 야생화치곤 제법 큰 편에 속한다. 선풍기 날개 모양으로 한쪽으로 휘어진 5장의 꽃잎이 실을 잣던 물레와 닮아 물레나물이란 이름을 얻었다. 스크류 모양의 꽃잎 한가운데에 튼실한 암술과 붉은 수술이 독특하여 한 번 보면 쉽게 잊히지 않는다. 꽃 모양이 해당화와 비슷하여 황해당,

노랑나비를 닮았다 하여 금사호접이라는 별명으로 불리기도 한다. 물레나물의 꽃말은 '임 향한 일편단심', '추억'이다.

옛사람들은 꽃 한 송이도 흘려보는 일 없이 삶에 밀접한 물레와 같은 생활 도구를 연상하거나 먹을 수 있는지를 헤아렸다. 물레나물이란 이름에서 짐작할 수 있듯이 뜯으면 향긋한 향이 나는 어린 순은 살짝 데쳐 헹군 후 양념해서 나물로 무쳐 먹는다. '나물의 왕자'로 불릴 만큼 그 맛이 일품이다. 뿐만 아니라 한방에서는 홍한련(紅旱蓮)이라 하여 물레나물의 뿌리를 약재로 쓰는데, 지혈, 해독 효과가 있어 타박상이나 출혈, 두통, 피부 염증, 종기 등에 사용한다고 한다.

많은 사람들이 물레나물과 궁금해하는 꽃으로 망종화가 있다. 망종화는 물레나물과에 속하는 중국 원산의 떨기나무로 도시 화단에 많이 심는 꽃나무다. 모내기와 보리 베기를 하는 망종 무렵에 피어 망종화라 불리며, 노란 꽃술이 금실을 닮아 '금사매'라고도 불린다. 꽃잎은 같은 황금색이지만 바람개비처럼 휘어지지 않고 꽃술도 붉은 물레나물과는 달리 노란색이라 조금만 자세히 보면 어렵지 않게 구별할 수 있다.

물레나물은 일부러 심지 않으면 무리 지어 자라는 경우가 거의 없고 어쩌다 들판에서 한두 송이씩 만나게 되는 흔치 않은 꽃이다. 직접 햇빛이 닿아야만 피는 습성이 있고 붉은 꽃술에는 꽃가루가 많아 벌과 나비가 즐겨 찾는 꽃이기도 하다. 꽃송이도 제법 크고 아름다워 집안 화단에 옮겨 심으면 관상용으로도 부족함이 없다. 꽃은 어디에 피어도 아름답지만, 물레나물꽃은 여름 들판에서 만나야 제격이다. 초록의 여름 들판에서 금빛 바람개비를 돌리고 있는 물레나물 꽃을 발견하는 것은 생의 특별한 기쁨이기 때문이다.

엉겅퀴 꽃

내가 꽃이라면
그대 들녘에 피는
엉겅퀴 꽃이 되겠습니다
험한 세상이 두려워
온몸 가득
가시를 세우고 살아도
사랑하는 그대에겐
달콤한 향기만 전하는
엉겅퀴 꽃이 되겠습니다

54. 어머니를 닮은 꽃 엉겅퀴

가시밭길을 걸어도 꽃을 보고 걸으면 꽃길을 걷는 것이라고 굳게 믿는 나는 지난 사진첩 속의 꽃들을 보며 추운 겨울도 따뜻하게 보낼 수 있을 것이라 확신한다.

옛사람은 낙엽 한 장에서도 천하의 가을을 느낀다고 했던가. 바람이 불지 않는데도 길가의 은행나무는 황금빛 이파리를 뭉턱뭉턱 내려놓는다. 이미 가을이 깊다. 잎을 내려놓고 겨울 채비를 하는 나무들을 바라보며 꽃들이 사라진 겨울을 어떻게 건너가야 할까 생각하니 아득한 생각이 든다. 모든 꽃들을 좋아하지만 그 중에도 내가 유독 야생화에 더 마음이 가는 것은 야생화는 자연의 순리를 거스르지 않기 때문이다. 야생화는 주어진 때를 기다렸다가 피고 시간의 흐름에 맞춰 물러갈 때를 안다. 뿐만 아니라 자신의 아름다움을 과하게 뽐내는 법 없이 주변 풍경에 스스럼없이 스며들 줄 안다. 그 어색하지 않은 아름다운 어울림이 내게 고즈넉한 평화와 안정감을 준다.

　꽃들이 산야에서 사라지기 시작하면 나는 지난 시간의 사진첩 속에서 꽃들을 만나고 추억하며 아쉬움을 달랜다. 들꽃 사진들을 보고 있으면 신기하게도 그 꽃을 만났던 장소와 시간, 날씨와 기온, 바람의 세기까지 이상하리만큼 세세하고 선명하게 떠오른다. 가시밭길을 걸어도 꽃을 보고 걸으면 꽃길을 걷는 것이라고 굳게 믿는 나는 지난 사진첩 속의 꽃들을 보며 추운 겨울도 따뜻하게 보낼 수 있을 것이라 확신한다.

　연두에서 초록으로 숲의 색깔이 바뀌어 가는 초여름, 산의 들머리에서 단숨에 우리의 눈길을 사로잡는 진분홍의 매혹적인 꽃이 엉겅퀴다. 잎사귀마다 무수한 가시를 달고 사는 가시 박힌 생이지만 꽃만큼은 누구보다 탐스럽고 화려하다.

그 화려한 꽃 위에 앉아 꿀을 빠는 나비의 모습은 어느 그림엽서보다도 예쁘고 사랑스럽다. 이처럼 멋진 꽃에 어찌하여 어울리지 않는 엉겅퀴란 이름이 붙었을까? 산골에서 나고 자란 나는 어린 시절 고향의 산과 들을 오가며 이 멋진 꽃과 마주칠 때마다 엉겅퀴란 이름이 붙게 된 연유가 늘 궁금했다. 나중에 알게 된 것이지만 피를 엉기게 하는 약효가 있어 엉겅퀴로 불리게 된 것이라 한다. 엉겅퀴란 이름 외에도 엉겅퀴의 특징에서 비롯된 항가시, 항가새, 황가새, 가시나물, 야홍화, 마자초 등의 다른 이름으로도 불린다. 식물에게서 인간에게 이로운 약성을 찾아내고 그에 걸맞은 이름을 생각해 낸 옛사람들의 작명 실력은 절로 감탄을 자아내게 한다.

국화과에 속하는 엉겅퀴는 전 세계에 걸쳐 약 250여 종이 있고 우리나라에는 엉겅퀴, 고려엉겅퀴, 큰엉겅퀴 등 자생식물 25종, 지느러미엉겅퀴 등 귀화식물 5종 등 31종이 국가표준식물목록에 등재되어 있다. 우리나라 특산종인 고려엉겅퀴(Korean thistle)는 '곤드레나물'로 더 유명하다. 술에 취해 몸을 못 가누는 것을 일러 '곤드레만드레'라고 하는 것도 이 꽃이 흔들리는 모습에서 연유된 것이다. 엉겅퀴의 어린순은 가시나물이라 하여 쌈이나 비빔밥 재료로 이용하기도 하며, 지혈, 고혈압 예방, 결석 제거, 숙취 해소, 간 기능 강화, 타박상 치유 등 여러 약재로 이용한다. 즙을 만들어 먹으면 장복을 해도 부작용이 없다. 꽃은 꽃차로 잎줄기는 나물로서

전초는 발효액을 담그는 등 다양하게 이용되는 이로운 식물이다.

꽃은 초여름부터 줄기 끝에 두상화서로 피는데 크기는 4~5cm 정도로 색이 곱고 향기가 있다. 수많은 작은 꽃이 모여 꽃 모양을 이루는 합판화로 싱그러운 진분홍빛의 꽃 무리를 이루고 벌 나비를 유혹한다. 원통형의 작은 꽃들이 모여 커다란 꽃처럼 보이게 하여, 효율적으로 곤충들을 유혹하기 위한 전략이다. 잎의 가장자리를 모두 가시로 만든 것도 초식동물들에게 먹히지 않기 위한 생존전략이다.

어느 해인가 고향집에 들렀다가 홀로 지내시는 어머니가 엉겅퀴꽃을 꺾어다가 빈 소주병에 꽂아 놓은 것을 본 적이 있다. 꽃송이를 세어보니 공교롭게도 여섯 송이였다. 날카로운 가시가 돋친 서슬 퍼런 줄기와 잎사귀가 평생을 오직 우리 여섯 남매를 위해 궂은일 마른일 가리지 않고 억척스레 살아온 어머니 모습만 같아 무연히 바라볼 수가 없었다.

세상 사는 일이 세상을 향해 꽃 피우는 일이라면 나는 어머니께 자랑스러운 꽃이 되지 못한 것 같아 송구한 마음이 들었기 때문이다. 엉겅퀴의 꽃말은 '독립', '고독한 사람', 또는 '경계'라고 한다. 고향집에 홀로 지내면서도 늘 자식 걱정뿐이시던 어머니는 선산으로 거처를 옮기신 뒤에도 해마다 엉겅퀴 꽃으로 피어 나를 다녀가신다.

두릅나무 꽃

두릅나무 꽃을 보면
지나온 날들이 눈에 밟힌다

잘한 일보다는 잘못한 일
내 욕심에 눈이 어두워
남의 아픔을 헤아리지 못한 일들이
문득 후회된다

봄마다 어린순을
사람들에게 무수히 잘리고도
묵묵히 몸 추슬러
보란 듯이 꽃을 피워 단 두릅나무
그 꽃 빛
너무 환해서
내 안의 어둠이 더욱 짙어진다

55. 두릅나무꽃을 보다

줄기 가득 날카로운 가시를 세우기는 하였지만, 인간의 탐욕을 막아내기엔 역부족이다. 어린 순을 잘라내면 또 다른 눈을 자라게 하여 무차별적인 인간의 공격에 대비한다 해도 수없이 수난을 당하다 보니 크게 자라기는 쉽지 않은 때문이다.

고향 후배의 사무실에 들렀다가 나오는 길이었다. 뒷마당 모퉁이에 하얗게 꽃을 피워 단 나무 하나가 눈에 띄었다. 이름을 물었더니 두릅나무란다. 두릅나무도 꽃을 피운다는 사실에 내심 놀라면서 나는 그 나무 곁으로 발걸음을 옮겼다. 어릴 적 나의 어머니는 봄이 되면 가시투성이 두릅나무 끝에 새순이 올라오기를 기다렸다가 그 여린 두릅 순을 따서 밥상에 올리시곤 하셨다. 살짝 데친 어린 순을 초고추장에 찍어 입에 넣고 씹으면 입안 가득 번지는 쌉쌀하면서도 달큰한 뒷맛이 단번에 입맛을 돌게 하던 두릅은 봄날 최고의 나물이었다.

두릅은 영양소가 풍부하여 '봄나물의 제왕'으로 불린다. 나

무껍질은 당뇨병과 신장병의 약재로, 열매와 잎, 그리고 뿌리 등은 위의 기능을 돕는 건위제로 쓰인다. 뿌리부터 잎까지 어느 하나 버릴 것 없는 청정임산물이 다름 아닌 두릅나무다. 하지만 두릅나무꽃을 아는 이는 의외로 많지 않다. 어린 순이 나오기 무섭게 입맛을 다시며 다투어 채취하는 인간의 욕심 앞에 꽃은 저만치 뒷전으로 밀려나 관심 밖이기 때문이다. 햇빛을 좋아하는 특성 때문에 숲이 우거진 곳보다는 주로 숲 가장자리나 너덜바위 지역, 양지바른 비탈진 곳에 서식한다. 전국 어느 산에서나 쉽게 만날 수 있는 나무였지만 우리나라 숲이 우거지면서 두릅나무는 조금씩 숲에서 밀려나 자연산 두릅의 생산량도 덩달아 감소하고 있다.

두릅나무는 두릅나뭇과에 속하는 잎 지는 작은키나무다. 기껏해야 3~4m 정도로 곧게 자란다. 하지만 이렇게 큰 나무를 만나기는 쉽지 않다. 줄기 가득 날카로운 가시를 세우기는 하였지만, 인간의 탐욕을 막아내기엔 역부족이다. 어린

순을 잘라내면 또 다른 눈을 자라게 하여 무차별적인 인간의 공격에 대비한다 해도 수없이 수난을 당하다 보니 크게 자라기는 쉽지 않은 때문이다. 잎은 가지 끝에 깃 모양으로 갈라진 긴 잎줄기가 여러 개 나와 작은 잎들이 9개에서 21개 정도까지 어긋나게 달려 2~3겹의 깃털 모양을 이룬다. 끝이 뾰족한 달걀 모양으로 가장자리에 톱니가 있고 가을에 노랗고 붉게 물든다. 잎이 지고 나면 가지가 적어 나무는 볼품이 없어 사람들의 이목을 끌지 못한다.

그런데도 두릅나무가 다시 한번 사람들의 눈길을 사로잡을 때가 있으니 다름 아닌 모든 역경을 이겨내고 꽃을 피우는 요즘이다. 꽃은 가지 끝에 연녹색을 띤 유백색의 꽃차례가 달린다. 같은 길이로 두 번 어긋나게 갈라진 꽃대가 나와 끝마다 꽃이 달린다. 작은 꽃들이 모여 처음에는 둥근 공 모양을 이루다가 점차 포도송이 모양으로 달려 피며 커다란 꽃송이를 이루는데 파란 하늘을 배경으로 피어 있는 모습은 멀리서 바라봐도 눈이 부시다. 가을이 깊으면 꽃이 피었던 자리엔 어김없이 구슬처럼 작은 열매들이 자주색으로 익어 새들의 귀한 겨울 양식이 되어줄 것이다.

두릅 순이 인기가 많다 보니 요즘은 농가에서 소득자원으로 재배하는 곳이 많다. 두릅나무는 종자를 심어도 되지만 뿌리를 심는 게 번식이 잘 된다. 봄에 두릅나무 뿌리를 캐어 10~15㎝ 정도로 잘라 심으면 된다. 심은 지 한두 달 정도 지나면 발아하여 자라기 시작하는데 순을 따지 말아야 잘 자란다. 볕만 잘 들면 몇 두만 심어도 주위로 계속 번져가므로 키우기도 쉽다. 이제는 일부러 산에 올라 야생의 두릅을 탐하지 않아도 손쉽게 구할 수 있는 세상이다.

사람들이 아무리 욕심을 내도 탓하는 법도 없이 아낌없이 주기만 하는 두릅나무이지만 이제는 단순한 먹을거리가 아닌 온전한 나무로 곁에 두고 꽃과 잎을 완상해도 좋을 듯싶다. 여름의 끝자락, 가을로 가는 환절의 길목에서 눈부시게 피어난 두릅나무 꽃을 보며 생각한다. 저리 주변이 환하도록 눈부신 꽃을 피우기까지 고단했을 두릅나무의 생을. 그리고 나무나 사람이나 어느 한 부분에만 집착하여 분별하거나 판단해서는 안 된다는 것을.

새깃유홍초

새의 깃을 닮은
잎을 보세요

하늘의 별을 닮은
꽃을 보세요

올해도 꽃은 피어
고향집 뜨락이 환한데

그리운 어머니
어딜 가셨나

56. 앙증맞고 깜찍한 유홍초

세상엔 꽃만큼이나 다양한 사람들이 살아간다. 들판의 다양한 꽃들이 어울려 필 때 더욱 아름다운 것처럼 나와 다른 생각, 다른 모습의 사람들과 서로 어울릴 때 세상은 비로소 아름다운 꽃밭이 되는 것이다.

무심코 창문을 열었을 때였다. 석양에 물든 하늘을 배경으로 맴을 도는 고추잠자리 떼가 보였다. 바야흐로 가을이 온 것이다. 봄을 느끼는데 많은 꽃이 필요한 것이 아니듯 고추잠자리 떼만 보아도 가을을 느끼는 데엔 부족함이 없다. 바쁘게 살다 보면 계절이 오고 가는 줄도 모르고 지나치기에 십상인데 이렇게 계절을 알아차리게 하는 순간이 있다는 게 고맙기만 하다. 어제와 별반 다를 게 없는 오늘의 연속이 도회지의 삶이지만 그래도 가끔 고개를 들어 하늘을 보거나 지나치는 길가의 꽃들만 눈여겨봐도 우리는 계절의 변화를 감지할 수 있다.

요즘 자주 눈에 띄는 꽃 중에 유홍초가 있다. 선홍색의 작은 꽃이 초록의 넝쿨 위로 점점홍으로 피어 있는 모습은 여간 앙증맞고 어여쁜 게 아니다. 홍일점이란 중국 송나라의 왕안석이 석류꽃을 두고 읊은 만록총중 홍일점(萬綠叢中 紅一點)에서 비롯된 말이지만 그가 이 작고 깜찍한 유홍초를 진즉에 알았더라면 그 대상이 바뀌었을지도 모른다는 생각마저 들게 한다.

매꽃과에 속하는 한해살이 덩굴식물인 유홍초는 열대 아메리카가 고향인 귀화식물이다. 우리나라에선 오래전부터 관상용 화초로 심어 길렀지만, 이제는 따로 심어 기르지 않아도 들이나 민가 주변에 자생하며 어여쁜 꽃을 피운다. 유홍초는 잎 모양에 따라 둥근잎유홍초와 새깃유홍초로 나뉘는데 둥근잎유홍초는 둥근 심장형의 잎을 지닌 반면에 새깃유홍초는 이름처럼 이파리가 새깃 모양을 하고 있어 쉽게 구별된다. 덩굴식물답게 주변의 풀이나 나무, 벽이나 전신주 등을 감아 오르며 덩굴줄기를 뻗어 3m 정도까지 자란다.

꽃은 나팔꽃과 닮은 깔때기 모양의 통꽃으로 8월부터 피기 시작하여 10월까지 핀다. 꽃은 잎겨드랑이에서 짧은 꽃대가 자란 끝에 2~5개가 달려 피는데 붉은색의 꽃 테두리는 오각형으로 여러 개의 수술과 1개의 암술이 꽃 밖으로 길게 나와 있다. 꽃의 지름은 1cm 안팎으로 작고 깜찍한 모양이 나팔꽃을 축소한 듯하다. 여름에서 가을까지 꽃을 피우고 나면 둥근 열매가 열리는데 나팔꽃 씨와 흡사하다.

필자에겐 유홍초에 대한 특별한 기억이 있다. 앙증맞고 어

여쁜 유홍초가 너무 사랑스러워 꽃을 좋아하던 어머니를 위해 어렵사리 꽃씨를 구해 고향집 화단에 심은 적이 있다. 싹이 나고 자라는 것을 보고 꽃이 피길 기다리며 고향집에 들를 때마다 꽃밭을 살피곤 했는데 어느 날 가보니 유홍초가 사라져 보이질 않는 것이었다. 어머니에게 물으니 꽃은 피지 않고 덩굴만 성해서 다른 화초를 휘감는 바람에 잡초인 줄 알고 뽑아 버렸다고 했다.

유홍초가 얼마나 예쁜 꽃인지 본 적이 없는 어머니로서는 당연히 그럴 수 있겠다 싶으면서도 못내 서운하고 아쉬운 마음을 지울 수가 없었다. 다행히 생명력이 강한 유홍초는 어머니의 내침에도 불구하고 살아남아 해마다 어여쁜 꽃을 피우며 올해도 고향집 뜨락에서 작은 나팔을 불어대는 중이다.

유홍초 붉은 꽃을 볼 때마다 어머니와의 기억이 새록새록 떠올라 마음이 따뜻해지곤 한다.

남도의 어느 절집에서 얻어온 부채엔 '아침에 일어나면 꽃을 생각하세요.'란 글귀가 적혀 있다. 본래 마음속에 들어있는 지혜의 꽃, 자비의 꽃, 청정의 꽃을 생각하란 의미이겠지만 그냥 액면 그대로 아침에 일어나 꽃을 생각하는 것만으로도 우리들의 하루는 행복할 수 있다. 꽃은 보는 것만으로도 우리를 기쁘게 하고 마음을 향기롭게 만들어 주기 때문이다.

불가에서는 수많은 꽃이 어울려 피어 있는 것을 화엄이라 한다. 각양각색의 꽃들이 저마다의 아름다움으로 서로 어울려 피어 있는 모습은 상상만으로도 황홀한 아름다움이다. 세상엔 꽃만큼이나 다양한 사람들이 살아간다. 들판의 다양한 꽃들이 어울려 필 때 더욱 아름다운 것처럼 나와 다른 생각, 다른 모습의 사람들과 서로 어울릴 때 세상은 비로소 아름다운 꽃밭이 되는 것이다.

마음에 꽃을 심다

과남풀

햇살 기운 저녁 어스름
호박벌 한 마리
과남풀 보라색 꽃 위를 위태로이 날다가
온종일 비행에 지친 날개 쉬려는 듯
꽃 위에 앉으려다 번번이 실패하고
다시 허공을 날아오른다
몇 번의 시도 끝에 간신히 불시착한 벌은
고단한 날개를 접고
마지막 안간힘으로 꽃 속으로 기어들고
꽃은 보랏빛 향기로 벌을 품어주었다
일순,
적막 같은 고요가
꿀처럼 느리게 흘렀다

57. 우아한 가을 여인을 닮은 과남풀꽃

바람이 좋아 어디로든 길 떠나고픈 가을, 멀리
갈 수 없다면 가까운 숲이라도 찾아 그곳에 피
어 있는 꽃들의 안부를 묻는 것도 괜찮을 듯싶
다. 운이 좋으면 우아한 가을 여인 같은 과남
풀 보랏빛 꽃을 만나는 행운을 누릴 수도 있을
테니.

어느 시인은 '어딘가로 떠나고 싶어지면 가을'이라고 했던
가. 구름 한 점 없이 쨍한 쪽빛 하늘을 바라보거나 석양에 물
들어 한들거리는 코스모스를 보면 무작정 길을 떠나고 싶단
생각이 불쑥불쑥 찾아들곤 한다. 그런 생각이 들 때면 나는
곧잘 자전거를 타고 중랑천으로 내닫곤 한다. 천천히 자전거
페달을 밟아 천변을 따라 달리며 새로 피어나는 꽃들을 보면
서 잿빛 도시의 칙칙함을 버리고 다채로운 자연의 색감에 빠
져든다. 그때마다 천변에 피어나는 꽃들은 새로운 색과 향기
로 일상에 지친 나를 위로해준다.

어느새 중랑천의 둔치 꽃밭엔 화려한 색의 코스모스가 물
결치고 있다. 연보라색 쑥부쟁이와 흰 구절초 같은 국화과의

꽃들이 부쩍 눈에 띄는 걸 보면 천변엔 이미 가을이 깊은 모양이다. 모처럼 가을 향기에 취해 코스모스 꽃길을 따라 자전거를 달리던 나를 특별한 아름다움으로 멈춰 세운 꽃은 다름 아닌 과남풀이었다.

　과남풀은 용담과의 여러해살이풀로 8~10월에 보라색의 꽃을 피운다. 보라색은 품위 있고 고상하며 신비로운 느낌을 준다. 보라는 활동력을 상승시키고 치유력을 지닌 색으로 페미니즘의 상징으로 쓰일 만큼 여성에게 친근한 색이다. 보라는 개성이 강한 색이라서 잘못 사용하면 천박한 느낌을 주기도 하지만 그것은 인간에게 국한된 것일 뿐 과남꽃은 마냥 매혹적이다.

　용담과에 속하는 과남풀은 얼핏 보아서는 용담과 구분이

쉽지 않다. 용담은 약재로 쓰이는 뿌리가 쓰기로 유명한 웅담보다 더 써서 붙여진 이름이다. 과남풀은 꽃의 개화 상태를 자세히 보면 용담과 다른 점을 발견할 수 있다. 용담꽃은 뒤로 젖혀진 꽃잎에 하얀 점 같은 무늬들이 많이 찍혀있지만 과남풀은 통상 꽃잎을 오므리고 있어 새침한 여인처럼 좀처럼 속을 보여주지 않는 꽃이다. 햇빛이 좋을 때나 살짝 꽃잎을 벌리는 정도이다.

과남풀이란 이름은 관음초(觀音草)로 불리던 것이 세월이 지나면서 바뀐 것이라 하는데 확실치는 않다. 과남풀은 늦여름에 피기 시작하여 가을 막바지까지 꽃을 피운다. 개화 기간이 길어 화단에 심어두면 보랏빛으로 가을을 더욱더 그윽하게 만들어 준다. 꽃은 줄기 끝과 윗부분의 잎겨드랑이에 여러 개가 달리는데 꽃 밑에 붙은 잎은 화관보다 길다. 꽃받침은 종 모양이며 5~6갈래로 갈라진다. 키가 50~60㎝ 정도인 용담에 비해 키가 큰 편이어서 큰잎용담이라고도 부르는데 전국 산야에 걸쳐 자라는 우리 꽃 중에 하나다.

꽃을 알아 가면 갈수록 내가 아는 꽃보다 모르는 꽃이 훨씬 더 많다는 것을 절감하게 된다. 그런데도 수시로 마음이 답답할 때마다 들로, 산으로 꽃을 찾아 나서는 것은 자연에 대한 향수 때문이다. 자연은 어머니의 품을 닮아있다. 늘 곁에 있으면서도 나의 시선과 마음을 묵묵히 받아줄 뿐 결코 그 어떤 것도 강요하지 않는 어머니처럼 언제나 나를 포근히 감싸 안아 준다.

어떤 빛깔을 오래 바라본 뒤에 갑자기 흰 종이로 시선을 옮기면 보색의 영상이 보이는 현상을 보색잔상(補色殘像)이라고 한다. 오래전에 떠나온 고향을 그리워하듯 어쩌면 우리가 꽃을 보고 자연을 찾는 이유도 우리의 DNA 속에 오랜 세월 자연과 함께했던 기억이 보색잔상처럼 남아 있기 때문일지도 모르겠다. 바람이 좋아 어디로든 길 떠나고픈 가을, 멀리 갈 수 없다면 가까운 숲이라도 찾아 그곳에 피어 있는 꽃들의 안부를 묻는 것도 괜찮을 듯싶다. 운이 좋으면 우아한 가을 여인 같은 과남풀 보랏빛 꽃을 만나는 행운을 누릴 수도 있을 테니.

맨드라미

맨드라미를 보면
화무십일홍이란 말이 무색해진다

열흘 붉은 꽃이 없다고
변치 않는 사랑이 어디 있느냐고
함부로 말하지 말라

맨드라미는
불꽃처럼 타올라
여름내 뜨락을 환히 밝힌 뒤에도
붉은빛 고이 간직한 채
조용히 가을 문턱을 넘는다

58. 맨드라미, 시들지 않는 사랑

여느 집 화단에서나 쉽게 볼 수 있는 맨드라미는 오래전부터 많은 이들의 사랑을 받아온 친근한 꽃이다. 신사임당의 초충도에도 등장할 만큼 민화의 단골 소재이기도 했다.

계절 탓일까? 요즘은 살아갈 날보다 살아온 날들을 자꾸 되돌아보게 된다. 하루가 다르게 붉어지는 감을 보아도, 서서히 황금색으로 물들어가는 은행나무 가로수를 보아도 어느새 생각은 지나간 시간을 더듬기에 십상이다. 그래서 가을을 두고 반추의 계절이라 했나 보다. 가을볕 아래 담벼락에 기대어 선 채 소슬하게 시들어가는 맨드라미를 볼 때면 나도 모르게 흥얼거리는 노래가 있다. 다름 아닌 〈비 내리는 고모령〉이다. 〈울고 넘는 박달재〉, 〈찔레꽃〉과 더불어 중장년층이 가장 사랑하는 노래로 가수 현인의 히트곡이다.

"맨드라미 피고 지고 몇몇 해던가….." 노랫말 속에 맨드라미가 들어있는 까닭도 있지만 군에서 철책 근무 설 때 고향의 어머니를 그리며 무수히 불렀던 노래이기 때문이다. 노래 속에 등장하는 고모령은 대구 수성구 만촌동에 있는 고

개로 일제강점기 징병이나 징용으로 떠나는 자식과 어머니가 헤어지던 이별의 장소였다고 한다. 그땐 고모령이 어디에 있는 고개인지도 몰랐지만, 이 노래를 흥얼거리며 노랫말을 곱씹다 보면 아슴아슴 고향 풍경이 떠오르고 어머니 모습이 눈에 선하곤 했다. 이처럼 꽃은 때로는 추억을 소환하는 훌륭한 촉매제가 되기도 한다.

맨드라미는 비름과에 속하는 한해살이 화초로 열대 아시아가 고향이다. 우리나라에 들어온 것은 고려시대로 추정되나 정확한 시기는 알 수 없다. 맨드라미는 관상용 화초로 다양한 원예종이 개발되어 무려 60여 종에 이른다. 줄기는 높이 90㎝ 정도로 곧게 자라고 붉은빛을 띤다. 어긋나게 달리는 잎은 피침형으로 끝이 뾰족하고 가장자리가 밋밋하다. 한여름인 7~8월에 원줄기 끝에 닭의 볏처럼 생긴 꽃이 대개는 붉은색으로 피지만 품종에 따라 흰색, 황색 등 다양한 색으로 핀다.

여름이 한창 뜨거울 때 피어난 맨드라미는 꽃들이 소슬해지는 늦가을까지 꼿꼿이 선 채로 말라간다. 여느 집 화단에서나 쉽게 볼 수 있는 맨드라미는 오래전부터 많은 이들의 사랑을 받아온 친근한 꽃이다. 신사임당의 초충도에도 등장할 만큼 민화의 단골 소재이기도 했다. 옛 그림에 유독 맨드라미가 많이 보이는 것은 꽃이 아름다운 까닭도 있겠지만 꽃이 품고 있는 의미 때문이다. 맨드라미는 꽃의 생김새가 수탉의 볏을 닮았다 하여, 한자 이름은 계관화(鷄冠花)다. 수탉과 맨드라미가 함께 그려진 그림을 일러 관상가관(冠上加冠)이라 하는데 이는 곧 벼슬길에서 승승장구하라는 기원의 의미가 담겨 있는 것이다.

군이 그림 속의 꽃이 담고 있는 속뜻을 헤아리지 않더라도 맨드라미는 그냥 바라보는 것만으로도 심신이 안정되는 효과가 있는 꽃으로 알려져 있다. 한의학에서는 맨드라미꽃의 향기가 혈맥을 조화롭게 하고 진정, 소염 등의 효과가 있다고 했다. 그뿐만 아니라 스트레스나 우울증 해소에도 도움을 주는데 붉은색이 더 효과가 있다고 한다. 보기만 해도 매혹적인 꽃이 병까지 낫게 하는 효과가 있다는 사실이 그저 놀랍기만 하다.

그뿐만 아니라 맨드라미는 식용 가능한 꽃이기도 하다. 붉은색이 아름다워 맨드라미꽃의 추출물을 막걸리나 나박김치, 또는 떡이나 송편 등에 넣어 색을 곱게 만들었다. 맨드라미꽃의 붉은색은 안토시안과 각종 비타민 성분이 들어있어 꽃차로 만들어 마시면 피부미용이나 노화방지, 갱년기 증상에도 좋은 것으로 알려져 있다. 꽃차를 만드는 방법은 그리 어럽지 않다. 꽃이 한창일 때 수확하여 손으로 잘게 만든 뒤 찜솥에 넣어 한 번 쪄 준 다음 프라이팬에 덖어준다. 그렇게 몇 번 반복해서 건조하면 된다. 혹시 아는가. 맨드라미 꽃차를 마시면 '시들지 않는 사랑'이란 꽃말처럼 영원히 시들지 않는 젊음을 유지할 수 있을지.

59. 물봉선, 나를 건드리지 마세요

봉선화의 씨앗은 살짝 건드리기만 해도 여인
이 자신의 결백을 증명이라도 하려는 것처럼
씨주머니를 터뜨려 속을 뒤집어 보인다고 한
다. 그 때문일까. 봉선화의 꽃말은 '나를 건드
리지 마세요!'다.

벌초를 했다. 깔끔해진 봉분들을 바라보면 유년 시절, 시골
장날 이발관에서 면도하고 나오시는 아버지의 모습처럼 단
정하여 참 보기가 좋다. 어느 시인의 말처럼 가을은 '묘지가
아름다운 계절'이란 생각이 든다. 벌초하느라 선산을 오르내

리다 보면 자주 마주치는 꽃 중에 물봉선이 있다. 어린 누이의 손톱을 붉게 물들이던 여름 화단의 봉선화와 한 집안이다. 다른 게 있다면 꽃밭에서 만나는 봉선화는 멀리 인도가 고향이다.

야생화를 좋아하는 사람 중엔 봉선화가 우리 꽃이 아니라는 이유로 멀리하기도 하지만 봉선화는 고려시대나 조선시대의 시와 그림에도 등장할 만큼 우리와 오랜 세월 함께 해온 친숙한 꽃이다. 손톱에 들인 봉숭화 꽃물이 첫눈 올 때까지 지워지지 않으면 사랑이 이루어진다는 낭만적인 속설이 생겨날 만큼 친근한 꽃인데도 굳이 호오(好惡)를 따지는 것은 우스운 일이 아닐 수 없다. 그에 반해 물봉선은 우리의 산과 들에서 자라는 토종의 우리 꽃인데도 이를 아는 사람은 많지 않으니 이 또한 아이러니가 아닐 수 없다.

물봉선은 이름처럼 물을 좋아하는 봉선화과에 속하는 한해살이풀로 주로 물가에 서식한다. 다 자라면 키가 허리춤까지 크고 줄기에는 볼록한 마디가 있고 잎 가장자리엔 톱니가 나 있다. 꽃의 생김새가 봉황새를 닮아 봉선화란 이름을 얻었다는데 내 보기엔 입이 큰 물고기 아귀와 더 흡사하단 생각이 들기도 한다. 꽃의 앞쪽은 한껏 입을 벌린 것처럼 열려 있고 뒤로 갈수록 가늘어지며 끝이 도르르 말려 있는 모습이 매우 독특하고 귀엽기까지 하다.

물봉선은 진분홍색, 노랑, 그리고 흰색의 세 가지 꽃이 있는데 색깔에 따라 노랑물봉선, 흰물봉선으로 부른다. 물봉선은 야봉선이나 물봉숭으로 부르기도 하는데 모두 한집안 식구다. 속명은 임페티언스(Impatiens)로 '참지못하다'란 뜻이다. 건드리면 바로 터져 사방으로 흩어지는 열매의 특징을 따서 붙여진 이름이다. 가을이 되면 작은 꼬투리처럼 생긴 열매가 달리는데 살짝 건드리기만 해도 화들짝 놀란 듯 터지면서 씨앗이 사방으로 튀어 나간다. '손대면 톡하고 터질 것만 같은 그대…'로 시작되는 유행가가 '봉선화 연정'이란 제목을 달게 된 이유이기도 하다.

어여쁜 꽃들이 대부분 그러하듯이 물봉선도 애달픈 전설을 간직하고 있다. 먼 옛날 올림푸스 신전에서 신들의 잔치가 있던 날, 황금사과 한 개가 없어졌다. 물론 짓궂은 신의 장난이었지만 그날 음식을 나르던 한 여인이 억울한 누명을 쓰고 쫓겨나고 말았다. 여인은 끝까지 자신의 결백을 주장했지만 끝내 누명을 벗지 못한 채 죽고 봉선화로 피어났다. 그래서 봉선화의 씨앗은 살짝 건드리기만 해도 여인이 자신의 결백을 증명이라도 하려는 것처럼 씨주머니를 터드려 속을 뒤집어 보인다고 한다. 그 때문일까. 봉선화의 꽃말은 '나를 건드리지 마세요!'다.

어느새 들은 가을빛으로 물들기 시작했다. 초록의 들판은 서서히 황금빛으로 바뀌고 여름꽃들이 진 자리엔 가을꽃들이 자리바꿈을 하고 있다. 폭염과 폭우에 시달리며 가을만을 기다리던 사람들과는 달리 꽃들은 묵묵히 제시간에 맞추어 피고 지기를 거듭하며 계절의 변화를 우리에게 일깨워준다.

만물의 영장이라는 인간들은 오만한 이기심으로 개발이라는 미명아래 멀쩡한 물길을 가로막아 거대한 댐을 만들기도 하고, 산을 허물어 골프장을 만들거나 태양광발전소를 세우기도 한다. 어쩌면 나를 건드리지 말라는 물봉선의 꽃말은 이 땅의 초록 목숨들이 내지르는 절규인 동시에 인간도 자연의 일부임을 깨우치려는 자연의 마지막 경고일지도 모른다. 분명한 것은 자연은 자연 그대로일 때가 가장 자연스럽다는 사실이다.

부레옥잠

그대와
함께 거닐던 소공원을
홀로 산책하다가
부레옥잠
고운 꽃을 보았습니다

물결 따라
연못 위를 떠다니면서도
고운 꽃 피운 부레옥잠처럼
우리도 다시 만나
환한 웃음꽃 피울 날 있겠지요

60. 부레옥잠, 봉황의 눈을 간직한

> 우리나라에선 부레옥잠은 절대로 문제를 일으
> 키지 않는다는 것이다. 사계절이 뚜렷한 우리
> 나라에선 부레옥잠은 자신의 영역을 넓히기
> 전에 추운 겨울이 들이닥쳐 한해살이로 생을
> 마감하기 때문이다.

이따금 찾아가는 집 근처 소공원 연못에 부레옥잠꽃이 한창이다. 산책하거나 아침 운동을 나왔다가 부레옥잠꽃을 보면 어김없이 탄성을 지른다. 못가에 잠시 걸음을 멈추고 꽃을 보거나 서둘러 휴대폰을 꺼내어 사진을 찍어댄다. 부레옥잠의 연보랏빛 고운 꽃잎이 이슬을 머금고 있는 모습은 절로 탄성을 자아낼 만큼 청초하기 그지없다. 더구나 여섯 갈래의 연보랏빛 고운 꽃잎 중 한가운데의 곧추선 꽃잎에는 짙은 보라색 줄무늬와 눈동자 같은 둥근 모양의 노란색의 큰 점은 마주보기 두려울 만큼 매혹적이다. 그 무늬가 봉황의 눈을 닮았다 해서 부레옥잠을 봉안련(鳳眼蓮)이라고도 부른다.

이름에서도 알 수 있듯이 부레옥잠은 줄기의 중간 부분이 볼록하게 부풀어 올라 있는데 만져보면 스폰지처럼 폭신하

다. 이 부분이 물고기의 부레와 같은 역할을 한다. 그 볼록한 부분을 칼로 쪼개어 보면 얇은 막의 여러 개의 작은 방으로 이루어져 있는 것을 볼 수 있는데 그곳에 공기가 들어있어 구명튜브와 같은 역할을 한다. 이 줄기 덕분에 부레옥잠은 물속으로 가라앉지 않고 물결 따라 바람 따라 떠다니며 널리 분포할 수 있는 것이다. 물속에 잠겨 있는 뿌리는 어린 물고기들이 안식처가 되기도 하고 새우들의 번식처가 되어주기도 한다.

부레옥잠은 여름 연못에서 쉽게 만날 수 있는 개구리밥, 생이가래와 함께 쉽게 만날 수 있는 부유식물 중 하나다. 부유식물은 땅속에 뿌리를 내리고 사는 여느 식물들과는 달리 물 위에 둥둥 떠다니며 산다. 여행자의 삶을 살아가는 부레옥잠은 어디서나 쉽게 볼 수 있는 친숙한 꽃이지만 실은 남아메리카가 고향인 외래종이다. 처음에는 가정에서 관상용으로 어항이나 연못에 넣어 기르며 꽃을 보기 위해 들여왔고, 산업화가 시작되면서 호수나 강이 심각하게 오염되면서 수질 정화를 위해 들여온 식물이라고 한다.

대체로 물속에서 부영양화를 일으키는 질소와 인의 함유량이 증가했을 때 수질이 오염되었다고 하는데 부레옥잠은 물에 녹아 있는 질소나 인 같은 물질뿐만 아니라 납 같은 중금속까지도 흡수해준다. 부레옥잠이 이렇게 놀라운 수질 정화 능력을 갖추게 된 것은 이 물질들이 성장에 필요한 중요한 영양분이기 때문이다.

부레옥잠은 원산지에선 여러해살이풀이지만 우리나라에선 한해살이풀이 되었다. 우리나라의 겨울 추위를 견디지 못하고 얼어 죽기 때문이다. 열대가 고향인 부레옥잠은 수온이 섭씨 20도 이상 되어야 잘 자라고 영하 3도 이하가 되면 동해를 입는다고 한다. 부레옥잠이 꽃을 피우는 것은 더위가 기승을 부리는 7월부터 9월까지이다. 햇빛이 잘 드는 못에 띄워놓으면 알아서 잘 크고 꽃도 잘 피운다.

이처럼 예쁘고 수질 정화까지 해주는 멋진 식물이지만 부레옥잠은 세계 10대 잡초로 꼽힐 만큼 많은 나라에서 골칫거리 취급을 받고 있다. 열대지방에선 부레옥잠의 성장 속도가 워낙 빠르고, 번식력이 좋다 보니 순식간에 강이나 호수를 뒤덮어 버리기 때문이다. 부레옥잠으로 뒤덮인 강이나 호수는 햇빛이 물속까지 비치치 못하기 때문에 물속의 식물들이 광합성을 하지 못한다. 결국 침수식물들이 산소를 만들어 낼 수 없게 되면서 물속의 물고기와 수많은 생물들 역시 산소 부족으로 죽기 때문이다. 그뿐만 아니라 뱃길을 가로막고 수력발전을 방해하기도 하니 문제 잡초로 뽑히는 것도 무리가 아니지 싶다. 다행인 것은 우리나라에선 부레옥잠은 절대로 문제를 일으키지 않는다는 것이다. 사계절이 뚜렷한 우리나라에선 부레옥잠은 자신의 영역을 넓히기 전에 추운 겨울이 들이닥쳐 한해살이로 생을 마감하기 때문이다. 덕분에 우리는 부레옥잠을 여름 연못을 빛나게 하는 어여쁜 꽃으로만 기억할 수 있으니 얼마나 다행인가.

부추꽃

울밑에
흰 부추꽃 피었다
여름내 식탁 위에서
맵고 아린 맛으로
잃어버린 입맛을 돋우더니
잠시 한눈파는 사이
꽃대를 밀어 올려
밥티 같은 꽃을 피운 것이다
매운맛을 품고 살아야
꽃 한 송이라도 피울 수 있다고
자꾸만 주저앉는 나를
흰 부추꽃이
조용히 일으켜 세우고 있다

61. 부추꽃, 때로는 버려진 것들이 꽃을 피운다

가만히 내버려 두기만 해도 예쁜 꽃을 피우는 부추꽃처럼 인간의 이기심으로 자연을 파괴하지만 않는다면 철 따라 꽃은 피어나고 벌은 쉼 없이 꽃 위를 날며 지구를 푸르게 만들 것이다.

비가 내리고 있다. 며칠째 서울 상공을 뒤덮고 있던 미세먼지가 내리는 비에 깨끗이 씻기고 있다. 차량 2부제를 실시하고 화력발전을 중단하는 인간의 호들갑을 비웃기라도 하듯 추적추적 내리는 비가 세상의 먼지를 씻어내고 있다. 오늘처럼 비가 내리는 날이면 술꾼들은 으레 부추전과 막걸리 한 잔을 떠올린다. 싱싱한 부추를 쏭덩쏭덩 썰어 넣고 갓 부쳐낸 부추전과 함께 기울이는 막걸리 한 잔은 팍팍한 일상에 사람의 윤기를 돌게 하기 때문이리라.

얼마 전 고향집에서 찍어 온 부추꽃 사진을 모니터에 띄워 놓고 바라보려니 몇 년 전에 선산으로 거처를 옮기신 어머니 생각에 눈가가 촉촉이 젖어온다. 어머니 살아 계실 적엔 고향집 텃밭엔 부추들이 싱싱하게 자라고 있었다. 베어내고 베

어내도 다시 돌아보면 부추는 어느 틈에 훌쩍 자라 텃밭을 초록으로 가득 채우곤 했다. 고향에 갈 때마다 어머니는 그 싱싱한 부추를 베어 부추전도 부치고 김치도 담그고 겉절이로 무쳐 밥상에 올리시곤 했다. 어머니 떠나신 뒤 돌보는 이 없어 홀로 무성해져서 하얗게 꽃을 피운 고향집 텃밭의 부추꽃을 보니 때로는 관심만이 유일한 사랑은 아니라는 생각이 든다.

부추는 백합과에 속하는 여러해살이풀로 한 번 심어놓으면 특별히 가꾸지 않아도 봄부터 가을까지 식탁에 올릴 수 있는 연중 채소다. 동남아시아가 원산인 부추는 우리나라 전역에 걸쳐 자라는데 농가에서 대량으로 재배하기 때문에 가장 흔한 채소 중 하나다. '4월 부추는 사촌도 안 준다'는 말이 있을 정도로 비타민A와 비타민C가 풍부하고 활성산소 해독작용은 물론 혈액순환을 원활하게 해주는 슈퍼 푸드다. 절집에서는 오신채(伍辛菜)라 하여 밥상에 올리지 않는 식재료이기도 하다. 오신채는 부추를 비롯하여 마늘, 파, 달래, 흥거(무릇)와 같은 맵고 자극성이 강한 채소를 일컫는다. 오신채의 신(辛)은 단지 매운맛만을 의미하는 것이 아니라 양기를 북돋는 기능이 들어있다는 뜻이다. 특히 정력에 효험이 좋아서 부추를 먹고 소변을 보면 오줌 줄기가 벽을 뚫는다고 하여 파벽초(破壁草)란 별칭이 생겼을 만큼 강장 효과가 탁월한 것으로 알려져 있다.

그럼에도 불구하고 부추꽃을 보기는 생각보다 쉽지 않다. 사철 볼 수 있는 흔한 채소지만, 여린 새싹일수록 맛이 있고, 일단 꽃이 피면 잎도 억세어지고 맛도 떨어지기 때문에 꽃이 피도록 내버려 두지 않기 때문이다. 하지만 한 번이라도 부추꽃을 본 적이 있는 사람이라면 그 꽃이 얼마나 예쁘고 사랑스러운지 잊지 못한다. 사람의 손길이 닿지 않은 부추는 늦여름이 되면 길게 밀어 올린 꽃대가 여러 갈래로 갈라지며 하얗게 별 모양의 꽃을 피우는데, 소담스러운 작은 꽃다발 같다. 늦여름이 초가을쯤 시골이나 교외의 텃밭을 지나다 보면 주인의 손을 타지 않은 부추들이 한꺼번에 꽃을 피운 광경을 맞닥뜨리기도 하는데 새하얀 꽃 무리에 저절로 탄성을 자아낸다. 바람에 흔들리는 가녀린 흰 꽃 무리와 초록색 잎의 대비가 잘 어울리기도 하지만 꽃 위를 나는 수많은 벌 나비의 군무는 더없이 아름답고 화려하다.

부추꽃에 앉아 꿀을 빠는 벌을 보며 꿀벌은 꽃 속의 꿀을 빨되 그 꽃은 조금도 상하게 하지 않는다며 '꿀벌이 꽃을 대하듯 책을 대하라' 했던 시조 시인 초정 김상옥 선생의 말을 떠올린다. 책의 중요성을 강조한 말이겠지만 그 말 속엔 꽃과 꿀벌처럼 서로 조화를 이루며 공생의 좋은 관계를 이어가야 한다는 가르침도 함께 담겨 있다. 요즘처럼 환경이 심각한 위기에 처하지 않았던 시절, 아인슈타인은 꿀벌을 통해 인류에게 다음과 같이 경고했었다. "벌이 멸종한다면 인류는 4년밖에 더 못 살 것이다. 벌이 없으면 꽃가루받이도 없고, 식물이 없고, 동물이 없고, 사람이 없다."고. 정말로 아인슈타인이 이런 어록을 남겼는지는 확인할 수는 없으나 수시로 시야를 뿌옇게 흐려오는 미세먼지 속에 심각한 환경 위기를 겪는 요즘 그의 경고가 바위처럼 무겁게 가슴을 짓누른다. 가만히 내버려 두기만 해도 예쁜 꽃을 피우는 부추꽃처럼 인간의 이기심으로 자연을 파괴하지만 않는다면 철 따라 꽃은 피어나고 벌은 쉼 없이 꽃 위를 날며 지구를 푸르게 만들 것이다.

4부 누군가 그리우면 가을이다

누구나 주목받는 사람이길 원하지만 주목받기 위해서는 자신의 이름을 크게 새긴 명함을 돌릴 일이 아니라 자기만의 향기를 지닌 사람이 되어야 한다는 사실을 망각하고 산다. 꽃들은 제 이름을 팔지 않는다. 꽃들이 자신의 열매를 맺는데 도움을 주는 벌 나비를 위해 자신의 색이나 모양을 가꾸고 향기로운 꿀을 빚듯이 이름을 얻기 위해선 스스로를 먼저 가꾸어야 한다는 사실을 기억해야 한다.

62. 향기에 매혹되다, 은목서 금목서

> 은목서, 금목서의 향기도 짙고 그윽하여 꽃보
> 다는 향기로 먼저 찾게 되는 꽃나무 중의 하나
> 다. 사람의 향기 또한 이와 다르지 않다. 그런
> 면에서 금목서 은목서는 꽃을 보는 일이 눈만
> 즐거운 것이 아니라 마음까지 향기로워지는
> 일임을 우리에게 일깨워준다.

한 해가 저물고 있다. 마지막 잎새처럼 마지막 남은 한 장
의 달력을 바라보면 자신도 모르게 '아니 벌써' 하며 세월의
무상함을 실감한다. 이번 겨울은 유난히 빨리 찾아든 추위
탓에, 몸도 마음도 덩달아 움츠러드는지 외롭다는 생각이 들
며 멀리 있는 사람이 그리워진다. 까닭 없이 외로워지는 저
녁이면 그리운 얼굴들이 언뜻언뜻 스치고 지나간다. 그렇게
스치는 얼굴들은 하나같이 가슴이 따뜻한 사람들이다. 어쩌
면 외로움이란 향기로운 사람에 대한 그리움이다. 생각하는
것만으로도 가슴에 훈기가 도는 향기로운 사람들. 그들 중
한 사람이 소치 허련 선생의 일대기를 다룬 장편소설 『꿈이
로다 화연일세』를 쓴 진도의 소설가 고 곽의진 선생이다.

일찍이 『나의 문화유산답사기』를 쓴 유홍준 교수는 '인생 도처유상수(人生到處有上手)'라고 했다. 나 역시 수년 동안 전국으로 문학기행 답사를 다니며 세상 도처에 숨은 인생의 고수들과 종종 대면하는 행운을 누렸다. 곽의진 작가도 그 중의 한 사람이다.

어느 해 가을 전라남도 진도로 문학기행 답사를 떠날 때만 해도 나는 곽의진 소설가를 전혀 알지 못했다. 과문한 탓에 진도에 도착한 뒤에야 지인의 소개로 비로소 소설가 곽의진 선생의 존재를 알게 되었다.

곽의진 선생은 생면부지의 낯선 방문객을 향기로운 차로 따뜻하게 맞아주었고, 자신의 소설책에 직접 사인을 하여 선 물로 건넸다. 뿐만 아니라 그냥 보내기 아쉽다며 근사한 점 심 식사까지 대접해주는 호의를 베풀어주었다.

그를 만나러 가던 길에 남도국립국악원을 먼저 들렀을 때 였다. 주차장에 차를 세우고 차 문을 열었을 때 달큰하면서 도 그윽한 향기가 훅하고 코끝을 스쳤다. 농익은 여인의 체 취 같은 매혹적인 향기에 나도 모르게 숨을 깊이 들이쉬었 다. 그 향기의 진원지를 찾아 주변을 두리번거리다가 나는 어렵지 않게 자잘한 흰 꽃송이를 가득 달고 선 나무 한 그루 를 발견할 수 있었다. 푸르른 잎사귀 사이로 가지마다 빼곡 히 들어찬 순백의 꽃송이들이 맑은 향기를 뿜어내고 있었다. 그 나무가 다름 아닌 향기가 천 리나 간다는 은목서였다.

은목서는 중국 원산의 물푸레나무과에 속하는 상록관목이다. 은목서는 금목서와 더불어 세계적인 명성을 자랑하는 천연 향수 '샤넬 NO.5'를 채취하는 나무이기도 하다. 이 나무가 내뿜는 '에스콜린'이란 향기는 몸과 마음을 안정시키고, 머리를 맑게 해주는 효과가 있어 치유의 향기 나무로도 알려져 있다. 잎은 마주나고 긴 타원형으로 잎 가장자리에 잔 톱니가 있거나 밋밋하다. 대부분의 상록관목들이 그렇듯이 잎은 두껍고 질긴 편이다. 꽃들이 서서히 모습을 감추는 10월경에 잎겨드랑이에 황백색의 꽃들이 모여 피는데 은은하면서도 맑은 향기가 좋아 남녘에서 정원수로 많이 심는 나무 중 하나다. 목서(木犀)란 물푸레나무의 한자식 표기인데 은목서는 꽃이 은색이어서 그 이름을 얻었다.

은목서와 비슷하지만 등황색 꽃을 피우는 나무가 금목서다. 금목서는 만리향이라 불릴 만큼 향기가 짙고 그윽해서 가을 꽃향기 중에 으뜸이라 할 만하다. 나무의 수형도 아름답고 꽃이 피면 그 향기만으로도 마음이 따뜻해지고 흐뭇해지는 탓에 최고의 정원수로 꼽기도 하지만 내한성이 약해 겨울 추위가 매운 중부지방에선 욕심을 내선 안 되는 나무이기도 하다. 그런 까닭에 금목서나 은목서를 만나려면 송광사나 선암사 같은 남도의 절집이나 수백 년 된 고가를 찾아가야 하는 귀한 꽃나무 중의 하나다.

이른 봄날 춘설 속에 피어나 맑은 향기를 흘리는 매화의 향기도 좋고, 소나기 자주 퍼붓는 여름날 연꽃방죽의 은은한 연꽃 향기도 좋지만 깊어가는 가을 산사의 경내를 향기롭게 하는 은목서 금목서의 향기는 단풍에 눈길 주기 전 우리가 누릴 수 있는 가을날의 최고의 호사가 아닐 수 없다. 중국 속담에 '좋은 술은 골목이 깊은 것을 두려워하지 않는다.'는 말이 있다. 골목이 아무리 깊어도 좋은 술의 향기가 멀리 번지는 것을 막을 수 없기 때문이다. 그것이 비단 술에만 국한된 일은 아니다. 은목서, 금목서의 향기도 짙고 그윽하여 꽃보다는 향기로 먼저 찾게 되는 꽃나무 중의 하나다. 사람의 향기 또한 이와 다르지 않다. 그런 면에서 금목서 은목서는 꽃을 보는 일이 눈만 즐거운 것이 아니라 마음까지 향기로워지는 일임을 우리에게 일깨워준다. 은목서 향기를 흠향할 때마다 향기로 말을 거는 꽃처럼 내 마음의 안섶을 향기로 채우고 싶어진다.

물매화

헛것에 홀려
밖으로만 떠돌던 지난 세월
낙엽처럼 내려놓고
찾아든 가을 산에서
은자의 꽃을 만났다
아무도 찾지 않는
깊은 산 속에서
홀로 꽃대를 밀어 올리고
고요히 하늘을 연
물매화꽃

세상 끝으로
내닫던 바람 되돌아와
단풍 숲을 흔드는 날이면
나도 산골짜기 숨어 피는
한 송이 물매화가 되고 싶다

63. 물매화, 뿌리칠 수 없는 매혹

화분을 생산하는 진짜 수술보다 헛수술이 더
예쁘고 화려한 것은 수분을 도와줄 매개 곤충
을 효과적으로 유혹하기 위한 꽃의 전략이다.
물매화가 피는 시기가 곤충의 활동이 뜸해지
는 가을인 데다 화려함과는 거리가 먼 흰색의
꽃을 피우다 보니 헛수술을 이용하여 꽃가루
받이를 위한 것이다.

찬바람에 떨고 있는 꽃들이 소슬하다. 먼 산 단풍에 눈길을
주는 사이 뜨락의 꽃들이 시들고 있다. 우리가 꽃의 아름다
움을 완상할 수 있는 것은 자연이 베푸는 일종의 보너스와도
같다. 사바나 가설(savanna hypothesis)에 따르면, 꽃은 자
신이 지닌 풍부한 생존 자원을 드러내는 일종의 시그널이라
고 한다. 결국 꽃의 아름다움은 자신을 알아보는 눈을 지닌
곤충을 유혹하기 위함일 뿐이기 때문이다.

진화심리학자들은 인류는 특정한 공간과 사물을 선호하도
록 진화했다고 한다. 꽃이 진 자리에는 어김없이 열매가 맺
히고, 그 주변에는 단백질과 지방이 풍부한 초식동물이 어슬

렁거리게 마련이다. 우리의 뇌는 이런 자연을 만났을 때 본능적으로 환호하도록 진화해 왔다. 인간에게 적록색맹이 드문 것도 초록의 수풀 속에서 잘 익은 열매를 구별하기 위해서라고 한다. 우리가 꽃을 보고 아름다움을 느끼는 것도 그와 같은 것이 아닐까 싶다.

더 늦기 전에 가을의 진객인 산구절초, 투구꽃, 칼잎 용담 같은 꽃들을 찾아 높은 산에 오르고픈 마음이 간절해진다. 파란 가을하늘을 배경으로 물가에 함초롬히 피어 있는 물매화도 그 중의 하나다. 매화는 사군자 중 하나로 이른 봄 눈 속에 피는 꽃인데 이 가을에 무슨 매화냐고 반문할 수도 있겠지만 물매화는 흔히 우리가 알고 있는 나무에 피는 매화가 아니다.

물매화는 범의귀과에 속하는 여러해살이풀로 여름과 가을 사이에 꽃을 피운다. 잎 사이로 여러 대의 꽃줄기가 올라와

꽃을 피우는데 기껏해야 10~20cm 정도여서 꽃과 눈 맞춤
을 하려면 몸을 낮추어야만 한다. 가녀린 줄기 끝에 한 송이
씩 피어 있는 물매화의 청초한 모습은 보는 이의 가슴을 서
늘하게 한다.

아주 먼 옛날 옥황상제의 정원을 지키는 선녀가 있었는데,
어느 날 황소가 나타나 정원을 망가뜨렸다. 이를 막지 못한
선녀는 옥황상제의 진노를 사 하늘나라에서 쫓겨나 이 별 저
별을 떠돌다 그만 발을 헛디뎌 인간 세계로 떨어져 꽃으로
피어난 것이 물매화란 이야기가 전해온다.

물매화란 이름에서 짐작할 수 있듯이 다섯 장의 흰 꽃잎과
수술이 많이 달린 꽃 모양이 매화를 빼닮았다. 거기에 습지
나 물가에서 잘 자라는 생태적인 특징을 생각하면 물매화로
불리는 게 어쩌면 당연해 보인다. 물매화는 나무가 아닌 풀
이어서 한자로는 매화초(梅花草), 우리말로 '풀매화'라고도
부른다.

이 사랑스러운 꽃송이들을 자세히 들여다보면 두 가지의 수술이 있다는 것을 알 수 있다. 물매화의 수술은 모두 10개인데 꽃밥이 튼실하게 달리는 수술 5개와 제 기능을 하지 못하는 5개의 헛수술을 지니고 있다. 진짜 수술과 교대로 배치된 헛수술은 여러 개로 갈라지고, 갈라진 끝엔 물방울 모양의 가짜 꿀샘이 있어 이슬처럼 반짝이며 물매화를 더욱 아름답게 보이게 한다.

화분을 생산하는 진짜 수술보다 헛수술이 더 예쁘고 화려한 것은 수분을 도와줄 매개 곤충을 효과적으로 유혹하기 위한 꽃의 전략이다. 물매화가 피는 시기가 곤충의 활동이 뜸해지는 가을인 데다 화려함과는 거리가 먼 흰색의 꽃을 피우다 보니 헛수술을 이용하여 꽃가루받이를 위한 것이다.

물매화 중에서도 이른바 '립스틱 물매화' 또는 '연지 물매화'는 야생화 동호인들에게 사랑받는 꽃이다. 이런 이름이 붙은 까닭은 보통의 물매화의 꽃밥이 연한 미색인데 반해 5개의 수술 끝에 달린 꽃밥이 붉은 립스틱을 바른 것 같아 붙여진 이름이다. 가을산을 오르다 물가에서 파란 가을 하늘을 배경으로 피어 있는 물매화의 자태는 어느 하나 버릴 것 없는 작품이다. 물매화의 꽃말은 고결, 결백이다. 물매화를 만나지 않고 가을을 보내는 일처럼 슬픈 일도 없다.

노랑상사화

봄날
초록잎
피었다 진 뒤

여름
다 가도록
농익은 그리움

환한
꽃으로 핀
노랑상사화

나도
그대 가슴에
한 떨기 꽃으로 피었으면

64. 상사화, 그리움이 꽃을 피운다

> 잎은 잎대로, 꽃은 꽃대로 저마다의 할 일에
> 충실할 뿐인데 그 어여쁜 꽃에 상사화란 슬픈
> 이름을 붙인 것은 아무래도 사람의 마음이 투
> 영된 결과가 아닐까 싶다.

　누군가가 그리우면 가을이다. 어느 시인은 물소리 깊어지면 가을이라고 했지만, 까닭 없이 누군가가 그리워지면 나는 내 안에도 가을이 당도했음을 직감한다. 녹음을 짙게 드리우던 초목들이 물 긷는 일을 멈춘다는 처서를 지나 풀잎에 찬 이슬 내린다는 백로도 지났으니 절기상으로도 이젠 완연한 가을이다. 불볕더위가 멈칫한 사이 불어오는 선선한 바람을 타고 들려오는 가을꽃 축제 소식에 훌쩍 꽃을 찾아 떠나고 싶어진다.

　지역마다 가을꽃 축제가 다양하게 펼쳐지지만, 그중에 백미는 누가 뭐래도 영광 불갑사 일원에서 열리는 상사화 축제가 아닐까 싶다. 붉게 타는 노을빛을 닮은 꽃들이 일제히 꽃망울을 터뜨리면 가을 숲은 온통 붉은 양탄자를 깔아놓은 것처럼 황홀경을 연출한다. 잎과 꽃이 피는 시기가 서로 달라

만나지 못하는 생래적 그리움과 거기에 이루어질 수 없는 사랑이란 꽃말처럼 애달픈 전설까지 얹어지면 꽃 중에 이보다 슬픈 꽃도 없지 싶은데 정작 상사화는 여느 꽃에도 뒤지지 않는 화려한 꽃 빛과 자태를 자랑한다.

　해마다 가을이면 상사화축제가 열리고 있지만, 엄밀히 말하면 가을 축제에서 만나는 꽃은 상사화가 아닌 석산(꽃무릇)이다. 상사화와 같은 속에 속하고 잎과 꽃이 서로 만나지 못하는 점은 상사화의 특징을 지녔지만, 꽃무릇은 상사화보다 늦게 피고 훨씬 꽃잎 조각이 깊게 갈라져 있으며 꽃 빛도 진한 주홍색이다. 꽃무릇은 주로 사찰 주변에 많이 심어 우리나라 3대 꽃무릇 하면 영광 불갑사, 함평 용천사, 고창 선운사를 꼽는다.

　상사화는 봄이 되면 싱싱하고 단단해 보이는 잎들이 다보록하게 올라와 무성하다가 어느새 흔적도 없이 스러져 사라져 버린다. 그리고는 우리가 더위에 지칠 즈음 어느 여름날 불쑥 허공으로 기다란 꽃대를 밀어 올려 연분홍의 꽃송이를 소담스레 피워 단다. 잎과 꽃이 피는 시기의 간극이 커서 다소 생뚱맞아 보이지만 실은 봄에 잎들이 열심히 만들어 알뿌리에 비축해 두었던 양분의 힘으로 꽃대를 올리는 것이다. 여름에 피어나는 연분홍의 상사화는 결실을 맺지 못하는 원예종이다. 이에 반해 우리나라에 자생하는 진노랑상사화나 붉노랑상사화, 위도상사화, 주황색으로 피는 백양꽃 등은 결실을 맺는다.

상사(相思)는 서로를 생각하는 그리움이다. 옷깃만 스쳐도 인연이란 말이 있듯이 인연이란 스치지 않으면 맺어질 수 없고, 만남 없이 생겨나지 않는 게 그리움이다. 그럼에도 불구하고 한 번도 마주친 적 없는 잎과 꽃의 어긋난 시간에서 상사화란 이름을 떠올린 것은 사람의 마음이 투영된 것 같아 꽃보다 더 애틋한 생각이 들기도 한다. 잎은 잎대로, 꽃은 꽃대로 저마다의 할 일에 충실할 뿐인데 그 어여쁜 꽃에 상사화란 슬픈 이름을 붙인 것은 아무래도 사람의 마음이 투영된 결과가 아닐까 싶다.

옛날 어느 절집에 병든 아버지를 위해 탑돌이 하러 온 아리따운 여인이 있었다. 우연히 그 여인을 보고 마음을 빼앗긴 스님이 홀로 가슴앓이하다가 연모의 정을 견디지 못해 병

들어 죽은 자리에 피어난 꽃이라는 상사화의 전설은 애절하기 그지없다. 그래서일까. 상사화의 꽃말도 '이루어질 수 없는 사랑'이다.

불가에서 이르는 말 줄 중에 시절인연이란 게 있다. 모든 인연에는 오고 가는 시기가 있다는 말이다. 만나야 할 인연이라면 굳이 애쓰지 않아도 만나게 되고, 만날 수 없는 인연은 아무리 애를 써도 만나지 못한다. 가을이 되면 밤송이가 절로 익어 벌어지듯 인연도 그렇게 오고 간다는 뜻일 거다. 계절마다 피어나는 꽃이 다르고, 꽃을 만나는 마음가짐 또한 다르다. 하루가 다르게 높아만 가는 청명한 가을 하늘 아래 그리움의 꽃송이를 환하게 밝힌 꽃무릇의 장관을 만나는 일은 어렵게 맞이한 이 가을의 의미를 더욱 깊게 해줄 것이다.

산국 향기

파란 가을하늘 올려다보면
그리운 당신 얼굴 가득 차오고
붉게 물든 벚나무 이파리 눈 찔러오면
발등 위로 떨어지던 눈물 한 방울
산밭머리 억새꽃 은빛으로 출렁이면
노란 산국 향기 산을 내려오고
쓸쓸한 내 안에도 가을은 깊어
외로움은 찔레 열매처럼 빨갛게 불을 켜는데
아아, 당신은 너무 멀리 있고
나는 하릴없이 산국 향기만
바람에 실어 보내고

65. 산국, 감국 들국화는 없다

가을의 산과 들에서 만나는 국화과의 꽃들을 흔히 들국화라 부른다. 하지만 식물도감에는 들국화란 이름은 어디에도 없다. 들국화는 많은 사람들이 가을에 피어나는 국화과의 모든 꽃들을 뭉뚱그려 들국화로 부르는 것일 뿐이다.

태풍이 지나간 하늘이 거짓말처럼 맑아졌다. 점점이 떠 있는 뭉게구름과 쪽빛 하늘 한 귀퉁이에 흩어놓은 새털구름이 가을을 만끽하기에 부족함이 없다. 지구온난화의 영향으로 때아닌 가을 태풍이 한바탕 휩쓸고 갔지만, 황금빛으로 물든 들녘을 바라보면 이미 가을이 깊다는 것을 절감한다. 코스모스 한들거리는 들길을 따라 걷다가 보랏빛 향기에 이끌려 걸음을 멈추니 논둑에 개미취가 군락을 이루어 흐드러지게 피어 있다. 바야흐로 국화의 계절이 온 것이다.

일조량이 짧아지고 바깥 공기가 서늘해지면서 들판으로 나서면 쑥부쟁이를 비롯한 개미취, 구절초, 산국, 감국 같은 국화과의 꽃들이 부쩍 눈에 띄기 시작했다. 가을의 산과 들에

서 만나는 국화과의 꽃들을 흔히 들국화라 부른다. 하지만 식물도감에는 들국화란 이름은 어디에도 없다. 들국화는 많은 사람들이 가을에 피어나는 국화과의 모든 꽃들을 뭉뚱그려 들국화로 부르는 것일 뿐이다.

꽃은 색(色)으로 우리의 눈길을 사로잡고, 향기로 발길을 잡아끈다. 그중에도 조락의 계절에 산과 들에서 만나는 국화과의 꽃들은 우아한 꽃 빛과 은은한 향기로 우리를 사로잡는다. 오죽하면 어느 시인은 '국화가 없다면 가을도 없다'고 했을까. 진노랑색의 산국은 감국(甘菊)과 함께 가을 들녘을 맑은 향기로 가득 채우는 국화과의 대표 선수라 할만하다.

산속에서 마주치는 산국은 은일화(隱逸花)란 옛 이름처럼 세속을 떠난 은자의 모습을 많이 닮았다. 대부분의 꽃들이

남에서 북으로, 낮은 곳에서 높은 곳으로 피어나는 것과는 달리 산국이나 감국 같은 국화과의 꽃들은 높은 곳에서 먼저 피기 시작하여 낮은 곳으로 이어진다. 약간 쓴맛이 나는 산국은 예로부터 약재로 쓰이고, 이름처럼 단맛이 나는 감국(甘菊)은 국화차를 만들거나 술을 담가 그 맛과 향을 즐겼을 만큼 우리에게 친근한 꽃이다. 국화차는 흰 서리를 열흘 이상 맞은 꽃을 골라 따서 차를 만들어야 제대로 된 맛을 낸다고 한다.

아홉 번 죽었다 다시 피어나도 처음 모습 그대로 피어난다는 구절초는 희거나 연한 분홍색의 꽃이 핀다. 구절초(九節草)란 이름은 아홉 번 꺾이는 풀 또는 음력 9월 9일에 꺾는 풀이라는 뜻을 담고 있는데 땅속줄기에 9개의 마디가 생길 때 약효가 가장 좋다는 말도 있다. 구절초는 국화과의 여러해살이풀로 선모초라고도 하는데 구절초를 달여 먹으면 부인병이 없어지고 옥동자를 낳을 수 있는 어머니가 될 수 있다는 데서 붙여진 이름이라고 한다. 우리나라에 서식하는 종류만도 산구절초, 바위구절초, 한라구절초, 포천구절초 등 그 종류가 30여 가지나 될 만큼 다양하다.

이외에도 보라색 꽃이 피는 쑥부쟁이나 개미취, 그리고 벌개미취도 모두 국화과의 식물이다. 산길에 무리를 지어 흐드러지게 피는 쑥부쟁이나 깊은 산에서 주로 피는 큰 키의 개미취, 벌판에서 주로 자라는 벌개미취는 보랏빛 향기를 가을 하늘에 풀어놓으며 색으로, 향기로 우리의 메마른 감성을 자극한다.

안도현 시인은 자신의 시에서 쑥부쟁이와 구절초를 구별하지 못하고 들길을 걸어온 스스로를 '무식한 놈'이라고 한탄하기도 했다. 자주 만나는 사람의 이름을 모르면 당황스러운 것처럼 예쁜 꽃을 보고도 그 이름을 알지 못한다면 그처럼 답답한 일도 없다. 물론 꽃 이름을 정확히 아는 것은 중요하다. 그렇다고 안도현 시인처럼 꽃 이름을 모른다고 스스로를 무식하다 탓할 것까지는 없다. 하지만 꽃을 좋아하고 꽃에 관심이 있는 사람이라면 꽃 이름 정도는 알아두는 게 꽃에 대한 최소한의 예의가 아닐까 싶다.

코스모스

신께서 이 세상 꽃을 만들 때
처음으로 빚은 꽃이 코스모스라지요
우리 사는 세상 곱게 꾸미려고
천지간의 고운 색만 골라 모아
여덟 장 꽃잎마다 칠한 덕분에
코스모스 꽃 빛이 다양해졌다지요
코스모스 꽃길 지날 때마다
첫사랑 그대가 그리운 것은
코스모스가 신이 처음으로 피운 꽃이듯
그대는 순정한 첫 마음으로
내 가슴에 처음 피어난 꽃인 까닭입니다

66. 코스모스, 신(神)이 처음 만든 꽃

코스모스(cosmos)는 희랍어로 혼돈을 의미하는 카오스(chaos)와 대응되는 말로 '질서 있는 시스템으로서의 우주'를 뜻하는데 미국 물리학자 칼 세이건이 자신의 저서 『코스모스』에서 '세상에서 가장 아름다운 게 한 치 오차 없는 우주의 질서'라고 한 말을 새삼 떠올리게 한다.

가을 문턱에서 귀한 꽃차 선물을 받았다. 이천에 사는 지인이 보내온 택배 상자엔 보랏빛 팬지와 붉은 천일홍, 그리고 황화코스모스 꽃차가 세 개의 예쁜 유리병에 담겨 있었다. 정성으로 손수 덖어 만든 그 꽃차를 마실 때마다 마음까지 향기로워지는 기분이 들곤 한다. 아침마다 꽃차를 끓이는데 찻잔에 황화코스모스 두어 송이 넣고 끓는 물을 부으면 노을빛으로 우러나는 꽃 빛이 그리 고울 수가 없다.

황화코스모스 꽃차는 칼슘이 함유되어 있어 어린아이나 여성에게도 좋고 눈이 충혈되거나 안구통에 효험이 있고 심신 안정에도 도움을 준다고 한다. 그러고 보면 꽃은 아름다운

자태로 우리의 시선을 사로잡는 것만이 아니라 우리의 피로를 풀어주고 마음을 진정시키는 향기로운 꽃차가 되어주기도 하니 꽃이야말로 자연이 우리에게 주는 최고의 선물이라 할 만하다.

어느 시인은 '국화가 없으면 가을도 없다'고 했다지만 가을 하면 제일 먼저 떠오르는 꽃은 아무래도 코스모스가 아닐까 싶다. 쪽빛 하늘을 배경으로 바람을 타고 무리 지어 한들거리는 코스모스의 춤사위는 가을 서정을 느끼게 만들기에 부족함이 없기 때문이다. 마치 거리를 지나는 사람들을 환영하듯 색색의 꽃들이 바람을 타는 모습은 보는 이의 마음을 환하게 만들어 준다. 가녀린 꽃대에서 피어난 꽃들은 보석처럼 다양한 색을 자랑한다. 고귀한 흰색을 비롯하여 분홍, 빨강, 보라 등 화려한 색조를 뽐내며 한데 어우러져 자칫 칙칙하고 무거워질 수 있는 가을을 밝고 명랑하게 장식한다.

코스모스는 국화과에 속하는 멕시코가 고향인 신귀화식물이면서 탈출외래종으로 분류된다. 본래 멕시코가 원산지인데 18세기 말, 스페인 식물학자 안토니가 스페인에 들여오면서 코스모스라 이름 지었다. 코스모스(cosmos)는 희랍어로 혼돈을 의미하는 카오스(chaos)와 대응되는 말로 '질서 있는 시스템으로서의 우주'를 뜻하는데 미국 물리학자 칼 세이건이 자신의 저서 『코스모스』에서 '세상에서 가장 아름다운 게 한 치 오차 없는 우주의 질서'라고 한 말을 새삼 떠올리게 한다. 코스모스의 꽃말은 '순정', 우리말 이름은 '살사리꽃'이다. 아마도 산들바람을 타고 살래살래 고갯짓하는 모습에서 연유한 것이 아닐까 싶다.

코스모스는 신이 처음으로 만든 꽃이라 한다. 처음 만들다 보니 이렇게도 만들어 보고 저렇게도 만들다 보니 종류도 많고, 색상도 다양해진 것이라 한다. 코스모스가 처음 우리나라에 들어온 것은 일제강점기인 1930년대쯤이라 하는데 정확하지는 않다. 처음에는 화훼식물로 들어왔지만, 지금은 화단을 벗어나 전국 어디서나 쉽게 만날 수 있는 대표적인 가을꽃이 되었다.

꽃은 분홍색을 비롯하여 흰색, 진홍색 등 다양한 색으로 6월부터 피기 시작하여 10월에 걸쳐 핀다. 원래 코스모스는 단일성(短日性) 식물이다. 단일성이란 낮의 길이가 짧아지면 꽃봉오리가 올라오는 식물로 코스모스는 가을로 접어들면서 꽃이 피기 시작한다. 요즘은 품종 개량으로 여름에 피는 꽃도 있다. 최근엔 노랑 코스모스까지 들어와 널리 재배되면서 코스모스의 색깔이 더욱 다양하고 화려해졌다.

산을 내려오는 단풍의 속도보다 온도계의 하강 속도가 더 빠르게 느껴지는 요즘이다. 농촌의 들녘이나 국도변에서, 혹은 간이역에서 가을의 정취를 듬뿍 자아내며 많은 이들의 시심을 자극하던 코스모스도 머지않아 질 것이다. 곳곳마다 코스모스 축제가 한창이다. 가을엔 단풍 구경이 제일이라지만 시간 내어 단풍 구경을 떠날 수 없다면 잠시라도 짬을 내어 코스모스 축제장을 찾아보시라 권하고 싶다. 이 가을이 가기 전에 코스모스 하늘거리는 꽃길을 걸으며 가족들과 오붓한 시간을 보낸다면 꽃처럼 아름답고 향기로운 추억이 될 테니까 말이다.

용담꽃

해를 따라 돌던
해바라기도 고개를 꺾고
붉은 맨드라미도
선 채로 시들어가는
가을 끝자락
시퍼렇게 멍든 가슴
열어 보이는 꽃이 있다

소슬바람에
마른 풀 서걱이는데
아프지 않은 상처 없듯이
쓰지 않고 꽃 피는 생이 어디 있냐고
따지듯 피어나는 꽃이 있다

웅담보다 더 쓴
용의 쓸개로 피워 낸
서슬 푸른
용담꽃

67. 용담, 벌들의 여인숙

꽃 속에서 하룻밤을 지내는 동안 벌의 몸엔 꽃가루가 잔뜩 묻어 있게 마련이다. 벌이 다시 이 꽃 저 꽃으로 부지런히 꿀을 찾아다니는 동안 자연스럽게 몸에 묻은 꽃가루를 옮겨 꽃의 수정을 돕는다. 하룻밤 재워준 것에 대한 보답인 셈이다.

가을이 깊다. 절정을 지난 단풍의 화려함이 사라지면서 문밖을 나서면 꽃보다 열매가 먼저 눈에 들어온다. 봄날 환하게 꽃을 피워 벌과 나비를 불러 모으던 백당나무도 어느새 홍옥 같은 붉은 열매를 가득 내어 달고 감나무 가지 끝에 매달린 감들도 노을빛으로 익어 가을의 끝자락을 환하게 밝히고 있다. 저마다 살아온 세월을 자랑이라도 하듯 가지마다 탐스럽고 빛나는 열매들을 매단 나무들을 바라보며 겨울을 예감한다. 겨울이 오기 전에 아직 어딘가에 남아 있을 꽃을 생각할 때마다 나는 습관처럼 용담꽃을 떠올리곤 한다. 꽃들이 하나둘 자취를 감추는 가을의 끝자락에서 용담의 초록 잎은 서서히 자줏빛으로 물들기 시작하면서 농익은 보랏빛 꽃송이를 피운다.

용담꽃의 보라색 꽃잎은 벌에게 '꿀'을 가지고 있음을 알려주는 꽃의 안내판이다. 한낮엔 활짝 피어 많은 곤충들을 유혹하는 보라색 용담꽃은 해질녘 기온이 내려가면 그제야 꽃봉오리를 오므려 닫고 하루의 일과를 마감한다. 꽃잎을 닫기 전, 용담꽃은 특별한 손님이 찾아오길 기다린다. 홀로 단독생활을 하며 매일 밤 잠잘 곳을 찾아다니는 좀뒤영벌이다. 용담꽃은 이 특별한 손님을 위해 기꺼이 잠자리를 제공한다. 다시 말해서 용담꽃은 좀뒤영벌만의 여인숙인 셈이다. 세상의 여인숙 중에 이보다 향기로운 여인숙이 또 있을까 싶다. 닫힌 꽃 안에서 따뜻한 밤을 보낸 벌은 다음 날 아침 꽃봉오리가 다시 열릴 때에 맞춰 활동을 시작한다. 꽃 속에서 하룻밤을 지내는 동안 벌의 몸엔 꽃가루가 잔뜩 묻어 있게 마련이다. 벌이 다시 이 꽃 저 꽃으로 부지런히 꿀을 찾아다니는 동안 자연스럽게 몸에 묻은 꽃가루를 옮겨 꽃의 수정을 돕는다. 하룻밤 재워준 것에 대한 보답인 셈이다.

　용담이란 이름은 그 뿌리의 쓴맛 때문에 붙여진 이름이라는데 얼마나 쓰기에 쓴맛의 대명사인 웅담(熊膽)보다 더한 상상 속의 동물인 용의 쓸개(龍膽)를 가리키는 용담이란 이름을 갖게 되었을까? 용담은 우리나라 전역에 걸려 자라는 용담과에 속하는 여러해살이풀이다. 키가 20~60㎝ 정도로 4개의 가는 줄이 있으며 근경이 짧고 굵은 수염뿌리가 있다. 잎은 잎자루가 없고 끝이 뾰족하고 밑이 둥글다. 잎은 3개의 맥이 있으며 꽃은 통꽃으로 자주색으로 늦가을에 피는데 길이는 4.5~6㎝이다. 꽃부리는 종 모양이며 가장자리가 5개로 갈라진다. 수술은 5개로서 꽃부리통에 붙어 있고 1개의 암술이 있다. 삭과는 시든 꽃부리와 꽃받침이 달려 있으며 대가 있고 종자는 넓은 피침형으로써 양 끝에 날개가 있다.

　우리나라에는 용담속 식물 13여 종류가 자생하며 흰 꽃이 피는 것을 흰용담이라 하며, 특히 대암산 용늪에만 서식하는 비로용담은 희귀종에 속한다. 용담은 그리 크지 않은 키와 꽃을 가지고서도 절대 기죽지 않은 채 고고한 자태를 뿜낸다. 아랫부분은 봉곳하게 부풀고 윗부분은 나리꽃처럼 벌어진 보랏빛 꽃을 보면 신비로운 생각마저 든다. 보는 것만으로도 마음을 빼앗기기 쉬운 이토록 아름다운 꽃에 용담이란 이름이 붙은 것은 뿌리의 쓴맛 때문이라니. 꽃에 현혹되지 않고 뿌리의 약성에 주목하여 이름을 붙인 사람들의 지혜가 놀랍기만 하다.

용담이란 이름에서 미루어 짐작할 수 있듯이 그만큼 쓰고 약효가 좋은 약초로 알려져 있다. 뿌리에 많이 들어있는 알칼로이드 성분은 항암, 항염증, 통증 등에 효과가 있어 신이 내린 약초로 불린다. 한방에서는 뿌리를 약재로 쓰는데 간기능 보호, 담즙 분비 촉진, 이뇨작용, 혈압강화, 진정 작용, 항염증 작용이 있어 소화불량, 간경변, 담낭염, 황달, 두통 등 많은 증상에 쓰인다. 요즘에는 약재로써 뿐만 아니라 꽃이 아름다워 관상용 원예식물로도 사랑받는다. 마디마다 소담스럽게 피어나는 모습이 소담스러울 뿐만 아니라 신비스러운 보랏빛 꽃 빛이 일품이어서 곁에 두고 보기에 더없이 좋은 꽃이기 때문이다. 무엇보다 늦은 여름부터 피기 시작하여 꽃들이 자취를 감춰가는 초겨울까지 꽃 피는 기간이 길어 오래 두고 볼 수 있는 것도 장점이다. 추운 밤 벌들의 따뜻한 잠자리가 되어주며 꽃에서 뿌리까지 우리에게 이로움만을 베푸는 용담처럼 나도 누군가에게 도움을 주는 사람이었으면 하는 바람을 가져본다.

털머위꽃

행남등대 가는 길에
털머위꽃이 한창이라고
그 노란 향기에 주저앉으면
벌들의 날갯짓 소리에
섬이 통째로 떠갈 것만 같다고
멀리 울릉도에서 보내온
털머위꽃 사진 한 장에
꽃 멀미를 앓는 밤
꽃말이 '다시 찾는 사랑'이라는
털머위꽃 사진 보며
오래전에
잃어버린 사랑을 생각한다

68. 털머위, 다시 찾는 사랑

찬 서리에 해국마저 시드는 늦가을이 되면 털머위는 황금빛 꽃을 피워 내며 그 진가를 드러내 보인다. 꽃이 귀한 시절에 초록의 싱싱함을 잃지 않고 태양을 닮은 꽃을 피운 털머위를 보면 마치 아직 꽃의 계절이 저물지 않았음을 말없이 웅변하는 듯하다.

창 너머 잎을 다 내려놓은 감나무 가지 끝 홍시가 붉다. 주변의 산들도 화려한 옷을 벗고 겨울 채비를 서두르고 있다. 상강을 지나 겨울로 들어선다는 입동도 지났으니 가을과 작별해야 한다. 이제 곧 새벽마다 서리가 내리고 찬바람에 떨면서 푸르름을 유지하던 풀들도 뜨거운 물에 데친 나물처럼 숨이 죽고 꽃들도 자취를 감출 것이다. 꽃은 꽃을 버려야 열매를 얻고 강물은 강을 버려야 바다에 이를 수 있는 법이다. 그럼에도 불구하고 조금은 더 가을에 머물고 싶다. 그런 마음이 드는 것은 조락의 허전함 때문이기도 하겠지만 아무래도 꽃에 대한 미련을 버리지 못하기 때문이다. 찬바람에 손이 시려오고 꽃 생각이 간절해지면 나는 동쪽 바다 끝 외로운 섬 울릉도의 늦가을을 환하게 밝혀주는 노란 털머위꽃을 떠올리곤 한다.

몇 년 전 여름, 울릉도에서 한 달 정도 머무를 기회가 있었다. 울릉도는 140만년~6,300년 전까지의 시기에 수중 화산 폭발로 형성되어 한 번도 육지와 이어진 적이 없는 섬이다. 그 덕분에 750종에 이르는 식물 중 40여 종이 다른 곳엔 없는 울릉도 특산종일 만큼 식생이 독특하다. 식물 이름 앞에 '섬-' '울릉-' '우산-'이 붙은 것은 거의가 울릉도가 고향이다. 그래서 야생화 애호가라면 한 번쯤은 꼭 찾아가는 섬이 울릉도이기도 하다. 행남등대 가는 길목, 솔숲 사이로 마치 녹색 융단을 깔아놓은 기름을 발라 놓은 듯 번들거리는 커다란 잎을 펼친 털머위가 군락을 이루고 나를 반기곤 했다.

털머위라는 이름은 나물로 먹는 머위와 비슷하고 줄기와 잎 뒷면에 털이 많아 붙여진 이름이다. 털머위는 국화과에

마음에 꽃을 심다

속하는 상록성 여러해살이풀로 울릉도 특산식물은 아니다. 울릉도를 비롯하여 주로 제주도나 남쪽 바닷가에 자라며 곰취를 닮은 둥근 잎이 커서 '말곰취'라고도 하며, 바닷가에 자라는 머위라는 뜻으로 '갯머위'라고도 한다. 습기가 충분한 바닷가 반그늘 숲이나 바위틈에서 자라는데 키는 50cm 정도 되고 곰취를 닮은 잎은 두껍다. 잎 표면은 참기름을 발라 놓은 것처럼 윤기가 나고 잎 뒷면에는 갈색 털이 빽빽이 나 있다. 꽃은 노란색으로 줄기 끝에 모여 피는데 개화 기간이 길어 제주에서는 눈이 내리는 12월까지도 볼 수 있다.

가을 바닷가에선 해국이 대세를 이루며 사람들의 눈길을 사로잡아 털머위는 늘 뒷전이다. 하지만 찬 서리에 해국마저 시드는 늦가을이 되면 털머위는 황금빛 꽃을 피워 내며 그 진가를 드러내 보인다. 꽃이 귀한 시절에 초록의 싱싱함을 잃지 않고 태양을 닮은 꽃을 피운 털머위를 보면 마치 아직 꽃의 계절이 저물지 않았음을 말없이 웅변하는 듯하다. 맵찬 바닷바람과 찬 서리에도 굴하지 않고 꿋꿋하게 꽃을 피우는 털머위의 강한 생명력의 비밀은 잎과 줄기에 촘촘히 나 있는 솜털에 있다. 그 촘촘한 솜털들이 털머위를 추위로부터 보호하고 수분 증발을 막아주는 역할을 한다.

꽃이 귀해지는 계절에 꽃을 피우는 털머위는 곤충들에겐 더없이 좋은 식량창고가 되어 준다.

털머위꽃이 한창일 때는 네발나비나 박각시나방 같은 곤충들이 끊임없이 날아든다. 허기진 곤충들에겐 먹이를 제공하고 쉼터가 되어줄 뿐만 아니라 모든 부분을 약재로 활용할 수 있는 이로운 풀이기도 하다. 유럽에서는 자연이 내린 항암제라 할 만큼 항암 효과가 뛰어나고 감기나 기관지염, 해독에도 효험이 있는 것으로 알려져 있다.

털머위는 개화 기간이 길어 오래 꽃을 볼 수 있을 뿐 아니라 겨울에도 초록을 즐길 수 있고 공기정화와 가습기 역할까지 하니 집안에서 키워도 좋은 식물이다. 반그늘에서도 잘 자라니 아파트에서 키우기에도 어렵지 않다. 털머위의 꽃말은 '다시 찾는 사랑'이다. 차디찬 해풍에도 굴하지 않고 화사하게 웃고 있는 노란 털머위꽃을 보며 시린 가슴 어딘가에 남아 있을 옛사랑의 기억을 떠올려 보라. 춥고 긴 겨울을 건너가는 데엔 사랑보다 따뜻한 것은 어디에도 없다.

큰꿩의비름

한 점
햇볕이 아쉬운
가을 산에
분홍별 꽃이 피었습니다
너른 땅 마다하고
깎아지른 바위틈에
아슬하게 매달려 핀
둥근잎꿩의비름

끝없이
바람에 흔들리면서도
이 세상에서 해야 할 일
다 마친 사람처럼
해맑게 웃고 있는 꽃
그 웃음 그리워
가을 산에 듭니다

69. 둥근잎꿩의비름

자연에서 만나는 둥근잎꿩의비름은 저런 곳에서 어떻게 살아갈까 싶은 생각이 들 정도의 깊은 계곡의 바위 절벽 틈이다. 발하나 디딜 곳 없는 바위틈에 뿌리를 내리고 살면서도 태연스레 매혹적인 꽃을 내어 단 모습은 차라리 삶을 초월한 신선처럼 느껴지기도 한다.

더위가 그친다는 처서가 지났다. 24절기 중 열네 번째에 해당하는 처서를 두고 '땅에서는 귀뚜라미 등에 업혀 오고, 하늘에서는 뭉게구름 타고 온다'고 한다. 그래서일까. 처서가 지나니 바람의 방향도 달라지고 산봉우리 위로는 연신 흰 뭉게구름이 피어오르고, 밤이면 귀뚜라미 울음소리도 들려온다. 비록 처서가 지났다고는 해도 한낮의 햇살은 여전히 뜨거운 열기를 품고 있어 선뜻 가을을 예감하기는 쉽지 않다. 하지만 초목들은 처서를 분기점으로 하여 물 긷는 일을 멈추고 가을 채비를 서두른다. 하늘에 별자리가 바뀌듯 지상의 꽃들도 자리바꿈을 하여 가을향기를 풀어놓기 시작한다.

숲 해설가 과정을 함께 했던 지인 한 분이 큰꿩의비름꽃

사진을 SNS로 보내왔다. 남한산성에서 찍었다는 그 어여쁜 분홍 별꽃을 보며 나는 오래 전 주왕산에서 만났던 둥근잎꿩 의비름을 떠올렸다. 둥근잎꿩의비름은 돌나물과에 속하는 여러해살이풀이다. 둥근잎꿩의비름 외에도 같은 집안 식구로 세잎꿩의비름, 큰꿩의비름, 꿩의비름, 자주꿩의비름 등이 있다. 얼핏 보아서는 같아 보여도 찬찬히 들여다보면 조금씩 달라 어렵지 않게 구분할 수 있다. 타원형의 잎이 3~4장씩 돌려나며 백록색 꽃이 피면 세잎꿩의비름, 이보다 좀 더 크고 홍자색 꽃이 피며 잎이 넓적하게 보이는 것은 큰꿩의비름이다. 또한 잎이 돌려나지 않고 마주나거나 어긋나며 흰 바탕에 붉은빛이 도는 꽃이 피는 것은 꿩의비름, 긴 타원형의 잎이 마주나거나 어긋나면서 자주색 꽃이 피는 것은 자주꿩의비름이다.

둥근잎꿩의비름은 경북 청송의 주왕산을 중심으로 그 일대의 산에서 드물게 만날 수 있는 희귀식물에 속한다. 대표적인 군락지로는 주왕산의 절골계곡과 포항의 내연산 계곡이 꼽힌다. 깊은 계곡의 깎아지른 듯한 바위틈에서 이름처럼 둥근 잎을 단 줄기를 물 쪽으로 늘어뜨리고 줄기 끝에 진분홍의 꽃을 피운 모습은 단숨에 시선을 사로잡을 만큼 매혹적이다. '둥근잎꿩의비름'은 바위 틈새에 자리를 잡은 몇 개의 굵은 뿌리에서 잎과 줄기가 나오는데 15~25㎝ 정도까지 자란다. 줄기는 바위를 타고 옆으로 기는 성질이 있는데, 줄기는 갈라지지 않고 그 끝에 꽃을 피운다. 잎은 두 잎씩 마주나기로 달리는데, 달걀형 혹은 둥근 타원형의 다육질로 잎 가장자리에는 물결 모양의 불규칙적이고 둔한 톱니모양이 있다.

꽃이 피는 시기는 여름과 가을이 자리바꿈하는 처서 무렵으로 짙은 홍자색의 작은 꽃들이 모여 피어 커다란 꽃송이를 이룬다. 돌나물과에 속하는 꽃답게 꽃잎과 꽃받침은 각각 5장씩으로 별 모양을 하고 있다. 꽃이 지고 난 뒤에 달리는 열매도 물론 5개씩 달린다. 둥근잎꿩비름은 한정된 지역에서만 자라는 귀한 식물이지만 인기가 매우 높다. 꽃이 아름다운데다 번식도 쉽고 키우기도 어렵지 않기 때문이다.

자연에서 만나는 둥근잎꿩의비름은 저런 곳에서 어떻게 살아갈까 싶은 생각이 들 정도의 깊은 계곡의 바위 절벽 틈이다. 발하나 디딜 곳 없는 바위틈에 뿌리를 내리고 살면서도 태연스레 매혹적인 꽃을 내어 단 모습은 차라리 삶을 초월한 신선처럼 느껴지기도 한다. 둥근잎꿩의비름이 이처럼 척박한 환경에서도 살아갈 수 있는 비밀은 비가 오거나 물안개가 피어날 때 다육질의 두툼한 잎과 줄기에 물을 잔뜩 저장해 두고 조금씩 아껴 쓰는 데에 있다.

둥근잎꿩의비름이 관상용으로 인기가 높아지면서 사람들이 눈에 띄는 대로 캐어가는 바람에 자생지가 많이 훼손되었다고 한다. 자연은 자연 그대로일 때가 가장 자연스럽고 가장 아름답다. 둥근잎꿩의비름이 물을 몸속에 저장해 두고 조금씩 아껴 쓰듯이 귀하고 어여쁜 꽃일수록 탐을 내기보다는 보호하고 아낄 줄 아는 지혜가 못내 아쉽다. 꽃이 많지 않은 환절의 길목, 가을맞이 행사로 둥근잎꿩의비름을 만나러 훌쩍 길 떠나고픈 요즘이다.

선운사 꽃무릇

비에 씻긴
말간 하늘 아래
흰 구름 몇 장 이고 선
선운사 일주문 지나
꽃 보러 갔었네

꽃과 잎이
서로 만나지 못해
상사화라 불리기도 하는
붉은 꽃 앞에서 무릎을 꺾었네

세상에 만남 없이 생겨난
하얀 그리움이 어디 있는가

상사(相思)는
다만 사람의 일일 뿐
나무 그늘 바위 섶마저 환하게 밝히며
꽃무릇은 그저 눈부시게 피는데

제 설움에 겨운 사람들이

선홍빛 꽃무릇 앞에 무릎 꿇고

그리움의 눈물 떨구고 간다

71. 꽃무릇, 그 붉은 그리움

사람들은 꽃처럼 자신을 아름답게 꾸미거나 향기로운 꿀을 만드는 일엔 인색하다. 누구나 주목받는 사람이길 원하지만 주목받기 위해서는 자신의 이름을 크게 새긴 명함을 돌릴 일이 아니라 자기만의 향기를 지닌 사람이 되어야 한다는 사실을 망각하고 산다.

숲 해설가 모임을 따라 계룡산에 다녀왔다. 단풍을 즐기기엔 아직 이르지만, 숲을 사랑하는 사람들과 함께 산을 오르며 풀과 나무와 꽃을 볼 수 있어 행복한 산행이었다. 산을 오르기 위해 동학사 주차장에 차를 세우고 일주문을 향해 걷고 있을 때였다. 일행 중 한 명이 문득 걸음을 멈추고 손을 뻗어 무언가를 가리켰다. 손끝이 향한 곳에 꽃무릇이 한 송이 함초롬히 피어 있었다. 나무 사이로 스며드는 햇빛을 받은 진홍의 꽃무릇은 멀리서 보아도 탄성이 절로 나올 만큼 매혹적이었다.

꽃무릇하면 영광 불갑사나 용천사, 선운사 꽃무릇을 떠올리게 된다. 마치 붉은 페르시안 양탄자를 펼쳐 놓은 듯 무리

지어 피어 있는 모습은 황홀하기 그지없다. 하지만 때로는 이처럼 홀로 피어 있는 모습은 애잔함으로 다가온다. 서둘러 카메라를 꺼내어 그 고운 모습을 담기 위해 부지런히 셔터를 눌렀다.

잎 하나 없이 곧게 뻗은 한 줄기 꽃대 위에 여러 송이의 진홍의 꽃이 우산 모양을 이루며 피어 있는 모습은 단번에 눈길을 사로잡는다. 꽃송이마다 가장자리가 주름진 여섯 장의 꽃잎이 둥글게 뒤로 말린 모습도 아름답지만, 꽃잎보다 길게 뻗은 수술은 마치 여인의 긴 속눈썹처럼 보는 이의 가슴을 서늘하게 한다. 많은 사람이 꽃무릇을 상사화라 부르기도 하는데 꽃과 잎이 서로 만나지 못하는 점은 같지만, 상사화는 한여름에 피는 꽃이고 꽃무릇은 가을에 피는 꽃이다. 상사화는 봄에 잎이 먼저 피고, 꽃무릇은 꽃이 시든 후에 가을에 잎이 핀다.

알뿌리가 마늘을 닮아 '돌마늘'이란 의미로 석산(石蒜)이라고도 불리는 꽃무릇은 어느 한 곳에 뿌리를 내리면 왕성한 번식력으로 금세 주위를 꽃무릇 천지로 바꾸어 놓는다. 그래서 무리 지어 꽃무리를 이룬다 해서 꽃무릇이란 이름을 얻었다고도 하는데 정확한 근거는 없다. 어느 꽃도 스스로 지은 이름을 지닌 꽃은 없다. 꽃의 이름이란 사람들의 필요에 의해 지어진 이름일 뿐 정작 꽃들은 제 이름에 무심하다.

어떤 꽃은 사람의 필요에 의해 그 쓰임새에 관련한 이름을 얻었고 어떤 꽃은 그 생김새에 따라 사람들의 상상에 의해 이름이 붙여졌다. 꽃들은 오직 튼실한 열매를 맺기 위해 벌나비를 유혹할 화려한 꽃 빛과 매혹적인 향기와 꿀을 만드는 데 전력을 다할 따름이다. 인간들 사이에서 자신들의 이름이 어떤 식으로 불리든 그것은 꽃들과는 무관한 일이라는 사실만은 분명하다.

상사화가 잎과 꽃이 서로 만나지 못해 서로를 그리워하는 꽃이란 말에 나는 동의하지 않는다. 상사(相思)란 서로를 생각하는 마음이다. 그리움이다. 그리움이란 필연적으로 마주침이 전제되어야 하는데 한 번도 마주친 적 없는 꽃과 잎이 서로를 그리워한다는 게 도무지 말이 되지 않기 때문이다. 결국 상사화란 이름도 사람들이 꽃의 생태적 특성에다 자신의 정서를 대입시켜 만들어 낸 상상의 산물일 뿐이다.

사람들은 저마다 자신의 이름이 보다 많은 사람에게 불리길 원한다. 인터넷에서 자신의 이름이 검색되길 바라고 보다 많은 사람들이 자신을 알아봐 주길 원한다. 하지만 사람들은 꽃처럼 자신을 아름답게 꾸미거나 향기로운 꿀을 만드는 일엔 인색하다. 누구나 주목받는 사람이길 원하지만 주목받기 위해서는 자신의 이름을 크게 새긴 명함을 돌릴 일이 아니라 자기만의 향기를 지닌 사람이 되어야 한다는 사실을 망각하고 산다. 꽃들은 제 이름을 팔지 않는다. 꽃들이 자신의 열매를 맺는 데 도움을 주는 벌 나비를 위해 자신의 색이나 모양을 가꾸고 향기로운 꿀을 빚듯이 이름을 얻기 위해선 스스로를 먼저 가꾸어야 한다는 사실을 기억해야 한다.

72. 참빗살나무, 열매가 꽃보다 아름다운

참빗살나무는 학창시절 장삼이사에 지나지 않
던 초등학교 동창이 수십 년 만에 성공하여 존
재감을 자랑하듯 가을이 되어서야 진정한 매
력을 드러내 보인다. 마치 솜씨 좋은 미용사가
염색이라도 한듯 곱게 물든 단풍도 아름답지
만, 보라색이 감도는 분홍색 열매는 탄성을 자
아낼 만큼 매혹적이다.

나름 꽃을 찾아 전국을 떠돌며 오랜 시간 자연과 함께 해
왔다고 자부했던 것이 오만이었을까. 올가을 단풍 구경은 제
대로 때를 맞추지 못해 속절없이 끝나버렸다. 내장산에 갔을
땐 너무 일러 채 단풍이 들지 않았고, 주왕산을 찾았을 땐 너
무 늦어 절정을 지나 이미 낙엽이 지는 중이었다. 자연의 때
를 알아차리는 일이 절대 간단치 않다. 노랗게 물든 이파리
를 함부로 뿌려대던 은행나무들이 며칠 새 눈에 띄게 수척해
진 모습을 보니 곧 겨울이 들이닥칠 모양이다.
　비록 절정의 단풍은 보지 못했으나 그렇다고 전혀 소득이
없는 것은 아니다. 세계적인 희귀수목인 망개나무를 직접 보

고, 주왕산의 깃대종인 바위 암벽에 붙어사는 둥근잎꿩의비름을 대전사 입구 상가에서 만난 것도 행운이라면 행운이다.

함께 산행했던 지인은 꽃 이야기만 쓰지 말고 열매에 관한 글도 좀 써보면 어떻겠냐고 의견을 주었다. 제아무리 화려하고 예쁜 꽃도 결국은 열매를 맺기 위한 과정임을 생각한다면 굳이 꽃만을 고집할 이유는 없어 그러마고 했다. 가을은 열매가 꽃보다 아름다운 계절이다. 온 산을 울긋불긋 물들이는 단풍도 곱지만, 잎을 내려놓은 가지 위에 매달린 형형색색의 열매들은 우리의 눈길을 사로잡을 만큼 충분히 매혹적이다. 꽃과 열매가 아름다운 이유는 유혹에 목적이 있다. 자신의 수분을 도와주고, 씨앗을 널리 퍼뜨려 줄 곤충이나 작은 동물들을 유혹하기 위한 아름다움이다. 하지만 꽃과 열매의 아

름다움은 눈맛에서 차이가 난다. 쓰고, 달고, 시고, 매운 열매의 다양한 '맛'처럼 열매는 모양, 색깔, 맛, 향의 꽃에 못지 않은 매력으로 우리를 유혹한다.

참빗살나무도 매력적인 열매를 달고 있는 나무 중 하나다. 이름만 들으면 다소 낯설게 느껴질 수도 있으나 알고 보면 주변에서 보았거나 어렵지 않게 만날 수 있는 나무다. 참빗살나무는 노박덩굴과에 속하는 낙엽활엽수로 우리가 잘 아는 화살나무와 사촌지간이다. 참빗을 만든다 해서 붙여진 이름이라지만 이 나무로 참빗을 만들지는 않는다. 5~6월에 자잘한 꽃을 피우는 참빗살나무는 꽃 피는 봄보다는 단풍드는 가을이 되어서야 비로소 은근한 매력을 발산한다. 꽃 하나의 지름이 1㎝를 넘지 않고 색깔도 연한 녹색이라 눈길을 끌기에 충분치 않지만 4개의 각이 진 특이한 모양의 열매는 우리의 눈길을 사로잡을 만큼 매력적이다. 네모나게 빚은 만두 모양의 작은 열매는 초록 잎이 단풍 들기 전부터 달려 있다가 서서히 익어 붉어져 오래오래 멋스러움을 자아낸다.

참빗살나무는 학창시절 장삼이사에 지나지 않던 초등학교 동창이 수십 년 만에 성공하여 존재감을 자랑하듯 가을이 되어서야 진정한 매력을 드러내 보인다. 마치 솜씨 좋은 미용사가 염색이라도 한듯 곱게 물든 단풍도 아름답지만, 보라색이 감도는 분홍색 열매는 탄성을 자아낼 만큼 매혹적이다. 자줏빛 도는 분홍 열매는 좀 더 무르익으면 네 갈래의 봉합

선이 갈라져 새빨간 열매가 드러나며 한껏 매력을 발산한다.

　잎이 진 뒤에도 오래도록 달려있는 참빗살나무의 고운 열매를 보고 있으면 꽃에게만 천착하던 나 자신을 돌아보게 된다.

　일찍이 정현종 시인은 〈방문객〉이란 시에서 '사람이 온다는 것은 실로 어마어마한 일이다 ···· 한 사람의 일생이 오기 때문'이라고 했다. 꽃을 보고, 나무를 보는 일도 별반 다르지 않은 것 같다. 그저 순간순간 오감으로 느껴지는 자연의 아름다움을 탐닉하기보다는 자연의 일부가 되어 대자연의 섭리를 깨우치고 이해할 수 있다면 우리들의 팍팍한 삶이 조금은 더 여유롭고 멋스러워지지 않을까 싶다. 꽃의 시간도, 열매의 시간도 유한하다. 곧 겨울이 닥칠 것이다. 외기가 냉랭해질수록 매력을 더하는 참빗살나무 열매를 보며 찬 겨울 속에서도 희망을 잃지 않았으면 하는 바람이다.

73. 무화과, 누구에게나 꽃시절은 있다

무화과는 사과나무나 배나무처럼 우리에게 꽃을 보여주지 않지만 그렇다고 꽃이 피지 않는다고 함부로 말해서는 안 된다. 우리에게 꽃을 보여주지 않을 뿐, 무화과도 엄연히 꽃을 피우기 때문이다. 무화과 꽃의 비밀은 우리가 맛있게 먹는 무화과 열매에 있다. 이 '열매'라고 부르는 무화과가 실은 과실이 아니라 꽃이다.

친구로부터 무화과를 선물 받았다. 자기 아버지가 농약을 치지 않고 물만 주어 정성으로 키운 것이니 안심하고 먹어도 된다고 했다. 무화과는 향도 좋거니와 과육이 입안에서 스르르 녹는 단맛이 일품이다. 무화과는 구약성서에도 언급될 정도로 오랫동안 애용된 아열대 과일이다. 고대 이집트의 여왕 클레오파트라가 가장 좋아한 '여왕의 과일'이자 고대 그리스 올림픽 출전 선수와 로마의 검투사들의 스태미나 식품으로 알려진 과일이다.

뽕나무과에 속하는 무화과나무는 소아시아 원산의 갈잎 넓은 잎떨기 나무다. 그 종류가 무려 750여 종이나 되고, 약 4,000년 전에 이집트에서 재배한 기록이 있을 만큼 세계에서 가장 오래된 과수로 꼽힌다. 조선의 실학자이자 문장가인 연암 박지원은『열하일기』에 "꽃이 피지 않고도 열매를 맺는 이상한 나무를 보았다."고 무화과를 처음 본 소회를 기록으로 남겼다. 꽃이 피어야 열매가 맺히는 게 세상 이치인데 꽃 없이 열매를 맺는 무화과(無花果)라니! 연암이 무화과를 보고 '이상한 나무'라 한 것은 조금도 이상할 게 없다.

중국의 〈화경(花鏡)〉에서는 무화과의 좋은 점에 대해서 이렇게 적고 있다. 첫째는 열매가 달고 맛있어 노인과 어린이가 먹어 좋고, 둘째는 말리면 곶감 같아 두고 시시로 먹을 수 있으며, 셋째는 입추 상강에 이르도록 차례로 익으니 석 달

을 먹을 수 있고, 넷째는 복숭아나 자두는 3~4년 후에 열매 맺지만 무화과는 가지를 꽂으면 당해에도 열매를 맺으며, 다섯째는 잎은 치질을 치료하는 묘약이고, 여섯째는 상강 후의 익지 않은 열매는 당밀로 졸여 먹을 수 있으며, 일곱째는 흙에 꽂으면 살 수 있다. 이처럼 무화과는 예사 과일이 아니다.

무화과는 사과나무나 배나무처럼 우리에게 꽃을 보여주지 않지만 그렇다고 꽃이 피지 않는다고 함부로 말해서는 안 된다. 우리에게 꽃을 보여주지 않을 뿐, 무화과도 엄연히 꽃을 피우기 때문이다. 무화과 꽃의 비밀은 우리가 맛있게 먹는 무화과 열매에 있다. 이 '열매'라고 부르는 무화과가 실은 과실이 아니라 꽃이다. 그것도 그냥 꽃이 아니라 속에 무수한 꽃이 있고, 꽃 머리는 아직 열리지 않은 화낭(花囊)이라는 꽃 주머니 형태의 독특한 구조다. 쉽게 말해 무화과의 껍질은 꽃받침이고, 붉은 속이 꽃인 셈이다. 영어로 무화과(fig)의 어원은 '가린다'는 뜻이라고 한다. 눈에 보이지 않는 속꽃을 피우는 무화과에 잘 어울리는 이름이란 생각이 든다.

무화과의 비밀은 또 있다. 과일 안에 꽃이 숨겨져 있다 보니 무화과는 여느 꽃들처럼 곤충의 도움을 받아 수정을 할 수가 없다. 한데 무화과에겐 다행히도 수정을 도와주는 무화과말벌이란 전담 도우미가 있다는 사실이다. 무화과말벌은 무화과 밖에서는 번식하지 못하기 때문에 무화과 속에서 살며 무화과의 수정을 전담하며 공생한다고 한다. 식물을 통해 탁월하게 세상을 해석해낸 에세이 『랩걸』의 저자인 미국의 식물학자 호프 자런은 자신의 책을 통해 말벌과 무화과의 이 독특한 공생 관계가 거의 9,000만 년 동안이나 유지되며 진화해 왔다고 했다.

세상의 모든 꽃은 열매를 목표로 피어난다. 꽃이 화려한 자태를 지닌 것도 자신의 아름다움을 과시하기 위해서가 아니라 곤충들을 효과적으로 유인하여 보다 튼실한 열매를 얻기 위한 눈물겨운 노력의 산물이다. 모든 꽃이 장미나 백합처럼 화려하고 향기로울 필요는 없다. 보다 중요한 것은 좋은 열매를 맺는 것이다. 비록 사람들 눈에 보이지 않아 무화과란 명예롭지 못한 이름을 얻었지만 수천 년을 무화과말벌과 공생관계를 유지하며 해마다 탐스런 열매를 맺는 무화과야말로 소소하지만 확실한 행복을 누리는 게 아닐까 싶은 생각이 든다.

우리는 그동안 너무 눈에 보이는 화려함만을 좇아 바쁘게 살아왔다. 누가 보아주지 않아도 자신만의 꽃을 피워 좋은 열매를 맺을 수 있다면 타인의 시선쯤이야 무슨 상관이겠는가. 겉모습에 휘둘리지 않고 속으로 꽃 피우며 묵묵히 제 몫을 다하는 무화과 같은 사람들이 있어 세상은 살만한 것인지도 모른다. 누구에게나 꽃 시절은 있다.

74. 노박덩굴 열매, 가을 숲의 홍보석

노박덩굴은 산의 양지바른 길가나 구릉에서 자생하고 5~6월에 꽃을 피우는데 꽃도 작고 황록색이어서 사람들의 이목을 끌지 못한다. 정작 사람들의 시선을 사로잡는 것은 잎이 진 뒤 모습을 드러나는 붉은 열매다. 규칙적으로 갈라지는 노란색의 과피 사이로 드러난 붉은 열매는 단숨에 눈길을 사로잡을 만큼 가히 매혹적이다.

거리는 온통 낙엽의 물결이다. 가을 햇살 아래 황금빛으로 빛나던 은행나무 가로수들이 밤새 몸살이라도 앓은 듯 눈에 띄게 수척해졌고, 소공원의 벚나무들은 바람도 없는 허공으로 물든 이파리를 함부로 뿌려대며 몸을 비우는 중이다. 서둘러 잎을 내려놓은 채 고요히 비를 맞고 서 있는 나무들을 보고 있으면 운문선사의 '체로금풍(體露金風)'이란 법문이 부록처럼 따라온다. 가을바람에 잎이 진 뒤에야 나무의 본체가 완연히 드러난다는 뜻이다. 이른 봄부터 어여쁜 꽃만 탐하던 나를 번쩍 정신 차리게 하는 장군죽비 같은 말씀이기도

하다.

　겨울을 재촉하는 비가 내리는 휴일 저녁, 경기도 포천의 '하늘아래 치유의 숲'에서 찍은 사진들을 정리하다가 노랗고 붉은 열매에 우연히 눈길이 닿았다. 청청한 잣나무 숲에서 삼림욕을 하고 산에서 내려올 때 저만치서 내 눈길을 잡아끌던 것, 다름 아닌 노박덩굴 열매다. 잎이 모두 진 길가의 나뭇가지 위로 빛나는 노랗고 붉은빛에 이끌려 발길을 옮기게 했던 주인공이다. 나도 모르게 노박덩굴을 향해 다가서는데 나뭇가지 사이를 날며 열매를 쪼고 있는 푸른 깃의 새가 눈에 띄었다. 언뜻 보면 까치와 비슷하지만, 까치보다 몸집이 작고 호리호리하며 푸른 날개와 긴 꼬리가 아름다운 물까치다. 노박덩굴 열매는 예쁘기도 하지만 물까치나 어치 같은 새들의 귀한 겨울 식량이기도 하다.

노박덩굴은 노박덩굴과에 속하는 가을에 잎이 떨어지는 낙엽지는 덩굴나무다. 노박덩굴이란 이름은 덩굴성 줄기가 길 위에까지 뻗어 나와 길(路)을 가로막는다는 뜻의 노박폐(路泊廢) 덩굴에서 비롯된 것이라고도 하고, 혹자는 길의 양쪽 가장자리를 뜻하는 노방(路傍)에서 유래했다고도 하는데 어느 것도 정확하지는 않다. 오랜 세월을 두고 지어졌을 식물 이름의 유래를 따지는 것은 정작 보라는 달은 보지 않고 달을 가리키는 손가락을 쳐다보는 격이다. 그보다는 대자연 속에서 어울려 살아가면서도 자신을 잃어버리는 법이 없는 나무들의 삶과 지혜를 배우는 게 훨씬 낫다.

현재 우리나라에는 약 20여 종의 노박덩굴과의 식물이 자라고 있는데 줄사철나무, 화살나무, 회나무, 참빗살나무, 갈매나무, 미역줄나무 등이 이에 속한다. 이들의 특징은 열매가 가종피(假種皮)로 싸여있다는 점이다. 가종피란 주목 열매와 같이 육질로 된 종자의 껍질을 말한다. 노박덩굴은 산의 양지바른 길가나 구릉에서 자생하고 5~6월에 꽃을 피우는데 꽃도 작고 황록색이어서 사람들의 이목을 끌지 못한다. 정작 사람들의 시선을 사로잡는 것은 잎이 진 뒤 모습을 드러나는 붉은 열매다. 규칙적으로 갈라지는 노란색의 과피 사이로 드러난 붉은 열매는 단숨에 눈길을 사로잡을 만큼 가히 매혹적이다.

노박덩굴이란 이름만 들으면 칡이나 등나무 같은 덩굴을 연상하기 쉽지만 오래 묵은 노박덩굴의 밑동은 여느 나무 못지않게 굵은 것도 있다. 노박덩굴의 어린잎은 나물로 먹기도 하고 열매를 이용하여 기름을 짜기도 하는데 무엇보다 약성이 뛰어나 활용도가 높은 식물이다. 혈액순환을 좋게 하고 살균 및 진통 효과가 있어 관절염이나 벌레 물린 데에도 효험이 있다.

꽃이 식물의 정수이자 가장 아름다운 순간인 것은 분명하나 제아무리 아름답다 해도 꽃은 튼실한 열매를 얻기 위해 거쳐야 하는 하나의 과정일 뿐이다. 흔히 가을을 두고 열매가 꽃보다 아름다운 계절이라 말하기도 하는데 노박덩굴 열매를 보면 그 말이 헛말이 아니란 걸 단박에 알 수 있다. '세상에 똑같은 두 장의 나뭇잎은 없다'고 한 보르헤스의 말처럼 세상엔 참으로 다양한 꽃이 있고, 그 꽃이 피었던 자리엔 어김없이 아름다운 열매들이 맺힌다. 어디에 눈길을 주든 그것은 오롯이 당신 몫일 뿐, 누구도 탓하지 않는다. 눈길 가는 데에 마음 가듯 이끌림은 선택사항이 아니므로.

포천구절초

수줍은 듯
발그레 볼 붉힌
꽃 앞에 앉아
고향을 생각한다

아홉 번 죽었다
아홉 번 다시 피어도
처음 첫 모습 그대로 피어난다는
포천구절초 흰 꽃 앞에서
그리운 내 고향
포천의 향기를 맡는다

75. 포천구절초, 향기로 가을 허공을 채우는

구절초란 이름의 유래에도 '9'와 관련이 깊다. 재액을 물리치고 불로장생을 위해 음력 9월 9일 중양절에 국화주를 담가 마신 데에서 비롯되었다는 설도 있고, 오월 단오엔 다섯 마디가 되고 음력 9월 9일에 아홉 마디가 되어 구절초라 하였다는 이야기도 있다.

아침저녁으로 옷깃을 파고드는 바람 끝이 차다. 서리가 내린다는 상강을 지나며 부쩍 바람의 기울기가 가팔라지는 느낌이다. 가을을 제대로 즐겨보지도 못한 채 이대로 겨울이 들이닥칠 것만 같아 조바심이 나던 참에 숲 해설가 동기들이 구절초축제로 유명한 정읍으로 여행을 가자고 했다. 자연을 사랑하는 사람들과 함께 여행을 떠날 수 있다는 것만으로도 행복한 일인데 거기에 내가 좋아하는 꽃까지 실컷 볼 수 있으니 마다할 이유가 없다. 여행을 가기로 마음을 굳힌 순간 내 머릿속엔 멋진 풍경 하나가 사진처럼 선명하게 그려졌다.

단풍이 꽃보다 아름다운 요즘, 오색단풍의 화려함을 제치고 순결한 흰빛으로 피어나 향기로 가을 허공을 채우는 꽃이

있다. 다름 아닌 구절초(九節草)다. 구절초는 가을의 산과 들을 수놓는 감국, 산국, 개미취와 더불어 대표적인 야생국화 중 하나다. 국화는 신이 마지막으로 만든 꽃이라고 전한다. 수많은 야생국화 중에 굳이 한 가지만 꼽으라면 나는 주저 없이 구절초라 할 것이다. 왜냐하면 구절초는 야생국화 중에 꽃도 가장 크고 향기도 뛰어날 뿐 아니라 흰색의 꽃 빛은 오색단풍으로 물든 산빛에 들뜬 마음을 차분하게 가라앉혀주기 때문이다. 선모초(仙母草)란 이명에선 구절초가 약으로써 얼마나 긴요하게 쓰였는지 짐작케 한다.

구절초엔 특이하게 이름 속에 '9'라는 숫자가 들어 있다. 동양문화에서 '9'는 매우 중요한 숫자로 여겨져 왔다. 민간 신앙에서 길상을 의미하는 숫자일 뿐 아니라 한자로는 오랠 구(久)자와 발음이 같아 건강함과 영원함을 상징한다. 양수인 '9'가 겹치는 9월 9일을 '중양절'이라 하여 각별한 의미가 담긴 명절로 자리 잡은 것도 비슷한 이유다. 구절초란 이름의 유래에도 '9'와 관련이 깊다. 재액을 물리치고 불로장생을 위해 음력 9월 9일 중양절에 국화주를 담가 마신 데에서 비롯되었다는 설도 있고, 오월 단오엔 다섯 마디가 되고 음력 9월 9일에 아홉 마디가 되어 구절초라 하였다는 이야기도 있다. 하지만 내가 가장 좋아하는 이야기는 '아홉 번 죽었다 다시 피어도 첫 모습 그대로 피어난다'는 어느 시인의 시의 한 구절이다.

구절초는 국화과에 속하는 여러해살이풀로 키는 50~70cm 정도로 자란다. 뿌리는 천근성으로 땅 속 뿌리가 옆으로 뻗으면서 새싹이 나오는데, 얼마나 번식을 잘 하는지 일 년이 지나면 열 배까지 늘어난다. 잎은 넓은 난형으로 끝이 뾰족하고 가장자리가 갈라지거나 톱니가 있다. 꽃은 9~10월에 담홍색 또는 흰색으로 핀다. 자생지나 형태에 따라 구절초, 산구절초, 바위구절초, 포천구절초, 한라구절초, 낙동구절초 등이 있다.

포천구절초는 내 고향인 포천의 한탄강 지역에서 처음 발견되어 이름을 얻은 꽃이다. 한탄강과 운악산의 암벽지대에 자생하는 포천구절초는 2003년 포천군이 시로 승격하면서 포천시의 시화(市花)로 선정되었다. 별칭으로는 포천가는잎구절초, 가는잎구절초로도 부른다. 변종명의 'tenuisetum'는 잘게 갈라진다는 뜻으로 잎이 다른 구절초에 비해서 많이 갈라지는 게 특징이다.

꽃은 여느 구절초와 다름없이 9~10월에 피는데 약간 담홍색이 돌고 꽃대 끝에 하나씩 달린다. 줄기는 50cm까지 자라는데 털이 거의 없다. 습기가 많고 볕이 잘 드는 냇가 근처나 해발 700m 이상의 정상 부근의 서늘한 곳에서 자란다. 자생지가 제한되어 개체 수가 많지 않지만, 생명력이 강하고 인공번식이 가능하므로 다른 구절초를 식재하기 어려운 곳에 식재해도 잘 자란다. 특히 포천구절초는 야생국화 중에 꽃이 큰 편이라서 꽃꽂이에 적합할 뿐 아니라 식용, 약용, 관상용으로 다양하게 활용할 수 있다. 구절초의 꽃말은 순수, 어머니의 사랑이다. 꽃은 어느 곳에 피어도 아름답다. 그럼에도 불구하고 늘 그리운 어머니처럼 포천구절초가 내 고향의 이름을 지닌 꽃이어서 더 사랑스러운 것만은 부인할 수가 없다.

해국 편지

울릉도 바닷가에
연보랏빛 해국이 피었습니다.

스스로 세상을 등진 사람처럼
맵짠 해풍이 몰아치는
외딴 섬 바닷가 절벽 위에서
바다를 향해 피었습니다.

하늘과 바다 사이
그리움의 경계인 양
수평선 하나 그어 놓고
바람의 전언을 기다리는 꽃

오늘은 나도
한 송이 해국으로 피어
당신을 기다리고 싶습니다.

76. 해국, 바다의 향기

찬바람에 낙엽이 지고 비에 젖어 꽃들이 서둘러 자취를 감추는 요즘, 아직 꽃에 허기진다면 남쪽 바닷가를 찾아서 해국을 만나보길 강권한다. 비록 꽃의 시간은 짧지만 특별한 시간, 특별한 장소에서 만난 꽃의 기억은 좀처럼 지워지지 않는다.

지하철역 계단에 올라서는데 와락 달려드는 바람 끝이 제법 매웠다. 성긴 옷섶을 여미며 약속장소로 걸음을 서두르다가 가로변 화단에서 보라색 꽃을 발견하곤 걸음을 멈추었다. 다름 아닌 해국이다. 추운 겨울이 바로 코앞인데 이렇게 뒤늦게야 꽃을 피우다니! 반가움과 안쓰러움이 교차하며 마음 안섶이 마른 가랑잎처럼 바스락거렸다. 남쪽의 바닷가나 울릉도나 제주도 같은 섬의 절벽에서 볼 수 있는 꽃인데 도심의 화단에서 마주치고 보니 약간 생뚱맞고 어색하긴 해도 반갑기 그지없다.

해국(海菊)은 이름처럼 바닷가에 피는 야생국화다. 가을 산야에 흐드러지던 산국, 감국, 구절초, 쑥부쟁이와 같은 국

화과에 속하는 식물이다. 찬바람 매운 겨울 들머리에서, 그
것도 바닷가도 아닌 서울 도심에서 해국을 만나게 될 줄이
야. 뜻밖의 만남이어서 반가움이 더 컸다. 꽃들이 거의 사라
질 무렵에야 절정을 이루는 꽃이지만 해국은 한여름인 8월
부터 피기 시작하여 지역에 따라선 12월에도 꽃을 볼 수 있
다.

　바닷가에 사는 식물답게 강한 바닷바람을 견디느라 낮게
엎드려 꽃을 피우고 둔한 톱니가 있는 두툼한 잎엔 보송한
솜털이 나 있다. 꽃은 연한 보라색으로 지름은 3.5~4㎝ 정도
로 얼핏 보면 쑥부쟁이와 많이 닮았다. 또한 해국의 특징 중
하나는 반목본성으로 원래는 여러해살이풀이었지만 줄기와
잎이 겨울에도 죽지 않고 겨울을 나면서 목질화 되어 나무
도, 풀도 아닌 상태로 살아간다는 것이다.

　매서운 바닷바람에도 굴하지 않고, 바위 절벽 같은 척박한 환경에서도 강인한 생명력으로 억척스레 꽃을 피우는 해국은 그늘지거나 습한 곳이 아니면 어디서나 잘 자라서 화단의 지피식물로 재배하기에 적합하다. 해국의 멋스러움은 바닷가 절벽이나 바위틈에 무리 지어 피어 있는 모습을 보아야 제대로 느낄 수 있겠지만 꽃은 어디에 피어도 아름다우니 화분에 심어두고 보아도 좋다.

으레 아름다운 꽃들이 그러하듯이 해국에도 예로부터 전해오는 전설이 있다.

… 어느 날 부부는 사소한 일로 다투게 되었고 남편은 배를 타고 먼바다로 떠났다. 며칠이 지나도 남편이 돌아오지 않자 아내는 딸을 데리고 갯바위 위에 서서 남편을 기다리다가 그만 높은 파도에 휩쓸려 목숨을 잃고 말았다. 뒤늦게 남편이 돌아왔을 땐 아내와 딸은 이미 이 세상 사람이 아니었다. 이듬해 가을, 슬픔에 빠진 남편은 높은 바위에 앉아 바다를 바라보다가 웃고 있는 꽃을 발견하고 그 꽃을 자세히 들여다보니 꽃 속에 아내와 딸의 얼굴이 보였다. 그것은 남편을 기다리다 죽은 아내와 딸이 꽃으로 환생한 것이었다. 그래서일까. 해국의 꽃말은 '기다림'이다.

찬바람에 낙엽이 지고 비에 젖어 꽃들이 서둘러 자취를 감추는 요즘, 아직 꽃에 허기진다면 남쪽 바닷가를 찾아서 해국을 만나보길 강권한다. 비록 꽃의 시간은 짧지만 특별한 시간, 특별한 장소에서 만난 꽃의 기억은 좀처럼 지워지지 않는다. 해국을 떠올리면 나는 몇 해 전 여름 울릉도의 바닷가 풍경이 떠오르고, 어느 가을날, 비 내리는 부산 용궁사의 파도 소리가 되살아나곤 한다.

마음 가는 곳으로 눈길이 간다는 말처럼 눈길 가는 곳에 마음이 머문다. 사람들이 내게 꽃을 좋아하는 까닭에 관해 물을 때마다 나는 이렇게 대답하곤 한다. 처음엔 그저 꽃이 아름다워서 보기 시작했지만, 꽃을 보는 동안 내 안이 향기로워지기 때문이라고. 꽃을 보듯 사람을 대하고 꽃을 생각하듯 누군가를 생각한다면 추운 겨울이 좀 더 따뜻하고 향기로워지지 않을까 싶다.

77. 해란초, 바닷가의 난초

거센 바닷바람을 이겨내고 꽃을 피우려니 추위와 가뭄에도 강하고 척박한 환경에서도 잘 자란다. 꽃이 고와서 최근엔 조경에도 이용하는데 물 빠짐이 좋고 햇볕이 잘 드는 곳이면 어디서나 잘 자란다. 한꺼번에 꽃을 피우지 않고 차례차례 꽃을 피우기 때문에 오랫동안 꽃을 볼 수 있는 것도 장점이다.

마침내 12월이다. 비 한 번 다녀간 뒤 빙점 아래로 곤두박질친 수은주만큼이나 마음도 덩달아 얼어붙는 느낌이다. 오·헨리의 명작 〈마지막 잎새〉가 생각나며 이 추운 계절을 어떻게 건너가야 할지 궁리가 많아진다. 며칠 전 거여동의 한 작은 도서관에서 '꽃을 보고 걸으면 가시밭길도 꽃길이 된다'는 제목으로 인문학 강의를 했다. 감각기관 중에서 우리는 시각을 통해 가장 많은 정보를 얻고 세상을 이해한다. '눈길 가는 곳으로 마음이 간다'는 말처럼 시선이 닿는 곳에 마음이 머문다. 똑같이 힘들고 어려운 상황에서도 어떤 이는 절망의 나락에 빠져들고 어떤 사람은 희망의 빛을 보는 것도

그 때문이다.

꽃들이 모두 사라진 겨울이 되면 나는 지난 계절에 보았던 꽃들을 생각한다. 컴퓨터에 저장해 놓은 꽃 사진들을 펼쳐보며 그 꽃을 보았던 때를 떠올리고 다시 꽃 필 날을 기다린다. 사진 파일 속에서 찾아낸 해란초는 꽃도 어여쁘지만, 그 꽃을 만났던 강원도 고성의 해변 풍경과 파도 소리, 뺨을 스치던 바람결까지 고스란히 되살려준다. 송강 정철의 〈관동별곡〉 답사 1번지로 꼽히는 강원도 고성의 화진포 바닷가에서 만났던 해란초는 그때의 기억을 어제 일처럼 또렷이 환기해준다. 이쯤 되면 꽃은 탐미의 대상을 넘어 지난 기억을 되살려주는 추억의 종합세트라 할 만하다.

해란초(海蘭草)는 이름만 들으면 '바닷가에 피는 난초'라 오해할 수도 있지만, 해란초는 현삼과에 속하는 여러해살이풀이다. 우리나라에서는 주로 동해안을 따라 남북으로 길게

분포하여 자생한다. 모래땅 속 뿌리는 옆으로 길게 뻗으면서 자라는데 마디마다 새싹이 돋아나서 꽃무지를 이루며 줄지어 피어난다. 해란초의 잎은 다육질로 흰빛이 도는 녹색인데 돌나물처럼 주걱 모양의 길쭉한 타원형, 또는 피침꼴이지만 돌나물보다 얇고 넓고 끝이 뾰족하다.

키는 15~40㎝ 정도로 자라는 데 세찬 해풍이 부는 바닷가에 자라다 보니 곧추서기보다는 옆으로 길게 뻗으며 자라는 게 대부분이다. 꽃은 한여름인 7~8월에 노란색으로 피는데 꽃받침은 깊게 5개로 갈라지고 화관은 입술 모양으로 윗입술은 곧게 서서 2개로 갈라지고 아랫입술은 3개로 갈라진다. 작고 노란 꽃들이 여러 개가 모여 달리며 피는 모습이 여간 예쁘지 않다.

해란초란 이름만 들으면 여리고 곱기만 할 듯한데 바닷가에 사는 대부분의 식물들이 그러하듯이 해란초도 생명력이 강하다. 거센 바닷바람을 이겨내고 꽃을 피우려니 추위와 가뭄에도 강하고 척박한 환경에서도 잘 자란다. 꽃이 고와서 최근엔 조경에도 이용하는데 물 빠짐이 좋고 햇볕이 잘 드는 곳이면 어디서나 잘 자란다. 한꺼번에 꽃을 피우지 않고 차례차례 꽃을 피우기 때문에 오랫동안 꽃을 볼 수 있는 것도 장점이다.

해란초와 같은 집안 식구로 좁은잎해란초가 있다. 해란초에 못지않은 아름다움과 개성이 넘치는 꽃이지만 잎이 가늘고 길며 꽃도 가늘어 해란초와 어렵지 않게 구분된다. 아쉬운 것은 좁은잎해란초는 남쪽에서는 볼 수 없고 북한 지방에서만 자란다는 점이다. 하루빨리 통일되어 좁은잎해란초를 만날 수 있었으면 하는 바람이다.

오페라 〈투란도트〉를 보면 투란도트 공주가 칼리프 왕자에게 이런 수수께끼를 낸다. "이것은 어두운 밤을 가르며 무지갯빛으로 날아다니는 환상이다. 그리고 모두가 바라는 환상이다. 이것은 인간의 마음속에 다시 살아나기 위해 밤마다 태어나서 아침이 되면 죽는다…."

정답은 다름 아닌 '희망'이다. 12월의 달력 한 장의 무게는 지난 열한 달의 달력 무게와 맞먹는다는 말이 있다. 현실이 제아무리 팍팍해도 희망을 잃지 않고 다시 꽃 필 봄날을 기다리며 얼마 남지 않은 날들을 곱게 마무리하는 12월이 되었으면 싶다.

에필로그

새해가 밝았다. 사람들은 새로 선물 받은 삼백예순다섯 날에 저마다의 꿈과 희망을 담아 새로운 계획을 세운다. 그 계획이 어떠하든 새해에는 좋은 일들만 가득하길 바라는 마음만은 다르지 않을 것이다. 여기서 소개한 꽃을 보고 어떤 이는 그동안 무심했던 야생화에 부쩍 관심을 두기 시작하기도 하고, 어떤 이는 초록별 지구를 지켜온 그 중심에 꽃이 있다는 사실을 상기하며 자연에 대한 인식을 새롭게 했을 수도 있다. 설령 그렇지 않다 해도 여기에 소개되는 꽃들을 보는 동안만이라도 팍팍하던 마음이 촉촉해지고 향기로워졌다면 그것만으로도 감사할 일이다.

꽃을 좋아하는 사람들은 흔히 꽃이 없는 겨울을 빗대어 '꽃궁기'라고 한다. 꽃 빛이 궁한 계절이란 의미겠지만 이렇게 한 계절 꽃을 그리며 봄을 기다릴 수 있다는 게 한편으론 다행이란 생각도 든다. 다이아몬드가 귀한 대접을 받는 가장 큰 이유는 희소성 때문이듯 초목이 꽃을 피우지 않는 겨울이 있어 사람들이 꽃 피는 봄을 손꼽아 기다리는 것이다. 아무리 고운 꽃이라도 늘 지천으로 널려 있다면 누가 귀한 줄 알겠는가. 눈보라 치는 겨울을 견딘 후에야 비로소 만나는 꽃빛이라야 벅찬 감동과 환희로 다가오는 법이다.

사람들이 내게 묻는다. 꽃이 없는 겨울엔 뭐하며 지내냐고. 겨울이라 해서 꽃을 보는 사람이 마냥 한가한 것은 아니다. 그동안 미뤄두었던 책을 보거나 공부를 하며 새봄에 피어날 꽃들을 기다린다. 사람들이 새해를 맞이하여 새로운 계획을 세우듯이 꽃을 맞이할 새로운 준비를 하는 것이다.

지난해에는 숲 해설가 공부를 하느라 봄부터 가을까지 숲에서 살다시피 했다. 날마다 들로 산으로 다니며 꽃을 보고, 나무를 보며, 숲을 만나며 살았다 해도 지나친 말이 아니다. 숲속의 풀 한 포기, 나무 한 그루가 모두 작은 우주이고 커다란 세계이다. 헤르만 헤세의 말처럼 자연이야말로 가장 위대한 도서관이다. 사람들은 꽃을 보고 환호하지만, 식물이 아름다운 꽃을 피우는 것은 사람들과는 무관하다. 오직 곤충을 유혹하여 자신의 씨를 널리 퍼뜨려 종족을 유지하기 위함이다. 그럼에도 불구하고 꽃은 사람들에게 많은 기쁨과 혜택을 베푼다.

일찍이 박노해 시인은 〈꽃내림〉이란 시에서 밥도, 삶도 꽃을 타고 왔다고 하며 '밥심보다 꽃심'이라고 했다. 흔히 한국 사람은 '밥심'으로 산다고 한다. 밥심은 밥을 먹고 나서 생긴 힘이니 곧 밥의 힘이 밥심이다. 그렇다면 '꽃심'이란 무엇인가. '꽃심'은 전라북도 방언으로 '꽃의 가운데 부분' 또는 '꽃과 같이 귀품 있는 힘이나 마음'을 비유적으로 표현한 말이다. 다시 말하자면 꽃의 힘이자 꽃의 마음이 곧 '꽃심'인 것이다.

이른 봄, 꽃을 찾아 숲속을 다니다 보면 겨우내 얼었던 땅을 녹이고 올라오는 여린 새싹들을 볼 수 있다. 가장 단단한 것을 가장 여린 것이 뚫고 올라와 꽃을 피우는 자연의 경이로움은 보면 볼수록 신비롭다. 눈 속에 피어난 설중매도 아름답지만 언 땅을 녹이며 올라와 봄눈을 이고 피어난 노란 복수초나 바람꽃들을 마주하면 꽃심이야말로 가장 여리지만 가장 강한 힘이란 걸 깨닫게 된다.

여느 해나 그렇듯이 새해에도 크고 작은 어려움이 많을 것이다. 하지만 어떤 어려움이 닥쳐도 포기하거나 좌절하지 않고 어려움 속에서도 새 생명을 틔워내고 꽃을 피우는 꽃의 힘, '꽃심'으로 살아간다면 새해는 분명 지난해보다 나을 것이다. 새해에는 모든 사람들이 '꽃심'으로 살아 세상 가득히 웃음꽃을 피우길 소망해본다.